Röschen Taschenbuch

Röschen-Verlag

Johanna-Kirchner-Straße 20, D-60488 Frankfurt/Main
Internet: www.roeschen-verlag.de
e-Mail: frankdemant59@yahoo.de

Umschlagillustration: Shirin Franzmann
Lektorat: Stefanie Reimann
Satz: SLG Peter Ripper · peter.ripper@t-online.de
Druck: Faber, Mandelbachtal
1. Auflage

Das Grauen im Bembelparadies

Zehnte Sachsenhäuser Kriminalepisode
von Frank Demant

Der Autor

Frank Demant, geboren 1959 in Frankfurt/Main, aufgewachsen im Stadtteil Fechenheim. Besuchte das Helmholtz-Gymnasium in Bornheim. Von 1984 bis 2005 Taxifahrer in Frankfurt. Seit Mai 2005 ist Demant freier Schriftsteller und schreibt außer Bücher gelegentlich Reportagen für das Frankfurter Fußballmagazin Zico. Spielte in der Jugend Fußball bei Eintracht Frankfurt, seit 1984 bis heute beim TSV Taras (TG Sachsenhausen).

Freundliche Empfehlung:

Wenn Sie wissen möchten, wie die skurrile Situation, die Sie nun gleich lesen werden, entstanden ist und wie die zwei Frankfurter Krimihelden – Simon Schweitzer und Karlo Kölner – hier zueinander fanden, sei Ihnen der Krimi *Geschenke für den Kommissar* aus der Karlo-Kölner-Reihe meines Freundes Peter Ripper ans Herz gelegt. Dort werden Sie es erfahren ...
Das Buch erschien im Verlag Vogelfrei, 2013.
Infos:
www.vogelfrei-verlag.de

Vorgeplänkel

Der Tag, an dem noch furchtbar Fürchterliches passieren und Herrn Schweitzers Siechtum ein Ende haben sollte, war noch recht jung, auch wenn die zwei Herrschaften an der Straßenbahnhaltestelle Mühlberg ziemlich alt aussahen. Sie saßen ineinander verkeilt auf der Bank für wartende Fahrgäste. Der korpulentere und größere der beiden schnarchte wie ein Walross. Seine Beine waren V-förmig nach vorne gestreckt, während der Oberkörper zur Seite neigte und zu kippen drohte – warum er es dennoch nicht tat, hätten selbst promovierte Physiker nur sehr schwer erklären können. Seine Hände umklammerten eine auf seinem Schoß ruhende Weinflasche, deren dunkelgrünes Glas nicht erkennen ließ, inwieweit ein Festhalten überhaupt noch lohnte.

Karlo Kölner indes lag quer über der Sitzgelegenheit und hatte seinen Kopf in die Nierengegend seines Leidensgenossen geschraubt. Sein rechter Arm hing schlaff herunter und würde mit der nächsten Bewegung eine noch gut gefüllte Corona-Bierflasche zum Umstürzen bringen. Die Flasche war durch den ebenso gnädigen wie überfallartigen Beginn eines ohnmachtsähnlichen Schlafes noch fast jungfräulich übrig geblieben. Auch er schnarchte. Doch Karlos disharmonische Laute gingen mehr so Richtung zahnlückenhaft-zischendes Luftansaugen. Wer sich darunter nichts vorzustellen vermag, sollte mal unserem Bundestrainer – *Zsss* – Jogi Löw – *Zsss* – beim Reden zuhören – *Zsss.*

Vermutlich hätten etwaig vorbeikommende Passanten das ungleiche Pärchen für das gehalten, was sie auch waren: zwei Männer, die sich letzte Nacht dermaßen die Kante gegeben hatten, dass sie ohne weiteres die Aufnahmeprüfung für den Harald Juhnke-Fanklub mit summa cum laude bestanden hätten. Allerdings hatte es noch keine Passanten, denn die Sonne war gerade erst über Offenbach am Aufgehen. Das hört sich jetzt komisch an, denn mit Offenbach assoziieren kultivierte Menschen gewöhnlich eine den Weltuntergang ankündigende pechschwarze Winternacht und nicht die Verheißungen eines Sommertages. Dass die Sonne aus Frankfurter Perspektive stets über Offenbach aufging, war vielen natürlich seit jeher ein Dorn im Auge. Aber was soll man machen? Sprengen? Fluten? Agent Orange wie in Vietnam? All dies kam aus humanitären Gründen nicht infrage. Nicht wenige Hardcore-Frankfurter jedoch hatten sich bereits nicht zum ersten Mal die Frage gestellt, warum man die Fünf nicht mal gerade sein und Offenbachern das Schicksal der Dinosaurier ereilen ließ. Vom durchschnittlichen Intelligenzquotienten her ... – okay, es gibt auch gute Offenbacher.

Natürlich konnte ein in die Jahre gekommener Herr Schweitzer eine derart unbequeme Stellung nicht auf ewig beibehalten; Alkohol hin, Alkohol her. Das Ziehen und Stechen seiner Halsmuskulatur hatte sich in den über vier Stunden, die er nun schon in unbequemen Positionen verharrte, zunehmend verstärkt, bis der Schmerz nicht mehr auszuhalten war. Er erwachte. Zuerst dachte er, mal wieder auf Marias Sofa eingeschlafen zu sein. Das war aber nur von kurzer Dauer, denn als er in der Annahme, es handle sich um seine Freundin, liebevoll über Karlos Haare strich, bemerkte er den fatalen Irrtum auf Anhieb. Igittigitt, was ist denn das für ein ekliges Bratfett, dachte er, war schlagartig hellwach und öffnete ein Auge. Wo war er und wie war er hierhergekommen?

Für die geographische Bestimmung brauchte er nur Sekunden, schließlich war er Sachsenhäuser und kannte sich in seinem Revier bestens aus. Der zweite Teil der Frage barg aber eine gewisse Komplexität in sich, die ein differenzierteres Vorgehen seinerseits erforderte. Zuerst drehte er seinen Kopf zur Lockerung der Muskeln ein paar Mal hin und her, ehe er auch sein zweites Auge öffnete. Dann schielte er nach links auf die komische Gestalt neben sich. Karlo Kölner – ach du verdammte Scheiße! Wie das? Hatte er auf der gestrigen, alljährlich stattfindenden Grillparty seines Freundes Mischa Schmidt-Schmitt, seines Zeichens Oberkommissar, tatsächlich so viel gesoffen, dass eine Romanze mit einer der skurrilsten Gestalten dieser Stadt die zwangsläufige Folge gewesen sein sollte? Nein, hatte er nicht. Ganz bestimmt nicht. Die Zeiten des ungehemmten Die-Sau-raus-Lassens lagen schon ein paar Jährchen zurück. Umgehauen hatte ihn wohl, so erinnerte sich Herr Schweitzer nun, der nicht eben geizig gedrehte Abschiedsjoint Schmidt-Schmitts. Dass Bullen immer so übertreiben müssen, nur weil sie gratis an das Zeug kamen (quasi die einbehaltene Mehrwertsteuer bei Beschlagnahmungen). Und ja, genau, zu vorgerückter Stunde war dann auch noch dieser Karlo aufgetaucht, der irgendwo auf demselben Kleingartengelände sein Domizil aufgeschlagen hatte und Freibier auf dreißig Meilen gegen den Wind erschnuppern konnte. Und der ihm dann den Vorschlag unterbreitet hatte, doch mit der letzten 16 noch ins Dörfchen zu fahren, um sich irgendwo noch ein paar gediegene Absacker – so Karlos exakter Wortlaut – zu gönnen. Natürlich auf Herrn Schweitzers Kosten, denn so einer wie der Kölner war, bis auf wenige Tage im Jahr, stets bankrott.

Als ihm dieser dann mit der Hand zärtlich den Oberschenkel hinaufstrich und dabei *Jeannette, Jeannette* murmelte, war Herr Schweitzer zum Handeln gezwungen. Vehement schlug er ihm auf die Finger. „Hey, aufwachen! Ich bin nicht Jeannette."

„Nein?"

„Nein!"

„Och!"

Enttäuscht richtete sich Karlo auf, schüttelte sich und erspähte die noch fast volle Corona-Flasche neben der Bank. Die Enttäuschung über das Fehlen eines geeigneten Kuschelobjekts wich augenblicklich der verlockenden Aussicht auf eine Linderung seines nicht unerheblichen Katers mittels eines Reparaturbieres. Da hatte er gestern doch tatsächlich eine Flasche übersehen. Mit fahrigen Fingern ergriff Karlo die Flasche und nahm einen kräftigen Schluck.

Herr Schweitzer erschauderte. Wie kann man nur? Er selbst hätte zehn Piepen für einen extrastarken Kaffee hingeblättert. Oder noch mehr, um den pelzigen Geschmack auf seiner Zunge loszuwerden. Aber Bier? So kurz nach dem Wachwerden? Nicht mal in seinen Glanzzeiten hätte er sich zu solch einem Frevel hinreißen lassen. Doch Karlo war Karlo, schon immer gewesen. Sein Ruf war Legende.

„Willste auch'n Schluck?"

„Ach, lass mal stecken."

Herr Schweitzer konnte sein Glück kaum fassen, als sich die 16 aus Oberrad näherte. Ratternd und quietschend kam sie zum Stillstand. Direkt vor ihm öffnete sich die Tür, aus der ein geschniegelter Anzugträger entstieg. Beherzt, als sei der Leibhaftige hinter ihm her, schnellte er empor und sagte hastig: „Muss los. Wir sehen uns, Karlo." Und schwupps war er drinnen. Wie von Gottes Hand gelenkt, schloss sich umgehend die Tür.

Karlo hatte keine Chance. Verdutzt sah er ihm hinterher.

Am Lokalbahnhof stieg Herr Schweitzer aus und nahm sich ein Taxi zu Marias Bungalow auf dem Lerchesberg.

Das nächste Grauen nach Karlo

Bislang hatten böse Zungen den diesjährigen Sommer als einen recht milden Winter verspottet. Doch nun, gegen Ende der Sommerferien, ließ sich die Sonne nicht länger lumpen und peitschte das Thermometer regelmäßig auf über dreißig Grad. Nicht gerade ideal für einen wie Herrn Schweitzer, der weder extremer Kälte noch einer ebensolchen Hitze etwas abzugewinnen vermochte. In beiden Fällen war seine Bewegungsenergie, wenn schon nicht gelähmt, so doch gar arg limitiert. Im tiefsten Winter glich er einem gelähmten Reptil, in Hitzeperioden einem japsenden Eisbären auf der Suche nach mit Eiswürfeln gefüllten Swimmingpools.

In Marias Atriumgarten stellte das kein Problem dar, denn dort schaukelte seine Hängematte unter einer Schatten spendenden Markise und die vor zwei Jahren installierte Außendusche war mit nur wenigen Schritten selbst für einen Bewegungsallergiker wie den Sachsenhäuser Gelegenheitsdetektiv mühelos erreichbar, ohne dass er auf halber Strecke ausgedörrt und halluzinierend zusammenbrach. In Eiskübeln kaltgestellte Fruchtsäfte gewährleisteten die Flüssigkeitszufuhr.

Er war in der kommoden Situation, mehrere Tage hintereinander dem Nichtstun zu frönen. Was heißt Nichtstun? Herr Schweitzer würde dem vehement widersprechen. Schließlich studierte er in seiner geliebten Hängematte tagtäglich die Tageszeitung, um auf dem Laufenden zu bleiben, was unten in seinem Stadtteil so alles während seiner Abwesenheit passierte. Ein unbedingtes Muss, denn selbst seine Stammkneipe, das Weinfaß am Ziegelhüttenplatz, hatte seit einer geschlagenen Woche auf die Ehre einer Visite seinerseits verzichten müssen, zu tiefgreifend hatte ihn die Hitzewelle der letzten Tage trotz aller erdenklichen Gegenmaßnahmen ausgepowert und Schmidt-Schmitts Grillparty steckte ihm auch noch in den Knochen.

Doch nun blieb ihm gar nichts anderes übrig, als über seinen Schatten zu springen. Gleich nach dem Katerfrühstück um 14 Uhr – der restliche Braten von gestern – hatte nämlich Adam von der Töpferei Maurer angerufen, der Bembel sei fertig und er, der Simon, könne ihn jederzeit abholen. Und hübsch sei er geworden, eine echte Augenweide.

An der Sachsenhäuser Warte bestieg Herr Schweitzer, dessen Kopfschmerzen sich wider Erwarten in Grenzen hielten, einen bis auf den Fahrer menschenleeren 36er-Bus. Was seine Theorie bestätigte, jenseits der 30-Grad-Marke bewegt sich nur, wer unbedingt muss. Immerhin war die Klimaanlage intakt. Keine Selbstverständlichkeit bei den Frankfurter Verkehrsbetrieben.

Am Affentorplatz stieg er aus und lenkte seine Schritte in die Wallstraße. Nun war er doch neugierig geworden, wie wohl der Bembel, den er zum zehnten Jahrestag seiner Beziehung mit Maria in Auftrag gegeben hatte, gelungen sein mochte. Vor einer Woche hatte er Moni, der Besitzerin, anhand einer ungelenken Zeichnung seine Wünsche dargelegt. Im Gegensatz zu seiner Freundin, einer bedeutenden Bildhauerin, war Herr Schweitzer in 55 Jahren kein einziges Mal von der Muse der Kunst geküsst worden. So blieb ihm nur die Hoffnung, Moni habe seine unbeholfenen Skizzen professionell aufgehübscht. Doch davon ging er aus, Moni war ja schon länger im Geschäft. Noch 40 Meter, dann würde er das Bembelparadies erreicht haben. Die Töpferei Maurer, Fachgeschäft für Bembel aller Art. Selbst die Eintracht bestellte dort.

Kaum war er um die Ecke gebogen, erblickte er vor dem Schaufenster der Töpferei den Nackten Jörg (beim Googeln einfach *Nackter Jörg* eingeben). Heute blieb ihm aber auch nichts erspart. Erst Karlo, dann der Nackische. Was sollte der Tag noch für ihn parat halten? Ein Neandertalerpärchen beim Ebbelwoi? Bei diesem Gedanken musste Herr Schweitzer schmunzeln. Im Gegensatz zum Nackten Jörg wären diese wohl zumindest mit einem Bärenfell bekleidet, evolutionstechnisch also schon einen Schritt weiter gewesen.

Noch zehn Meter. Noch fünf Meter. Der Nackte Jörg hatte sich bislang kaum gerührt und betrachtete die Schaufensterauslage.

Herr Schweitzer war gerade im Begriff, die erste Stufe zu erklimmen, als ein markerschütternder Schrei weiblicher Provenienz, der den Verdacht nahelegte, hier würden Dämonen exorziert, ihn selbst und alle weiteren Personen im Umkreis von fünfzig Metern erstarren ließ. Obendrein war besagter Schrei dergestalt lang anhaltend, dass die Illusion eines friedlich dahindämmernden Sachsenhausens jäh in tausend Scherben zerbrach.

Während Herr Schweitzer noch mit seiner Gänsehaut zu kämpfen hatte, schaute sich der Nackte Jörg hektisch nach allen Seiten um. Vorsichtshalber bedeckte er seine Blöße. Zuerst dachte auch der Sachsenhäuser Gelegenheitsdetektiv, jemand sei beim Anblick eines unbekleideten Mannes völlig außer Kontrolle geraten. Vielleicht eine pubertierende Nonne, die das erste Mal in ihrem Leben die schützenden Mauern ihres Klosters verlassen hatte.

Doch dann wurde ihm gewahr, dass der Schrei ja aus dem

Inneren des Bembelparadieses gekommen war. Herr Schweitzer, heldenhaft wie immer, wollte gerade den Laden betreten, um nach dem Rechten zu sehen, als er von der herausstürmenden Inhaberin über den Haufen gerannt wurde. Eine beachtliche Leistung, wenn man bedachte, dass Moni nur halb so viel wog wie er. Herr Schweitzer konnte sich gerade noch mit den Armen abfangen, andernfalls wäre er wohl mit dem Kopf auf den Bürgersteig geknallt. Doch auch so verstauchte er sich das linke Handgelenk und seine Jeans zerfetzte in Kniehöhe.

Der Nackte Jörg trollte sich schuldbewusst.

„Dadadada drinnen“, stotterte die über fünfzig Jahre alte Moni mit kreideweißer Gesichtsfarbe, „da liegt ein Finger.“

Herr Schweitzer setzte sich auf den Hosenboden. „Ein Finger? Wie?“

„Was weiß ich denn?“, japste Moni. „Ein Ringfinger, ein Mittelfinger, keine Ahnung, ein Daumen ist's jedenfalls nicht, glaub ich wenigstens.“

„Irgendwelche Fingerabdrücke?“, fragte Herr Schweitzer automatisch. Er hatte in seinem Leben Tausende von Krimis geguckt. Wohl einen zu viel.

Das brachte Moni endgültig zu Bewusstsein. „Ach, schau an, der Simon. Schuldischung, hast du dir wehgetan?“

„Nö, geht schon. Höchstens ein bisschen querschnittsgelähmt, nichts weiter.“ Ungelenk stand er auf und besah sich den Schaden an seiner Jeans.

Inzwischen hatten sich ob des Aufruhrs natürlich Neugierige eingefunden. Je nach Charakter hielten sie einen Sicherheitsabstand oder eben auch nicht. „Was ist los?“, fragte ein älterer Herr mit spärlichem Haarkranz in vorderster Front.

„Da drinnen, vor meinem Brennofen, liegt ein abgetrennter Finger“, erklärte Moni seelenruhig. Sie war wieder die alte, so wie man sie kannte. *Die* Moni, die nichts aus der Ruhe bringen konnte.

„Soll ich die Polizei rufen?“, fragte ein etwa zwölf Jahre alter Bub mit bereits gezücktem Handy.

„Logo, mach mal", entgegnete der ältere Herr. „Wer weiß, was für Körperteile da noch so rumliegen."

Herr Schweitzer, der probehalber seine malträtierte Hand ein wenig hin und her bewegte: „Hast du schon im Ofen nachgesehen?"

„Wollte ihn gerade öffnen, da sah ich den Finger am Boden liegen", erklärte Moni.

„Also noch nicht. Gut." Herr Schweitzer ging rein. „Wo steht der Ofen?"

„Rechts und gleich wieder links."

Dann sah auch er das Glied im Spalt zwischen Wand und Ofen. Sauber abgetrennt. Wahrscheinlich der kleine Finger. So gut wie kein Blut drum herum. Sah aus, als könne man ihn sich gleich wieder anstecken. Herr Schweitzer setzte sich seine Lesebrille auf und untersuchte die Ofentür, entdeckte aber nur einen kleinen, fast schwarzen Striemen, der ebenso gut ein Ruß- oder Ölfleck sein konnte. Nicht gerade ungewöhnlich bei einem Brennofen. Seine Augen scannten die Fläche um den Fundort. Keine weiteren abgetrennten Gliedmaßen waren zu sehen. Er ging wieder raus.

„Besser, da geht jetzt keiner mehr rein", sagte er zu Moni. „Wo ist eigentlich Adam?"

„Der macht gerade Pause. Drüben im Dautel. Soll ich ihn holen?"

„Hm, weiß nicht. Warten wir ab, bis die Polizei da ist."

„Meinst du, der Rest vom Finger liegt im Ofen?", fragte Moni besorgt.

„Keine Ahnung. Sollen sich die Bullen drum kümmern." Es bringt ja doch nichts, bereits in diesem frühen Stadium über ungelegte Eier zu spekulieren, sagte er sich.

„Hast Recht. Dein Bembel ist übrigens fertig. Ich glaube, er wird dir gefallen."

Fünf Minuten darauf hielt ein Streifenwagen mit ausgeschaltetem Martinshorn. Frederik Funkal und Odilo Sanchez, Herrn Schweitzers alte Trinkgefährten – damals, als er noch jung war –, stiegen in aller Seelenruhe aus.

„Oh Simon, hallo, du hier?! Hätten wir uns ja denken können."

Was sollte denn das schon wieder?, fragte sich Herr Schweitzer. Klang fast so, als würde er das Verbrechen anziehen wie eine Pfandflasche die Obdachlosen.

Funkal: „Ein Junge hat uns angerufen", sprach er in die Runde der Wartenden, „eine Alte habe einen abgetrennten Arm gefunden." Dabei sah er sich um. Doch ein Junge war nirgends mehr zu sehen. „Also ..."

Moni hatte es die Sprache verschlagen. Sie brauchte einige Sekunden, dann aber: „Wo ist diese kleine Rotznase? Dem geb ich's. Von wegen Alte." Sie spähte in alle Richtungen, konnte aber das Objekt ihrer Wut nicht lokalisieren. „Wenn ich den erwische, der kann was erleben!"

„Also, was ist?", drängte nun auch Odilo.

„Arm ist vielleicht etwas übertrieben, maximal ein kleiner Teil davon. Ihr könnt ja reingehen und euch den Mist mal ansehen. Rechts und gleich wieder links. Auf dem Boden liegt ein abgetrennter Finger", schilderte Herr Schweitzer die Sachlage und fügte hinzu: „Aber nicht drauftreten."

Dafür erntete er zwei böse Blicke. Wortlos gingen die beiden hinein.

Wortlos kamen sie wieder heraus und gingen zum Wagen. Odilo sprach etwas ins Funkgerät und Frederik öffnete den Kofferraum.

Kurz darauf war der Bürgersteig vorm Bembelparadies mit rotweißem Absperrband gesichert. Die Schaulustigen – nun schon etwa zwei Dutzend – wurden aus der Sperrzone komplimentiert.

Inzwischen war auch Adam zurück. „Was geht denn hier ab? Hat sich mal wieder jemand an der Kasse zu schaffen gemacht?"

Moni, seine Chefin: „Nee, schlimmer. Da liegen Leichenteile rum. Dass du die nicht gesehen hast. Du bist doch schon den ganzen Tag im Laden."

Adam fiel die Kinnlade herunter und guckte ziemlich blöd aus der Wäsche. Dann stotterte er: „Aber, aber … du bist doch nur … nur zehn Minuten nach mir gekommen." Augenscheinlich fiel es ihm schwer sich vorzustellen, stundenlang zwischen Leichenteilen seiner Arbeit nachgegangen zu sein.

Nachvollziehbar.

Herr Schweitzer relativierte: „Na ja, bislang ist's nur ein kleiner Finger. Aber bislang hat auch noch keiner den Brennofen geöffnet. Möglich, dass da noch eine vom Tod gezeichnete Leiche zum Vorschein kommt."

Adam: „Eine vom Tod … gezeichnete Leiche? Sag mal, spinnst du?"

Moni: „Oder ein Häufchen Asche. Das Ding geht bis 2.000 Grad hoch."

„2.000 Grad, wow." Herr Schweitzer war schwer beeindruckt. „Und bei dieser Hitze werden die Bembel gebrannt?"

„Nicht ganz", erklärte die Chefin, nun ganz in ihrem Element, „aber den Ofen gibt's nur in dieser Ausführung. Andere benutzen ihn, um Eisen oder andere Metalle zu schmelzen, zum Beispiel."

„Ja", mischte sich nun auch der ältere Herr wieder ein. „Eisen hat einen Schmelzpunkt von 1.538 Grad. Früher war ich nämlich bei der DEGUSSA. Ihr wisst, das Gebäude da hinten überm Main, das sie vorletztes Jahr begonnen haben abzureißen. '65 hab ich da angefangen, '99 war ich verantwortlich für …"

Unterbrochen wurde er von einem eintreffenden Krankenwagen.

„Was will der denn hier?", wollte Frederik Funkal wissen.

Odilo, schuldbewusst: „Guck mich nicht so an. Ich habe lediglich der Kripo Bescheid gesagt."

„Vielleicht den Finger einfrieren", schlug Herr Schweitzer vor. „Kann ja sein, dass der Rest noch lebt und man kann die beiden … äh … wieder vereinen."

Instinktiv betrachtete Adam seine zwei Hände. „Mir ist er jedenfalls nicht."

Dann endlich kamen die Richtigen. Gleich drei Wagen hielten kurz hintereinander mitten auf der Wallstraße. An ein Durchkommen für andere Verkehrsteilnehmer war nicht mehr zu denken. Und die Spusi war auch gleich dabei.

Dass es nicht beim kleinen Finger geblieben sein konnte, war allen Außenstehenden klar, als eine Viertelstunde später ein blau uniformierter Jungspund mit schusssicherer Weste schwankend das Bembelparadies verließ und sich ein paar Meter nebenan übergab. Augenscheinlich hatte es Spaghetti zum Mittagsessen gegeben.

Da ging natürlich ein Raunen durch die Menge und die Spekulationen schossen wie Pilze aus dem Boden.

„Man hat den Ofen geöffnet."

„Oder uff de Toilett en Uffgeschlitzte gefunne."

„Quatsch, davon muss doch keiner mehr kotzen. Bei dem, was in Frankfurt so alles passiert."

„Von Asche allein muss aach kaaner kotze."

„Stimmt, vielleicht hat man den Kopf gefunden. Ich meine, so, dass die Leitungen noch aus'm Hals hängen."

„Könnt sein, abbä mer waas es net."

Und so weiter und so fort.

So war Sachsenhausen eben. Viel wurde gebabbelt. Meistens nur des Babbelns wegen. Ohne Sinn und Verstand, einfach nur so.

Herrn Schweitzer wurde es entschieden zu viel. Mehr würde man in den nächsten Stunden sowieso nicht erfahren. Der gestrigen Party und seines immer noch grummelnden Magens zum Trotz liebäugelte er mit einem stabilisierenden Ebbelwoi. „Adam, wie sieht's aus? Ich geb einen aus. Der Bembelladen bleibt heute eh zu."

Adam warf einen Blick auf seine Chefin.

„Geh nur. Ich mach das hier schon. Würd gern wissen, warum die hier jetzt so einen Terz machen. Sagt mir nur, wohin ihr geht, ich komm dann nach."

„Dautel?", schlug Herr Schweitzer vor.

„War ich eben schon."

„Dann halt ins Eichkatzerl."

Adam war einverstanden. „Prima. Moni, du kommst nach, versprochen?"

„Ja, sobald die hier fertig sind."

Schrumpeliger Schrumpfkopf

Das Leben meinte es gut mit den beiden. Obschon sich die Lokalität in der Dreieichstraße mal wieder regen Zuspruchs unter der Bevölkerung erfreute, hatten Adam und Herr Schweitzer ein schattiges Plätzchen im Garten ergattert. Mit am Tisch saßen vier Japaner, von denen einer die Frankfurter Rundschau vor sich liegen hatte. Also keine Touristen, mutmaßte der Sachsenhäuser Detektiv. Diese tummelten sich meist in den Ebbelwoi-Restaurationen auf der Schweizer Straße, deren Speisekarten fremde Schriftzeichen schmückten und die in jedem ausländischen Reiseführer als unbedingtes Muss vertreten waren.

Herr Schweitzer hatte gerade sein Frankfurter Schnitzel – Fleisch, Bratkartoffeln und Grüne Soße – verzehrt, als sie von Felix Melibocus, dem Herausgeber des Sachsehäuser Käsblättchens, entdeckt wurden. „Ihr hier?"

Adam: „Ja, wir hier. Aber dich haben wir vorhin nicht gesehen. Da passiert endlich mal was direkt vor deiner Haustür und vom Lokalreporter weit und breit keine Spur. Wenn du so weitermachst, verpennst du noch den eigenen Tod."

„Apropos Tod", ergriff Melibocus die Gelegenheit beim Schopfe, „was ist da los bei euch? Fotos habe ich zwar schon im Kasten, aber keiner wollte mir Auskunft geben. Dem Fernsehen übrigens auch nicht. Nur ein älterer Herr sprach von einem beispiellosen Blutbad."

„Fernsehen ist jetzt auch da?", kam es Herrn Schweitzer über die Lippen.

„Hessischer Rundfunk. Aber die konnten mir auch nichts stecken. Ein anderer Schaulustiger sagte mir, im Bembelparadies hätt's ein Massaker gegeben. Man kehre gerade das Fleisch zusammen."

„Das ist noch nicht so ganz klar", erwiderte Adam. „Bislang wurde nur ein abgetrennter Finger gefunden. Und was im Ofen, aber da gibt's wohl eine Nachrichtensperre."

Binnen Sekunden hatte Melibocus Herrn Schweitzer zur Seite gedrängt, um auf der Bank Platz zu nehmen, und sein Kugelschreiber die Arbeit aufgenommen.

„Autsch", schrie Herr Schweitzer auf. Er hatte gerade aus dem Bembel nachfüllen wollen, dabei aber sein malades Handgelenk vergessen.

Melibocus: „Hast du dir wehgetan?"

„Ja, Moni hat ihn umgeschmissen", sagte Adam schmunzelnd.

„Doch nicht unsere Moni aus dem Bembelparadies?"

„Genau die."

Der Kuli flitzte über den Block. „Die Moni also", murmelte Melibocus. „Welche Hautfarbe?"

Adam: „Moni ist waschechte Sachsenhäuserin, schon seit Generationen. Weiß also."

„Ich meine den Finger. Welche Hautfarbe hatte der Finger?"

Herr Schweitzer besah sich zum Abgleich seine Hand. „Weiß, würde ich sagen. So wie meiner."

„Westeuropäer folglich." Melibocus schrieb fleißig mit.

Adam: „Woher willst du das wissen? Es gibt ja auch Weiße in …"

„Hohe Wahrscheinlichkeit, schließlich sind wir hier mitten in Westeuropa. Und sei nicht immer so pingelig."

„Ich?", entfuhr es Adam entrüstet. „Ich und pingelig? Ich bin mal so was von unpingelig, das glaubst du gar nicht!"

„Jetzt hab dich nicht so. Weiter im Text."

Doch keiner sagte etwas.

„Also?", drängelte der Journalist.

„Also was?", fragte Adam. „Mehr war nicht. Dann kamen ja

auch gleich die Bullen und haben das Gebiet großräumig abgesperrt."

Doch Herr Schweitzer hatte Melibocus in sein Herz geschlossen. Mehr als einmal hatten sie in der Vergangenheit bei Kriminalfällen bereits zusammengearbeitet. „Na ja, da war noch dieser Frischling in Polizeiuniform, der kam gleich nach draußen gestürzt, nachdem sie den Ofen geöffnet hatten, und hat sich volle Kanne übergeben."

„Stimmt", bestätigte Adam und nickte mit dem Kopf. „In der Polizeikantine gab's heute Spaghetti."

„Bolognese", ergänzte Herr Schweitzer.

„Also hat der Zeuge mit den rumfliegenden Fleischbrocken doch Recht." Melibocus' Kuli huschte nur so übers Papier.

Herr Schweitzer schielte rüber und entzifferte: *Leichenteile ... vom Grauen gepackte Inhaberin ... Nervenzusammenbruch ... Polizei schockiert.*

Dann klappte Melibocus den Block zu, stand auf und verabschiedete sich. „Danke, Jungs. Muss noch mal rüber. Vielleicht hat sich was Neues ergeben. Ihr wisst ja, der Felix muss immer am Ball bleiben. Mann, werden die Kollegen neidisch sein. Verkaufe die Story noch heute an Reuters. Tschö. Ach ...", der Chefredakteur griff in seine Geldbörse, nahm einen Zehner und knallte ihn auf den Tisch, „... der Bembel geht natürlich auf mich. Ihr wart mir eine große Hilfe."

„Waren wir?", fragte Adam, als von Melibocus nur noch die Rücklichter zu sehen waren.

„Klar, aber Felix hätte auch aus nix 'ne Story gemacht."

Hätte die gute Seele vom Käsblättchen nur zehn Minuten länger ausgeharrt, die Titelstory wäre noch immens reißerischer ausgefallen.

Denn eine über beide Backen strahlende Moni hatte sich zu ihnen gesetzt und sprach: „Ich weiß jetzt alles."

Herr Schweitzer: „Du kennst den Mörder schon?"

„Babbel net. Ich war im Laden und hab alles mitgehört."

Adam: „Wie das denn? Im Tatort werden Unbefugte doch immer rausgeschickt. Und zwar ohne Wenn und Aber."

Moni: „Ich hab einfach erklärt, ich muss in mein Büro, die Steuererklärung fertig machen. Morgen wäre die allerletzte Frist. Und wenn ich die nicht einhalte, schätzen die mich. Und ob der Herr Hauptkommissar zufällig gerade zehn Mille einstecken habe, so viel würden die Aasgeier mir dann nämlich abknöpfen. Und dann, ohne eine Antwort abzuwarten, ab nach hinten ins Büro und Tür zu. Und natürlich gehorcht. Steuererklärung ist doch gestern schon raus."

Herr Schweitzer wusste, hier war nichts übertrieben. Selbst Klitschko wäre aus dem Ring, wenn Moni gemeint hätte, hier jetzt durchwischen zu müssen.

„Jetzt erzähl schon", forderte Adam.

Auch Herr Schweitzer war natürlich mehr als neugierig.

„Immer mit der Ruhe. Hab ich vielleicht schon en Ebbelwoi vor mir stehen?"

Nie zuvor in der Menschheitsgeschichte war ein sechzigjähriger Mann flinker von einer Holzbank aufgesprungen.

Drei Sekunden später kam Adam mit einem Glas zurück. Noch beim Absetzen flossen die ersten Tropfen des goldenen Göttertropfens, initiiert durch Herrn Schweitzer, vom Bembel ins Gerippte.

„Aaaah", kam es kurz darauf von Moni. Das Glas war halb leer. „Es geht doch nichts über einen verdienten Feierabendschoppe." Mit der Zunge leckte sie sich über die Lippen.

Herr Schweitzer konnte da nicht so ganz mitreden, denn zum Feierabend gehörte eine wie auch immer geartete vorangegangene Arbeit. Und er war Privatier. Und zwar durchgängig. Ohne Feierabend. Beziehungsweise Feierabend als Endlosschleife. Manchmal meinte er spaßeshalber zu seiner Freundin, wenn er nach einem ausgiebigen Hängematten- und Lesetag wieder in die gute Stube kam, jetzt sei aber Feierabend mit dem schweißtreibenden Tun und wann's denn Essen gäbe. Doch früher, in einem anderen Leben, war er mal Straßenbahnfahrer gewesen und wusste folglich um die eigentliche Bedeutung des Wortes Feierabend. Zumindest konnte er sich vage daran erinnern. Die Detektiverei, der er sich gelegentlich widmete, war mehr so ein seiner Neugierde geschuldetes Hobby. Er bearbeitete nur Fälle, die ihn wirklich interessierten.

„Also, passt uff, muss wohl einer von der Spurensicherung gewesen sein, der gesagt hat, so'n Schrumpfkopf habe er noch nie in Echt gesehen."

Adam: „Schrumpfkopf? Wie? Du meinst, so einer wie bei einigen Naturvölkern, die ihre Feinde enthaupten und dann den Kopp aufspießen, um ihn in der Sonne zu trocknen und anschließend ins Wohnzimmer zu hängen? So wie bei uns die Jäger die Köpfe ihrer erlegten Beute an die Wand nageln?"

„Schätze ja. Da muss aber wohl der komplette Körper geschrumpelt sein, denn die haben die ganze Chose dann mit so einer Zinkwanne abtransportiert. Ein einzelner Kopp hätte ja locker in eine Plastiktüte gepasst."

„Komisch", intervenierte Herr Schweitzer, „wieso ist der denn nicht völlig verascht? Bei den Temperaturen …"

„Jetzt lass mich doch mal ausreden. Was die nicht wissen, ist: Der Ofen ist zwar so ziemlich das neuste Modell, die Elektronik im Haus aber aus den Fünfzigern. Jedes Mal, wenn du den bis zum Anschlag aufdrehst, fliegt die Sicherung nach einigen Minuten raus. Ich hab's ausprobiert. Wollte mal ein paar Münzen schmelzen, nur um zu gucken, wie die danach aussehen. Und dann schwupps, alle Lichter aus. Dauert dann natürlich, bis er sich wieder abgekühlt hat."

Herr Schweitzer: „Hast du denen das auch erzählt?"

„Wollte ich. Aber der Obermacker von den Bullen geht mir gehörig gegen den Strich. Ist einer von diesen Highflyern. Ihr wisst schon, direkt von der Schulbank und weiß alles besser. Wahrscheinlich bindet ihm Mutti noch die Schuhe. Hat mich nach 'ner Stunde aus'm Büro geschmissen, das müsse nun auch noch spurentechnisch untersucht werden. Außerdem solle ich mich in zwei Stunden bereithalten, er habe noch ein paar Fragen."

Adam: „Was für Fragen?"

„Mir doch egal. Der kann mich mal kreuzweise. Hab ihm verklickert, in zwei Stunden bin ich im Eichkatzerl, da könne er ja hinkommen, wenn er was wissen wolle. Ansonsten morgen wieder."

Herr Schweitzer: „Und?"

„Was und? Der wusste nicht mal, was das Eichkatzerl ist. Sicher so ein Auswärtiger. Und wie der gebabbelt hat. So richtisch akademisch. Vom Leben keine Ahnung, aber so tun, als ob. Dieser kleine Windelkacker ..."

Adam, der seine Chefin zur Genüge kannte: „Jetzt trink erst mal. Und resch dich net so uff."

„Ich resch mich net uff. Wegen so'm Schnösel doch net." Moni leerte das Gerippt und ließ sich von Herrn Schweitzer nachschenken.

Dieser wiederum orderte den nächsten Bembel. Der Abend versprach gemütlich zu werden.

Einige Stunden später, die Nacht hatte sich über Sachsenhausen gesenkt, verabschiedete man sich voneinander. Herr Schweitzer war noch relativ nüchtern, denn er hatte seinen Ebbelwoi stets mit reichlich Sprudel verdünnt. Bei Moni und Adam freilich sah die Sache anders aus. Sie waren böse angeschickert und wollten noch mal zum John in die Balalaika, denn das Bembelparadies sei morgen von den Bullen noch nicht freigegeben und man könne prima ausschlafen.

Herr Schweitzer begleitete sie ein paar Meter. Bevor er ins Taxi stieg, fiel ihm noch ein, warum er vorhin das Bembelparadies aufgesucht hatte: „Äh, Moni, meinen Bembel, wann kann ich den abholen?"

„Huch, hab ich in all der Hektik ganz vergessen. Komm morgen Nachmittag einfach vorbei. Brauchst auch nix zahlen. Nicht dass du mich wesche deiner kaputten Hose noch verklagst."

Kein Wölkchen trübte den Himmel, als Herr Schweitzer seinen Morgenkaffee genoss. Sein störrisches graues Haar strebte nach allen Himmelsrichtungen. Einen Blick in den Spiegel hatte er noch nicht riskiert.

Bei der dritten Tasse kam seine Liebste, Maria von der Heide, vom Brötchenholen zurück. „Oh, sieh an, sieh an. Ich dachte schon, deine Schlafkrankheit sei wieder ausgebrochen."

Schlafkrankheit? Eine derartige Diagnose nach lediglich zehn Stunden im Bett? Herr Schweitzer sah das etwas anders, schließlich war das Wort Schlaf mit Schönheitsschlaf positiv besetzt. Von wegen Krankheit. „Ich schlafe nicht immer, wenn ich im Bett liege. Das sieht nur so aus. Oft denke ich auch mit geschlossenen Augen."

„Klar … daran, wer dich jetzt zu deiner Hängematte trägt."

„Nix da", verteidigte er sich. „Unten haben sie einen Schrumpfkopf gefunden und ich muss rauskriegen, wer das ist."

„Schrumpfkopf? In Sachsenhausen? Bei dir ist wohl eher der Inhalt vom Kopf geschrumpft. Oder mischen die jetzt halluzinogenes Pilzpulver in den Ebbelwoi?"

„Wenn ich's dir doch sage, Schatz. In Bembel-Monis Brennofen. Ich schwöre. Außerdem war ich sozusagen live vor Ort."

„Na dann. Was ist übrigens mit deiner Jeans los? Und kämmen könntest du dich auch mal wieder."

Irgendwie wurde Herr Schweitzer das Gefühl nicht los, nicht ernst genommen zu werden. Trotzdem strich er sich seine Haare glatt. „Und meine Jeans hat auch was mit dem Verbrechen zu tun. Die Moni hat mich nämlich umgerannt, nachdem sie einen abgetrennten Finger gefunden hatte."

Maria legte den Kopf schief und musterte ihn ausgiebig.

„Echt? Ein Schrumpfkopf?", fragte sie, nachdem für sie feststand, ihr Freund habe gerade mal keine Flausen im Kopf.

Na also, geht doch. Herr Schweitzer nickte bedeutungsschwanger. „Exakt. Und Fernsehen war auch da."

„Und du sollst der Kripo mal wieder zeigen, wie man solch einen Fall richtig anpackt?!"

„Na ja, ausdrücklich nicht, vielleicht. Aber Moni und Adam sind ja gute Bekannte. Und da kann man sich ja wohl ein bisschen … umhorche. Außerdem …"

„Was?"

„So ein Schrumpfkopf ist doch eine interessante Sache. Meines Wissens der erste derartige Fund in Sachsenhausen."

„Dir ist langweilig, stimmt's? Wundert mich nicht. Hab mich schon gefragt, wann du mit deiner Hängematte zusammenwächst. Und jetzt deck gefälligst den Tisch, ich hab Hunger."

Oberkommissar Schmidt-Schmitt mischt mit

Von null auf hundert ist schwierig. Nach Tagen innigen Zusammengehörigkeitsgefühls seitens Herrn Schweitzer und seiner Hängematte, befand er nun, ein bisschen Bewegung könne nicht schaden. Zumal damit zu rechnen war, der Fall könne einen toppfitten Sachsenhäuser Detektiv benötigen. Ergo entsagte er dem 36er Bus und machte sich zu Fuß ins Dorf runter. Augenscheinlich war es mit Herrn Schweitzers Kondition nicht zum Besten bestellt, denn schon bei der Binding-Brauerei kam er ins Schwitzen, obwohl es ständig nur bergab ging. Wie sollte das erst in die andere Richtung aussehen? Das bisschen Arrhythmie konnte man dagegen vernachlässigen, es war normal für sein Alter. Okay, das Thermometer hatte sich zu seiner Entschuldigung bei rekordverdächtigen 36 Grad eingependelt, da konnte es mit dem Sauerstoffgehalt der Luft schon mal ein bisschen eng werden.

Zur vollen Stunde schlug Herr Schweitzer im Bembelparadies auf. Das Absperrband war weg, der Laden aber noch nicht wieder in Betrieb. Adam stand davor und rauchte.

„Gude wie, Adam. Ist die Moni auch da?"

„Drinnen. Die kratzen noch den Ofen komplett aus, danach können wir wieder öffnen. Der Schmidt-Schmitt war vorhin übrigens auch hier. Sieht so aus, als gehöre er zum Ermittlungsteam."

„Und, was Neues?"

„Ja, keine Einbruchsspuren."

Herr Schweitzer: „Das heißt …"

„Ich war's net und Moni auch net, dafür leg ich meine Hand ins Feuer."

„Lass mal lieber. Du weißt doch inzwischen, wie unappetitlich geschrumpeltes Fleisch aussieht."

Erschrocken betrachtete Adam seine rechte Hand. „Ach Quatsch, wen sollten wir schon entsorgen? Außerdem kannste davon ausgehen, dass die Moni und ich das richtig gemacht hätten. Und die Polizei hätten wir dann wohl auch nicht gerufen."

„So betrachtet … Wer hatte denn alles einen Schlüssel für die Bude?"

„Nur wir zwei."

„Seltsam, seltsam."

„Find ich auch", bestätigte Adam. „Aber guck, die haben das Schloss ausgebaut und zur kriminaltechnischen Untersuchung mitgenommen. Schmidt-Schmitt hat gesagt, rauskriegen, ob einer einen Nachschlüssel benutzt hat, gehe heutzutage ratzfatz."

„Stimmt", wusste auch Herr Schweitzer. „Bleibt also die Frage, wer die Möglichkeit dazu hatte."

„Moni und ich sollen eine Liste dieser Personen zusammenstellen."

„Und, stehen schon Namen drauf?"

„Zwei, mehr sind uns beim besten Willen nicht eingefallen. Und hundert Pro, mehr sind's auch nicht."

„Dann werden wohl bald Handschellen klicken. Wer ist es denn?"

„Vor zwei Jahren hatten wir mal einen Putzmann und …"

„Einen Putzmann? Hab ich da richtig gehört?"

„Warum denn nicht? Auch Männer können putzen."

Herrn Schweitzer dachte als Erstes an sich selbst. „Können schon ..."

„Und dann hatten wir im Februar für ein paar Tage mal einen Praktikanten. Hat's aber nicht lange ausgehalten. Keine zwei Wochen, wenn ich mich recht entsinne. Moni weiß da Genaueres. War so ein Sohn reicher Eltern, Sebastian hat er geheißen. Sein Onkel ist irgendwie mit Moni bekannt, er wollte, dass sein Ziehsohn mal reinschnuppert, wie richtige Arbeit aussieht. Hat ihm aber nicht zugesagt, das frühe Aufstehen und so." Adam schnippte den Zigarettenstummel in den Rinnstein.

Verstehe, dachte Herr Schweitzer, frühes Aufstehen und so. Sein Ding war's auch nicht gerade. Aber: „Ihr macht doch erst um zehn auf, oder täusche ich mich da?"

„Das schon. Aber wenn du jeden Morgen erst um sechs aus der Disco fällst, kann zehn fast noch nachts sein."

„So ein Typ war das?"

„Schlimmer, wenn du mich fragst. Sebastians glasiger Blick und seine mangelnde Motorik bei der Arbeit sprachen für lustige Pillen aller Art."

„Du meinst Ecstasy und so?"

„Haut hin. Manchmal war er dermaßen aufgedreht, dass ich die Dinge lieber gleich selbst erledigt habe. War einfacher, als ihm alles ständig drei Mal erklären zu müssen. Gerafft hat er in dem Zustand eh nicht viel."

Außer seinem Morgenkaffee mochte Herr Schweitzer keine Aufputschmittel. Davon bekam man nur Schlafstörungen. Wozu sollte man nicht schlafen können wollen? Der Neandertaler hatte auch kein Ecstasy, damals.

Und die Agenda dieses Urmenschen war ähnlich umfangreich wie seine eigene. Agenda Neandertaler: Jagen, Essen, Schlafen – Jagen, Essen, Schlafen. Agenda Herr Schweitzer: Einkaufen, Essen, Schlafen – Einkaufen, Essen, Schlafen. Die einzige offene Frage: Jagte der Urmensch schneller als Herr Schweitzer einkaufen ging? Schwer zu sagen.

„Aber“, fuhr Adam fort, „das hat sich dann schnell von selbst erledigt. Eines Morgens ist Sebastian einfach nicht mehr aufgetaucht. Moni war's gerade recht so. War mehr eine Gefälligkeit von ihr dem Onkel gegenüber.“

„Verstehe. Und der Putzmann, hatte der einen eigenen Schlüssel?“

„Klar. Guck dich doch mal drinnen um. Gleichzeitig putzen und arbeiten geht nicht, ist doch viel zu wenig Platz. Horst kam zwei Mal die Woche um neun.“

„Horst, und wie weiter?“

„Irgendwas mit … mit Sinn, nein, Senn …“

„Senntal“, sagte Moni, die plötzlich im Türrahmen stand. „Horst Senntal. Hat aber auch nicht lang durchgehalten. Kreuz. Bandscheibe oder so. War nicht gerade 'ne Sportskanone. Obwohl, Horst war erst Ende vierzig. Ungefähr so dick wie …“ Moni hatte bei den letzten Worten einen kurzen Blick auf Herrn Schweitzer geworfen, dann aber ganz flink und geflissentlich in den Himmel geschaut, ob dort vielleicht gerade eine Sternschnuppe leuchtete.

Instinktiv zog der Sachsenhäuser Detektiv seinen Bauch ein.

„… Helmut Kohl“, vollendete die Chefin vom Bembelparadies geschickt.

„Und Sebastian, wie hieß der mit Nachnamen?“

„deWitte. Kleines de und Witte zusammengeschrieben. Holländer. Machen die manchmal so, hab ich mir erklären lassen. Wieso willst du das alles wissen? Du hast doch nicht vor …“

„Nö, Blödsinn. Ist nur, weil …“

„… du deine Nase wieder überall reinstecken musst“, vollendete Moni und grinste. „Übrigens, kennst du eine hessische Wurstsorte mit U am Anfang?“

Herr Schweitzer überlegte. Ihm fiel aber nichts ein.

„Uffschnitt“, wurde er von Adam aufgeklärt.

„Ach, bevor wir's wieder vergessen …“, sagte Moni und entschwand im Bembelparadies.

Derweil fragte Adam: „Hast du heute schon das Käsblättche in der Hand gehabt? Wir nämlich nicht. Felix glänzt schon den ganzen Tag mit Abwesenheit."

Herr Schweitzer verneinte. Interessieren würde es ihn schon, was sich der Herausgeber über den Schrumpfkopf zusammengereimt hat.

„Da, guck. Ist der nicht schön geworden?", fragte Moni und hielt ihm den in Auftrag gegebenen Bembel entgegen.

„Oh." Herrn Schweitzer fielen fast die Augen aus dem Kopf, so brillant hatte Moni seine Vorgaben umgesetzt. Schwarz glänzend, 25 cm hoch, im Mistral-Schriftzug die Worte *10 tolle Jahre* und darunter *Maria und Simon* in einem stilisierten Herz.

„Ich pack ihn dir nur schnell noch bruchsicher ein", sagte Moni verschmitzt. „Wie ich dich kenne: Dabbischkeit verlass mich net."

„Prima Idee", schlug Adam in dieselbe Kerbe. „Sonst stolperst du noch über die nächste Streichholzschachtel und futsch ist das schöne Ding."

Wohlweislich hielt Herr Schweitzer die Klappe. Ihm war sein vorauseilender Ruf durchaus bekannt. Ein bisschen fahrig war er nämlich schon. Hin und wieder.

Im Weinladen am Wendelsplatz kaufte er noch zwei edle italienische Weine. Obendrein lag dort die neuste Ausgabe vom Sachsehäuser Käsblättche aus. Noch an der Bushaltestelle begann er den Text unter der fetten Überschrift *Das Grauen im Bembelparadies* zu lesen. Felix Melibocus hatte sich mal wieder selbst übertroffen.

Gestern am frühen Nachmittag wurde die traditionsreiche Töpferei Maurer, die dieses Jahr ihr vierzigjähriges Bestehen feiert, Schauplatz des wohl grausigsten Verbrechens in der Geschichte unseres Stadtteils. Als die Besitzerin ihren Ofen, in dem seit jeher die Original-Apfelweinbembel gebrannt werden, öffnen wollte, entdeckte sie davor zu ihrem Entsetzen einen abgetrennten Finger und erlitt einen Nervenzusammenbruch. Inzwischen ist sie aber wieder wohlauf, wie dem Sachsehäuser Käsblättche ein Polizeipsychologe anvertraute. Die umgehend verständigte Kripo riegelte das Gelände weitläufig ab, um Hunderte von Schaulustigen vom Tatort fernzuhalten.

Der nächste Schock folgte, als die Spurensicherung den Brennofen öffnete und eine halbverbrannte männliche Leiche, wahrscheinlich Westeuropäer mittlerer Größe, vorfand. Obwohl die Kripobeamten einiges gewöhnt waren, schlug einigen von ihnen der Anblick der zusammengeschrumpften Leiche dermaßen auf den Magen, dass sie ihre Arbeit für mehrere Minuten unterbrechen mussten. Ein Beamter wurde sofort vom Dienst freigestellt, so etwas Schreckliches habe er noch nie in seinem Leben gesehen.

Unklar ist noch, wie der oder die Täter in den Laden gelangen konnten, um ihr entsetzliches Werk in die Tat umzusetzen, da keinerlei Einbruchsspuren entdeckt wurden. Das Ergebnis der sichergestellten Fingerabdrücke steht noch aus. Zeugen, die in der Nacht von Donnerstag auf Freitag verdächtige Personen in der Wallstraße und Umgebung beobachtet haben, werden gebeten, sich umgehend mit der nächsten Polizeidienststelle in Verbindung zu setzen.

Das Sachsehäuser Käsblättche wird, wie es die Leser gewohnt sind, auch in der nächsten Ausgabe über brandaktuelle Ermittlungsergebnisse berichten.

Herr Schweitzer faltete die Zeitung zusammen und schmunzelte. Brandaktuell im Zusammenhang mit dem Zustand des Opfers – typisch Felix, immer für ein Späßchen zu haben.

An der Sachsenhäuser Warte stieg er aus. Am dortigen Blumenwagen ließ er sich einen bunten Strauß für 30 Euro zusammenstellen. Und fast hätte ihn ein Skateboardfahrer über den Haufen gefahren, als Herr Schweitzer, sichtbehindert durch die Blumen, seinen Weg fortsetzen wollte. Im letzten Moment konnte dieser mit einem Seitschwung eine Kollision verhindern. Dem Bembel war nichts passiert.

Das Jubiläum

Zehn Jahre – ein Haufen Holz. Herr Schweitzer war sich bewusst, seine Beziehungskiste mit Maria war eine goldrichtige Entscheidung gewesen. Nicht viele Menschen hatten dermaßen saumäßiges Glück. Er kannte unzählige Paare, die in der Zweisamkeit vereinsamten. Natürlich hatte es in all den Jahren auch kleinere Reibereien und Probleme gegeben, doch wurden diese Hürden stets mit Bravour gemeistert. Hilfreich war vielleicht, dass Maria sowie er selbst derart gestrickt waren, dass man in sich selbst ruhte, sich durch fast nichts aus der Ruhe bringen ließ und man die Macken des jeweils anderen akzeptierte.

Der Anlass war gebührend gefeiert worden. Herr Schweitzer hatte seine Kochkünste in puncto Rindergoulasch mit Semmelknödeln zum Gelingen des Abends beigesteuert, während seine Liebste eine ausreichende Portion – er hatte sehr zu seinem Gusto zwei Mal Nachschlag bekommen – Zimt-Natilla gezaubert hatte. Der Pinot Grigio war vollständig geleert, nur vom Rosso Veneto war noch ein kleiner Rest übrig. Als Dessert zum Dessert hatte es noch Jubiläumssex gegeben. Nicht zu wild, denn die Alterszipperlein verhinderten allzu Akrobatisches.

Hernach hatten sie sich noch ein Weilchen erholt und dann ein Taxi bestellt. Ihr persönlicher Stammchauffeur Ferdi S. kutschierte sie runter zum Weinfaß, ihr gemeinsames Stammlokal seit vielen Jahren.

„Du kommst doch nachher auch noch“, sagte Herr Schweitzer beim Bezahlen. „Wir feiern unser 10-Jähriges und alle Getränke gehen auf uns.“

„Au fein, ich mach nur die 200 noch voll, dann stell ich die Kiste ab. Wie lange soll's denn gehen?“

„Bis Bertha uns rausschmeißt.“

„So lange? Dann kann ich ja danach direkt zur Frühmesse.“

„Logo, bis später dann.“

Was sofort ins Auge sprang: Die feuchtfröhliche Gesellschaft musste schon länger zugange sein. Und fast alle waren der Einladung gefolgt. Weizenwetter, beim Trinken stets ein Aktivposten, dem anzusehen war, dass er schon mehrere Weizengläser trockengelegt hatte. Buddha Semmler, der skurrile Ebbelwoi-Wirt mit dem kleinen Bäuchlein. Odilo und Frederik, die beiden Streifenpolizisten, im Stadtteil bekannt wie bunte Hunde. Oberkommissar Schmidt-Schmitt. Felix Melibocus, auf der Jagd nach den neuesten Informationen direkt neben Mischa. Moni und Adam vom Bembelparadies. Helmut vom Eichkatzerl. Selbst Giorgio-Abdul, Herrn Schweitzers Dealer, hatte sich das erste Mal hierher verirrt. Und Bertha natürlich, die wohl älteste Wirtin Sachsenhausens, die mit dem großen Schlappmaul. Diese allerdings war mächtig im Stress und kam mit dem Nachschenken kaum nach. Nur sporadisch konnte sie nebenbei mal an ihrem Weinchen nippen. Allerdings hatte sich Buddha Semmler bereit erklärt, zu späterer Stunde den Ausschank zu übernehmen, so dass auch Bertha noch auf ihre Kosten kommen sollte. Dem Ebbelwoi-Wirt eilte der Ruf voraus, egal in welchem Zustand, keine Bestellungen zu vergessen. Eigentlich fehlte nur Marias Freundin Karin, die man aber vor drei Wochen, und das war absehbar, in die Klapse eingeliefert hatte, nachdem sie in lila Spitzenunterwäsche und einer Nikolausmütze mitten auf dem Schweizer Platz den nahenden Weltuntergang prophezeit hatte. Komisch war sie schon immer gewesen, die Karin, aber wer ist das nicht? Trotz intensiver Bemühungen konnte Maria den überbordenden Tabletten- und Alkoholgenuss ihrer Freundin nicht eindämmen, so dass es zwangsläufig zum Desaster kommen musste. Doch Karin war in guten Händen. Maria besuchte sie oft in dieser renommierten Privatklinik im Odenwald.

Natürlich, wie sollte es auch anders sein, war das große Thema des Abends die dahingemeuchelte Schrumpelleiche aus Monis Backofen. Da sich Schmidt-Schmitt diesbezüglich wortkarg und bedeckt gab, schossen die Vermutungen nur so im Raum herum.

„Sag mal, Mischa“, fragte Melibocus. „Kann man bei einem

Toten in diesem Zustand eigentlich noch den Todeszeitpunkt bestimmen? Leichenstarre geht ja nicht bei all der Hitze."

Mischa schwieg.

Buddha Semmler: „Klar geht das. Die Leiche kann ja trotzdem hart gewesen sein und hätte somit gar nicht komplett in die Bratröhre gepasst. Das ist wie mit Spaghetti."

„Wie? Spaghetti?" Herr Schweitzer war irritiert.

„Na ja, wenn dein Topf zum Beispiel zu klein ist, kannste die Spaghetti nicht reintun, ohne sie zu zerbrechen. Und jetzt nimm mal eine Leiche mit Starre und versuche, sie in einen zu kleinen Ofen zu schieben. Siehste, geht nicht. Es sei denn, du schiebst erst die Beine rein und wartest, bis sie warm und geschmeidig sind. Dann kannst du sie quasi knicken, ohne dass sie gleich zersplittern. Und dann peu à peu den ganzen Rest hinterher. Aber immer schön vorsichtig. Wie bei Spaghetti eben." Buddha Semmler pustete auf seine Fingernägel.

„Interessanter Aspekt", knurrte der Oberkommissar. „Muss ich gleich morgen beim Statusmeeting erzählen. Die von der Gerichtsmedizin werden auch begeistert sein."

„Der Finger", ließ Melibocus nicht locker, „ist doch ein Glücksfall. Ich meine, es hätte ja auch die Nase abgequetscht ..."

„Oh", meldete sich nun Weizenwetter zu Wort. „Von der Nase einen Fingerabdruck zu bekommen, stelle ich mir schwierig vor."

Buddha Semmler: „Gut dass *die* wenigstens noch heil ist. Da habt ihr immerhin eine DNA."

Schmidt-Schmitt wurde es zu viel. „DNA ist auch aus einer Schrumpelleiche rauszuquetschen. Sagt mal, da guckt ihr jeden Sonntag den Tatort, aber merken tut ihr euch nix. Selbst aus Mumien kann man heutzutage die DNA analysieren."

„Echt?", fragte Adam. „Da lass ich mich doch lieber einäschern. Sonst kriegen die später noch raus, dass ich Österreicher als Vorfahren hatte."

„Wie?", wurde Weizenwetter hellhörig. „In deiner Familie gibt's Österreicher? Das würde einiges erklären."

„War'n Witz."

„Ich dachte schon ... Na dann, Prost."

So ging das den ganzen Abend weiter. Gelegentlich wechselte man das Thema, landete aber alsbald wieder bei Moni und ihrer kross gebratenen Leiche. Und warum sie denn ihre verbrauchten Liebhaber immer gleich so barbarisch entsorgen müsse.

Als nach vier der Morgen graute, war man allenthalben doch recht ermattet. Und nur noch zu viert. Maria, Herr Schweitzer, Buddha Semmler und der Oberkommissar. Der Rest hatte sich bereits vom Acker gemacht, das Stehvermögen war auch nicht mehr das früherer Jahre.

Schmidt-Schmitt wandte sich beim Abschied an den Sachsenhäuser Gelegenheitsdetektiv: „Du, Simon. Jetzt, da die Presse weg ist, dir kann ich's ja sagen: Der Fingerabdruck hat nichts gebracht und der Putzmann Horst Senntal ist als Tatverdächtiger auch außen vor. Liegt seit Tagen mit 'ner Gehirnerschütterung im Krankenhaus."

„Bleibt noch Sebastian ... wie noch mal?"

„deWitte. Ist verschwunden. Fahndung läuft."

Maria und er hatten beschlossen, bei ihm im Mittleren Hasenpfad zu nächtigen. Sie waren leise, um Herrn Schweitzers Mitbewohnerin Laura nicht zu wecken. Beim Leeren seiner Jackentasche fiel ihm das in Weihnachtspapier gewickelte Jubiläumsgeschenk von Giorgio Abdul in die Hände, welches er erst zu Hause öffnen sollte. Es war ein als Miniatur-Schultüte – etwa für Teddybären – nur unzureichend getarnter Riesenjoint. Glänzendes Dunkelgrün mit Goldrand. Wahrscheinlich das Feinste vom Feinsten, dachte Herr Schweitzer. Bei so was ließ sich Giorgio-Abdul selten lumpen.

Maria stöhnte: „Oh nee, den schaff ich jetzt nicht mehr."

Auch Herr Schweitzer war bedient vom ereignisreichen Tag. „Geht mir genauso. Heben wir ihn uns für ein andermal auf."

Hand in Hand schliefen sie völlig erschöpft ein.

Samstag. Herrn Schweitzers Mitbewohnerin Laura hatte sich mit Freunden zu einer Fahrradtour nach Seligenstadt verabredet. In der Wohnung herrschte eine angenehme Stille. Herrn Schweitzers Wohn-Schlafzimmer ging nach Norden, mit Blick auf die Skyline, und war deswegen keiner Sonnenbestrahlung ausgesetzt. Im Winter war das manchmal ein bisschen düster, doch bei der momentanen Hitzewelle eher angenehm. Maria schlief noch. Er überlegte kurz, ob er mal im Bembelparadies vorbeischauen sollte. Nicht dass er neugierig war, das nicht. Nein. Oder doch?

Ein etwas größerer Umweg beim Brötchenholen und er wäre dort. Vielleicht gab's Neuigkeiten, könnte doch sein. Über Sebastian deWitte zum Beispiel. Und wenn nicht, könnte man ja die Zeit sinnvoll mit etwas Dummgebabbel mit Moni und Adam ausfüllen. Oder wen man halt sonst noch so traf. Felix Melibocus wäre auch eine Option, die Redaktion lag ja in derselben Straße.

Ein Blick auf die Uhr verriet ihm, dass das Bembelparadies in einer halben Stunde schloss und er, Herr Schweitzer, hetzen müsste. Und das kam nun mal gar nicht in die Tüte. Nicht bei diesem Wetter. Generell auch nicht. Man hüte sich vor Herzinfarkten. Die bringen einen auch nicht weiter.

Also gemach, gemach. Leise zog er sich an und ging zum Bäcker. Beim Paco am Südbahnhof versorgte er sich zudem mit der Tageszeitung.

Später küsste er Maria wach, während der Kaffee lief. Noch später spazierten sie den Berg zu Marias Bungalow hoch. Seine Hängematte musste heute ohne ihn auskommen, Herr Schweitzer pflanzte sich aufs Sofa. Dort blieb er bis zum Abendbrot. Nichts Aufwändiges, einfach ein paar Stullen. Die Hessenschau befasste sich zwar mit der Schrumpelleiche, doch vermittelte nichts, was er nicht schon wusste. Zwei recht gute Krimis rundeten den Abend ab. Maria und er hatten während des Tages keine zehn Sätze miteinander gesprochen. Keinem war das unangenehm. Das musste auch mal sein. Einfach nur schweigen. Ganz einfach. Manchen Menschen stünde das auch mal gut zu Gesicht. Schweigen.

Der Sonntag brachte ähnlichen Leerlauf. Früher ging man immerhin noch in die Kirche, sonntags. Aber auch die hatten Leerlauf. So viel, dass manche Gemeinden inzwischen ihre Kanzelpredigten zusammengelegt hatten, damit die Pfaffen zu mehr als zwei Personen salbadern konnten. Man stelle sich vor, in 50 Jahren ginge keiner mehr zur Eintracht, nur noch Platzwart und Präsi sähen sich die Spiele an. Heute unvorstellbar. Doch vor gar nicht allzu langer Zeit hatte sich der Vatikan die Zukunft auch anders vorgestellt.

Die fast einzige Abweichung dem Samstag gegenüber: Maria und Herr Schweitzer ließen sich zum Abendessen Sushi vom Japaner auf der Darmstädter liefern.

Neues aus Bangladesch

Montag. Müßiggang ist nicht einfach nur Faulenzen auf hohem Niveau, nein, er regeneriert auch Geist und Körper. Mit ein Grund dafür, warum Herr Schweitzer stets topfit war, wenn's drauf ankam. Und drauf ankommen sollte es noch, selbst wenn es zum jetzigen Zeitpunkt nicht so aussah.

Maria jedenfalls wollte an ihrer Skulptur weiterarbeiten. Ergo entschloss sich Herr Schweitzer zu einem Besuch unten in der Wallstraße. Ob Felix und/oder Bembelparadies ließ er offen. Der Mann von heute ist schließlich flexibel.

Unten angekommen präsentierte ihm Adam seine neueste Errungenschaft. Ein buntes Emailschild schmückte die Wand hinter der Theke.

Vegetarisch ist indisch und heißt, zu doof zum Jagen.

„Gut, gelle." Adam schmunzelte.

„Woher hast du das?", wollte Herr Schweitzer wissen. „So eins will ich auch. Maria meint nämlich, ich würde zu viel Fleisch essen, das sei ungesund."

Dann betrat eine überschminkte Frau in leichter lila Tuchhose den Laden. Trotz des im Gegensatz zum Vortag nur geringfügig abgekühlten Wetters trug sie einen in allen Rottönen schillernden meterlangen Seidenschal um den Hals. Ihre hochgesteckte Frisur mochte wohl mal in vormosaischer Zeit en vogue gewesen sein. Sie erinnerte stark an in Grabmalen gefundene Fresken ägyptischer Königinnen. Unbegreiflich, wie man so rumlaufen konnte, dachte Herr Schweitzer, der seine Kleidung auch nicht unbedingt immer nach dem letzten Schrei zusammenstellte.

Als sie dann auch noch in grauseliger Fistelstimme fragte: „Machen Sie auch Bembel in Orange?", verließ Herr Schweitzer fluchtartig den Verkaufsraum. Man musste sich ja nicht alles antun. Obendrein kannte er sie nicht. Solche Personen blieben in Sachsenhausen normalerweise nicht unbeachtet und böten genügend Gesprächsstoff für ein veritables Getratsche. Sie musste also neu sein oder kam eigens von Hibbdebach über den Main.

Kaum draußen, läutete sein Handy.

Schmidt-Schmitt: „Gude. Wo steckst du? War gerade bei euch. Maria meinte, du seist vielleicht beim Felix."

„Da wollte ich gerade hin. Was gibt's?"

„Erzähl ich dir gleich. Warte, bin sofort da." Aufgelegt.

Na huch aber auch, dachte Herr Schweitzer, kam die Bullerei mal wieder nicht weiter und musste sich an den Sachsenhäuser Meisterdetektiv von Gottes Gnaden wenden.

Doch bevor er sich auf dem selbstgezimmerten Olymp einrichten konnte, kam die verhuschte Dame vom anderen Stern aus dem Bembelparadies gestürmt. „So teuer! Die spinnen total! 45 Euro! Ich will doch nicht den Laden kaufen! In Bangladesch kann ich davon einen ganzen Monat leben. Nein, so was Unverschämtes!" In ihren Jesuslatschen stürmte sie von dannen.

„Kennst du die?" Adam stand im Türrahmen.

„Das wüsste ich aber. Bangladesch gehört nicht ganz zu meinem Einzugsgebiet. Und was man so hört, sollen dort die Ebbelwoi-Kneipen ganz schön runtergekommen sein. Rippchen auf Soja-Basis – pfui Teufel!"

„Ich frag mich, wie solche Menschen durchs Leben kommen." Adam kratzte sich am Kopf.

Das überstieg aber auch Herrn Schweitzers Vorstellungsvermögen. „Vermutlich planlos." Er dachte an Karin in der Klapse. „Ich schätze mal, die meisten von denen werden irgendwie von Angehörigen oder Ehepartnern durchgeschleppt. Finanziell zumindest. Find ich auch gut so. Stell dir vor, man würde sie alle einweisen."

„Nicht auszudenken. Unsere Straßen wären wie leergefegt", konstatierte Adam und zündete sich eine Fluppe an.

„Wo ist eigentlich Moni?"

„Die bemalt gerade in Höhr-Grenzhausen in der Nähe von Koblenz den Super-Bembel, bevor er gebrannt wird."

„Den was?"

„Den Super-Bembel. Hast du's nicht gelesen? Stand groß und breit im Käsblättche, letzte Woche. Ist für's Guinnessbuch der Rekorde. Wird ungefähr so hoch." Adam hielt den Arm schräg von sich. „Und wiegen tut er, ui, ui ... hab ich vergessen. Um die 300 Kilo, glaube ich. Und die Schlosserinnung macht 'nen passenden Faulenzer dazu."

(Für Auswärtige: Faulenzer wird das metallene Kippgestell genannt, in das die Bembel gestellt werden und das man dann so weit kippen kann, dass der leckere Inhalt mühelos in die Gläser gelangen kann, ohne sich gleich einen Bruch zu heben.)

„Nee, das Käsblättche lese ich nur, wenn ich irgendwo darüber stolpere."

„Na ja, gibt jedenfalls 'ne Menge Bablisidie."

Gemeint war Publicity.

Und dann kam auch schon der Schmidt-Schmitt in einem dunkelblauen Dienst-Opel vorgefahren. „Gude, Simon. Ich dachte, du wärst beim Felix."

„Wollt ich gerade hin. Gude."

„Warte am besten hier, ich such nur noch schnell einen Parkplatz."

Gesagt, getan.

Oberkommissar Schmidt-Schmitt kam kurz darauf mit einem unbekannten Herrn Anfang zwanzig wieder. „Das ist Hajo, mein Assistent im Schrumpfkopffall."

„Heißt das jetzt auch offiziell so?" Herr Schweitzer musterte den Neuen. Adrettes Äußeres. Haare blond und kurz. Nicht sehr muskulös, eher so Richtung Hänfling. Nicht unsympathisches Lächeln.

„Natürlich nicht. Halt ja die Klappe Felix gegenüber. Ist mehr so der interne Sprachgebrauch", erklärte der Oberkommissar. „Hajo, das ist der Simon, von dem ich dir erzählt hab."

Hajo reichte ihm die Hand. „Angenehm, Sie kennenzulernen."

„Ebenfalls."

„Und Sie sind also der Mann, der alles über Sachsenhausen weiß."

Herr Schweitzer war angenehm berührt. „Alles vielleicht nicht." Das fand er allerdings leicht untertrieben, also fügte er schnell hinzu: „Aber so gut wie alles."

„Simon, wir brauchen dich", schmeichelte Schmidt-Schmitt.

Wusste er's doch. Einer musste ja das Eisen aus dem Feuer holen. Wie immer, wenn's eng wurde. „Klar, lasst uns ein paar Schritte gehen."

„Tschö, Adam."

„Tschö, Simon, wir sehen uns."

„Und?", fragte Herr Schweitzer, nachdem sie sich auf einer Bank im Park des Alten Friedhofs niedergelassen hatten. „Was gibt's?"

Der Oberkommissar: „Jetziger Stand der Dinge: Fingerabdruck und DNA bisher ohne Resultat. Aber, und jetzt kommt's: Sebastian deWitte wurde heute Morgen von seinem Onkel als vermisst gemeldet, weil gestern die Oma vom Sebastian Geburtstag feierte. Und das sei das erste Mal gewesen, dass er nicht erschienen ist. Er liebt seine Oma sehr."

Herr Schweitzer, blitzgescheit in alter Manier: „Das heißt aber, die Leiche ist nicht Sebastian. Wegen der DNA, meine ich."

„Exakt. Das haben wir sofort überprüft. Negativ. Sein Onkel wohnt übrigens nur vierzig Meter von Maria entfernt. Die gelbe Villa mit der römischen Dingsda im Garten."

Ausländische Gottheiten gehörten nicht zu Herrn Schweitzers speziellen Wissensgebieten. Allerdings hatte ihm seine Liebste unlängst bei einem Spaziergang die Skulptur erklärt. Damit ließ sich nun prima prahlen: „Das Dingsda ist die berühmte Venus von Milo. Und außerdem ist sie griechisch."

Immer schön auf die Pauke hauen, wenn man sich unentbehrlich machen will. Das ist in Deutschlands Geschäftswelt gang und gäbe. Hajos Mimik drückte höchste Bewunderung aus. Na also, geht doch.

„Von mir aus", fuhr der Oberkommissar fort und reichte ihm ein Foto. „Hast du den in letzter Zeit mal bei euch oben gesehen?"

„Sebastian, stimmt's?"

Schmidt-Schmitt: „Genau. Aber oft war er im letzten Jahr nicht oben. Hat sich wohl ganz böse mit seinem Onkel verkracht. Kam nur, um seine Oma zu besuchen. Mit der verstand er sich ausgezeichnet. Du musst wissen, der Onkel ist ein vielbeschäftigter Mann. Rüdiger deWitte. Kennst du vielleicht, knallharter Geschäftsmann. Ist der Typ, der als Manager ganz groß im Leistungssport mitmischt. Tennis, Fußball, Eishockey, alles, was lukrativ ist und Kohle bringt. Und das schon seit drei Jahrzehnten."

„Hm, gelesen habe ich schon über ihn", antwortete Herr Schweitzer und strich sich übers Kinn, „aber gesehen noch nie. Der kommt immer mit so einer schwarzen Mercedes-Limousine mit abgedunkelten Scheiben. Aussteigen braucht er auch nicht. Das Tor öffnet sich automatisch. Fernbedienung. Und den Jungen, weiß nicht. Kann sein, aber geachtet habe ich nie darauf."

„Kannst ja mal die Augen offenhalten."

Herr Schweitzer: „Was ist eigentlich mit dem Schloss, das ihr untersucht habt? Nachschlüssel oder nicht?"

Hajo, der bisher nur stumm daneben gesessen hatte: „Nachschlüssel, wie wir's uns gedacht haben. Übrigens kein professioneller Schlüsseldienst. Wir haben außergewöhnlich viele Kratzspuren entdeckt. Sehr seltsam. Ein Wunder, dass das Ding überhaupt funktioniert hat."

Herr Schweitzer war nun voll in seinem Element. Nach monatelanger Abstinenz lechzte sein Hirn nach kombinatorischer Tätigkeit. „Und die Freunde von Sebastian? Habt ihr die schon befragt? Eine Freundin? In dem Alter ..."

„Da sind wir dran", unterbrach Schmidt-Schmitt. „Doch genau das ist momentan unser Problem. Sebastian verbringt seine Nächte in der Frankfurter Clubszene. Du kannst dir vorstellen, was das bedeutet. Jeder kennt jeden, aber nur vom Sehen. Oder mal mit Vornamen, wenn's hochkommt. Seine Stammdisco war wohl die Druckkammer in der Hanauer. Du weißt, nur hippe Leute. Und die Bedienungen, ungefähr ein Dutzend, die sich abwechselnd die Nächte um die Ohren schlagen. Bis wir die alle durchhaben, das kann dauern."

Hajo ergänzte: „Ja, und dann hat er, der Sebastian, noch eine ziemlich exklusive Wohnung in einem der Solitäre in Little Soho. Das sind die ziemlich schnieken Häuser am Main, wo früher der Schlachthof ..."

Der Oberkommissar hob die Hand. „Simon weiß, wo die Solitäre stehen."

„Äh ja, sorry. Natürlich. Aber anscheinend ist er das Wochenende nicht dort gewesen. Jedenfalls war die Post von Freitag und Samstag noch im Briefkasten."

„Muss aber nichts bedeuten", übernahm Schmidt-Schmitt. „Ich leere auch nicht jeden Tag meinen Briefkasten. Vor allem nicht", ein schelmisches Grinsen machte sich auf seinem Gesicht breit, „wenn ich einen Strafzettel erwarte."

Herr Schweitzer, blitzgescheit: „Von Donnerstag auf Freitag wird eine Leiche in Monis Ofen gebrutzelt und seitdem ist Sebastian möglicherweise verschwunden. Zusammenhang?"

Hajo: „Tja."

Sein Vorgesetzter: „Hm. Dem ersten Anschein nach, und wenn man dann noch die Sache mit dem Nachschlüssel bedenkt, hat Sebastian wen auch immer über den Jordan befördert und befindet sich nun auf der Flucht. Ich weiß nicht, ich weiß nicht. Klingt mir zu simpel."

„Manchmal ist das Leben einfacher, als man denkt", philosophierte der Sachsenhäuser Detektiv. „Aber die Fahndung läuft ja."

„Tut sie", bestätigte Schmidt-Schmitt. „Dass aber auch niemand vermisst wird, auf den die Beschreibung des Toten passt."

„Beschreibung?", insistierte Herr Schweitzer. „Bei diesem Zustand, wie soll sie aussehen, die Beschreibung? Etwa dunkelbraune bis schwarze Hautfarbe? Leichte Verbrennungen?"

Hajo tippte Schmidt-Schmitt an. „Das kann Herr Schweitzer doch noch gar nicht wissen."

„Was kann ich nicht wissen?"

„Ach so, logo. Hab ich vergessen, dir zu sagen. Der Tote ist ungefähr eins fünfundsiebzig groß. Rückschlüsse anhand des Knochenbaus. Und außerdem hat die Spusi mehrere blond gelockte Haare auf dem Boden direkt vorm Ofen sichergestellt. Aber wie gesagt, niemand vermisst einen blonden Engel. In ganz Deutschland nicht."

Herr Schweitzer: „Muss ja noch nichts heißen. Sind ja nur wenige Tage vergangen, bisher."

„So sieht's aus", stimmte Schmidt-Schmitt zu und erhob sich. „Komm, Hajo, an die Arbeit. Fahren wir noch mal zu diesem Türsteher, vielleicht ist der ja jetzt zu Hause."

Als sie sich erhoben, wurde plötzlich eine Zeitungsseite herangeweht und wickelte sich um Herrn Schweitzers rechte Wade. Nach der Schwüle und völligen Windstille der letzten Tage wirkte es, als habe das Papier ein Eigenleben entwickelt. Er blickte nach oben und entdeckte ein paar dunkle Wölkchen, die in rasender Geschwindigkeit über den ansonsten azurblauen Himmel fegten. Sie kamen aus Nordost. Binnen Sekunden war bereits die Hälfte des Firmaments dunkel gefärbt.

Als Herr Schweitzer in die Wallstraße einbog, Hajo und Schmidt-Schmitt ihre Schritte zum Wagen lenkten, hatten die ersten dicken Tropfen bereits den Erdboden erreicht. Hätte er die Wettervorhersage mitbekommen, wüsste er um das anstehende Wärmegewitter. Aber auch so hatte es sich mit zunehmender Luftfeuchtigkeit angedeutet. Es war dermaßen tropisch, dass man sich kaum gewundert hätte, plötzlich Palmen am Straßenrand emporsprießen zu sehen. In Indien wären die Menschen jetzt wohl aus den Häusern gerannt, um den lange erwarteten Monsunregen gebührend zu feiern. Aber Frankfurt war nicht Indien und so nahmen die Einwohner hier den umgekehrten Weg. Auch Herr Schweitzer konnte sich noch gerade so in den Ladeneingang vom Käsblättche retten. Fünf Sekunden später und man hätte den Sachsenhäuser Detektiv auswringen müssen.

„Hast wohl Angst um deine Dauerwelle“, lauteten Felix’ Begrüßungsworte. Er hockte auf der Couch und hatte seine Füße auf den Tisch gefläzt. Vor ihm stand eine dampfende Tasse heißer Kaffee. „Magst du auch einen?“

„Nein danke, hab schon.“ Fasziniert schaute Herr Schweitzer nach draußen. Andere Leute hatten nicht so viel Glück gehabt wie er und hasteten restlos durchnässt nach einem Unterschlupf, als ob das noch was nützen würde. Einige hatten sich in die Toreinfahrt gegenüber gerettet. Gespenstisch dampfte der Asphalt.

„Hab dich vorhin mit der Polizei im Park gesehen“, bemerkte Melibocus.

„Dir entgeht auch nichts, gelle?“

„Bin ich Journalist oder häng ich den ganzen Tag in der Hängematte und dreh Däumchen?“

„Ich vielleicht? Wie du siehst, bin ich hier. Und wie du richtig bemerkt hast, hab ich mich vorhin mit den ermittelnden Beamten ausgetauscht.“

„So, so, ausgetauscht.“ Nun aber drehte Felix Melibocus Däumchen. „War was dabei, was für den alten Felix interessant sein könnte?“

Herr Schweitzer erzählte.

Als er den Namen Sebastian deWitte fallen ließ, zog sein Kumpel umgehend die Beine vom Tisch und nahm eine gerade Sitzhaltung ein. „Ach komm, was hör ich da? Sebastian – und steckt mal wieder mitten im Schlamassel."

Nun war es an Herrn Schweitzer, überrascht aus der Wäsche zu gucken. „Den kennst du?"

Es war wie Pingpong.

Melibocus: „Den kennst du nicht?"

„Äh, nein. Ich muss doch nicht jeden kennen."

„Fernsehen, Radio, Zeitungen. All das sind so neumodische Erfindungen, die die Menschen übers Zeitgeschehen informieren." Dann schlug sich der Journalist an die Stirn, ehe er fortfuhr: „Sorry, Simon, war mein Fehler. Deine neueste Errungenschaft ist ja die Steintafel, die dir ein gewisser Moses vor die Füße geschmissen hat. Das mit der Laranikova kam erst später."

Instinktiv spürte Herr Schweitzer, dass Felix gerade keine Späßchen machte. „Laranikova, aha. Ist das die, die den Friseursalon weiter vorne übernommen hat?"

Melibocus schüttelte den Kopf ob so viel Ignoranz. „Wimbledon sagt dir was?"

„Tennis?"

„Aaah, gut. Woher weißt du das? In Moses' Wurfsendung war davon noch nichts zu lesen."

„Och, Allgemeinbildung und so."

„Prima. Dann hast du sicher auch mitbekommen, dass eine Deutsche im Finale war."

„Laran-dingsda?"

„Laranikova. Helena Laranikova. Genau die. Hat in fünf superspannenden Sätzen denkbar knapp verloren. Ganz Deutschland saß vor der Glotze."

Herr Schweitzer aber hatte in einer von Informationsreizen überfluteten Gesellschaft sein Nischendasein gefunden. Sport und Königshäuser – Themen, bei denen er sich im selbstgewählten geistigen Abseits befand. Darauf war er stolz, wusste es aber mit Humor zu nehmen, falls mal die Sprache darauf kam. So wie jetzt, als er erwiderte: „Ganz Deutschland? Nein, eine kleine unbedeutende Person im südlichsten Flecken Frankfurts leistete erbitterten Widerstand. Sie hockte nicht vor der Glotze. Und Laranikova klingt mir doch arg nach Bulgarien oder wenigstens Ostblock."

Melibocus schlug theatralisch die Hände zusammen und schaute nach oben. „Eingebürgert. Das macht man heutzutage so. Prestige für unser Vaterland. Asylbewerber zurück, aber dalli, auch wenn man sie damit in den sicheren Tod schickt. Aber bei den Laranikovas kann unsere Kanzlerin dann wieder prima dämlichdabbisch Beifall klatschen. Ist gut fürs Image, weißt du."

„Schon gut. Laranikova und Sebastian. War er ihr Balljunge?"

„Nein, du Dabbes. Wären wir wieder bei den neumodischen Medien, von denen du nix verstehst oder nix verstehen willst. Die hatte eine Affäre. Eine Affäre! Mit Sebastian! Die Gazetten waren voll davon."

Nun erinnerte sich Herr Schweitzer doch, auch wenn er solcherlei News stets übersprang. „Ach, die waren das."

„Ist ja super, unser Simon. Und der Onkel war oder vielmehr ist ihr Manager. Du glaubst gar nicht, wie da die Kacke am Dampfen war, als er das mit seinem Neffen rausgekriegt hat."

„Wieso eigentlich immer Onkel? Wundert mich schon die ganze Zeit. Was ist mit Sebastians Vater?"

„Tot."

„Tot?"

„Mausetot. Bei der Geburt gestorben", bestätigte Melibocus.

„Du verarschst mich? Oder hat der Vater das Kind ausgetragen? Wer weiß, was sich seit Moses noch so alles geändert hat."

„Nee, der Vater hat mit seinen Freunden einfach nur die Geburt des Stammhalters gefeiert. Vielleicht ein bisschen zu ausgiebig. Bier. Viel Bier. Jedenfalls hat man ihn dann zusammen mit seinem Motorrad vom Mähdrescher kratzen müssen."

„Und Sebastian ist dann von seinem Onkel großgezogen worden?"

„Ja. Von Rüdiger deWitte. Die Mutter hat's nämlich auch nicht mehr lange gemacht."

„Was du so alles weißt."

„Was du so alles *nicht* weißt. Vielleicht jetzt einen Kaffee?"

Herr Schweitzer warf einen Blick durch die Scheibe. Inzwischen führte der Ganges Hochwasser. Braun schossen die Fluten durch die Wallstraße. Es goss weiterhin in Strömen. Das Frankfurter Kanalisationssystem ächzte und stöhnte unter der Belastung. „Gerne, schwarz mit Zucker, bitte. Und, sind sie noch zusammen? Ich meine Helena und Sebastian?"

„Wo denkst du hin? Quatsch. Das war vor zwei Jahren. Rüdiger deWitte hat schon dafür gesorgt, dass da nichts mehr läuft. Die Laranikova sollte sich doch auf ihre Karriere konzentrieren. Hat ja auch geklappt. Siehe Wimbledon. Hier, dein Kaffee."

So schnell wie es gekommen war, so schnell war es auch wieder vorüber. Durch das Gewitter hatte sich die Luft gereinigt. Das Atmen fiel leichter.

Auch wenn der Fall für Herrn Schweitzer im Prinzip noch gar kein Fall war, hatte er beschlossen, mal bei Sebastians Solitär vorbeizuschauen, einfach um Atmosphäre zu tanken, wie er sich bei solchen Gelegenheiten auszudrücken pflegte. Geradewegs so, als könnte ihm allein der Anblick des Namensschildes am Briefkasten alle Fragen beantworten. Natürlich war dem nicht so, auch wenn die goldene Gravur auf mattschwarzem Untergrund recht hübsch daherkam. S. deWitte war zu lesen. Er klingelte ohne Erwartung. Niemand meldete sich. Wäre ja auch noch schöner gewesen, sagte er sich. Trotzdem befand er sich irgendwie im Aufwind. Nur so ein Gefühl, das ihn manchmal bei der Detektivarbeit überwältigte und schon oft in der Vergangenheit ein gutes Zeichen gewesen war.

Da er eh nichts Besseres zu tun hatte, beschloss er, sich auf eine Bank am Mainufer zu setzen und den Eingang im Auge zu behalten. Obendrein befand sich die Bank optimal im Schatten einer Platane mit üppiger Krone. Von hier aus entging ihm nichts. Alle das Haus verlassenden oder ankommenden Personen konnten unauffällig beobachtet werden. Das war gar nicht mal so verkehrt, denn meist wohnte man nicht umsonst dort, wo man wohnte. Die Art der Nachbarschaft ließ auch Rückschlüsse auf einen selbst zu.

Nach einer Weile des Guckens begann Herr Schweitzer zu philosophieren. Wie bei fast allen anderen Menschen, so geschah das auch bei ihm regelmäßig in Zeiten des Müßiggangs. Erstens: Zeit ist nur dadurch, dass etwas geschieht, und nur dort, wo etwas geschieht. Ernst Bloch. Zweitens: Wo ich nicht bin, ist nicht. Allerdings: Obwohl er hier war, passierte nichts. Oder fast nichts. Lediglich ein Junge hatte Reklame eingeworfen, von Hausbewohnern seit einer halben Stunde keine Spur. Der Solitär schien unbewohnt. Gut, es war Nachmittag und Arbeitszeit. Aber trotzdem. In den beiden rechts und links flankierenden Solitären herrschte ein reges Kommen und Gehen. Nur bei seinem nicht. Schon merkwürdig. Aber so war das nun mal mit der Detektiverei, vieles lief ins Leere. In Büchern wird ja immer nur das Geschehen beschrieben, nicht die Abstinenz von Geschehen. Also war es richtig: Zeit ist dadurch, dass etwas geschieht. Er, Herr Schweitzer, hatte bislang die seine vergeudet, weil nichts geschah.

Aus diesem Grunde erlöste er sich nach einer Stunde von seinem Schattendasein. Auch wenn Schlafes Bruder der Tod ist, zog es Herrn Schweitzer zu seinem obligatorischen Mittagsschläfchen. Warten macht eben schläfrig.

Dora loca

Verlassen wir nun den Sachsenhäuser Gelegenheitsdetektiv, um uns dorthin zu begeben, wo etwas passierte. Nach Ernst Bloch: zum Zeitgeschehen.

Denn während Herr Schweitzer friedlich vor sich hin schlummerte, war man im PP nicht nur zu Potte gekommen, das sowieso, nein, man hatte auch in der Causa Sebastian deWitte einen gewaltigen Schritt nach vorne gemacht. Zwar hatte man den Gesuchten noch immer nicht aufgespürt, dafür aber dessen momentane Freundin.

Und hierbei hatte der viel zitierte Kommissar Zufall seine Hände im Spiel gehabt. Es war nämlich die letzte Thekenkraft auf der Liste der Druckkammer-Bediensteten gewesen, die den entscheidenden Tipp hatte liefern können. Isabell Sand, kurz Ina genannte, hatte von Freitag auf Samstag den A-Tresen – es gab insgesamt drei davon – unter ihrer Fittiche, als Sebastians Freundin mit Schrecken feststellte, nicht genug Bares für ihren letzten Caipi einstecken zu haben. Da diese aber Stammgast und von Ina als ehrlich und solvent eingestuft wurde, durfte sie ausnahmsweise einen Deckel machen. Ina war lange genug dabei, um sich über Disco-interne Vorschriften hinwegzusetzen. Sebastians Freundin hatte sogar zur Sicherheit ihre Visitenkarte dagelassen und gleich in der nächsten Nacht ihre Schulden beglichen. Zum Glück für den ermittelnden Beamten befand sich die Visitenkarte noch immer in einer Schublade und die Kripo hatte leichtes Spiel.

Nun saß Dora Rutke mit Oberkommissar Schmidt-Schmitt und dessen Assistent Hajo in einem Vernehmungszimmer des Frankfurter Polizeipräsidiums. Sie war freiwillig hier. Rein optisch wirkte sie mit ihren kornblumenblauen Augen, ihrer schwarzen Pagenfrisur und ihrem makellosen Körper, dezent in Jeans und weißem Shirt gekleidet, wie eine harmlose, kein Wässerchen trüben könnende Geologie-Studentin. So weit, so gut.

Kurze Zeit später war gar nichts mehr gut. Bereits bei der Personalienaufnahme hatte sie ihren Namen mit Dora loca angegeben.

Ob sie denn inzwischen geheiratet habe, intervenierte Hajo, und jetzt nicht mehr Rutke heiße.

„Doch, doch, Rutke schon, aber verheiratet trotzdem. Und zwar mit der ganzen Welt.“ Das sei doch viel schöner so und ob das Leben nicht generell schön sei. Und loca würden all ihre Freunde sie nennen.

An diesem Punkt waren Hajo und Schmidt-Schmitt noch recht guter Dinge. Und wollten auf Sebastian deWitte zu sprechen kommen.

„Ach der“, klar sei das ihr Freund. Auch. Aber da habe sie ganz viele. Und Sebastian sei ganz besonders süß. „Zuletzt gesehen? Oh, da muss ich überlegen.“ Welcher Tag denn heute sei. „Montag schon. Wieso Montag schon?“

Ihre Augen richteten sich an die Wand, durchbohrten sie und landeten wohl auf einem blühenden Mohnblumenfeld. Dora strahlte wie ein AKW. „Dann habe ich Sebastian zuletzt gesehen am … nein, doch, Dienstag … nein, Sonntag.“

Hajo: „Gestern also.“

„Nein, gestern doch nicht. Gestern war ich mit … nein, das war nicht gestern.“

Schmidt-Schmitt flüsterte Hajo ins Ohr, dass die Tussi wohl nicht ganz bei Trost sei. Etwas lauter: „Also, gestern. Sebastian oder kein Sebastian? Gestern.“

Woher sie das denn wissen solle. „Ich bin doch nicht sein Kindermädchen. Hach, Kindermädchen. Ich war mal als Au-pair in Kanada. Waren Sie schon mal in Kanada?“

Hajo verneinte.

„Müssen Sie unbedingt mal hin. Die Spanische Treppe, hach. Wunderschön.“

Diesmal Hajo zu Schmidt-Schmitt, flüsternd: „Ein Faszinosum, diese Frau.“

Der Oberkommissar: „Ja, nach dem Motto: Welche Droge passt zu mir?“

Dora loca malte das römische Leben in kräftigsten Farben aus. „Und so viele nette Leute dort, hach.“

Nach weiteren fünf Minuten, in denen Dora sämtliche Fantasiedimensionen gesprengt und die beiden Kripoleute so schlau wie vorher waren, brach man die Befragung ab. Sollten sich doch mit Dora Rutke-loca und ihrem irrlichternden Charakter andere beschäftigen.

Schmidt-Schmitt wirkte gar arg zerstreut, als er mit Hajo zu den Kollegen stieß, die die Szene durch den Spiegel mitverfolgt hatten und sich mächtig einen abgrinsten.

Der Chef des Ermittlungsteams: „Peter, lass doch mal den Psychologen kommen. Vielleicht kann der uns sagen, was da los ist. Und, Buddy, sieh zu, dass du diese ... diese Isabell Sand noch mal erwischst. So geht das hier nicht."

Allerdings war Isabell Sand den ganzen restlichen Tag nicht auffindbar. In ihrer Wohnung war sie jedenfalls nicht.

Am Abend war Herr Schweitzer fit wie ein Turnschuh und spielte mit der schwarz-weißen Hauskatze Pepsi eine Runde Wollknäuelfangen. Das heißt, die Katze tollte durchs Wohnzimmer, während er vom Sofa aus die Fäden zog.

Seine Freundin hatte es sich mit einem Buch im Sessel gemütlich gemacht. Herrn Schweitzer war es nicht nach Lektüre, dazu war er zu hibbelig. Seine Gedanken wanderten sowieso alle paar Sekunden zur Leiche aus dem Bembelparadies.

So traf es sich prima, dass sein Kumpel Schmidt-Schmitt anrief und fragte, ob er Lust habe, im Weinfaß ein wenig zu plaudern. Sebastians Freundin sei aufgetaucht und er, Herr Schweitzer, könne sich nicht vorstellen, was für eine abgedrehte Tussi das sei.

Er tauschte die Turnhose gegen eine Jeans, gab Maria einen Kuss und machte sich auf die Socken.

In der sozialen Begegnungsstätte Weinfaß war, wie meistens montags, kaum was los. Außer der Wirtin Bertha war jedoch ein Fremder anwesend. Er hockte an einem als Tisch umfunktionierten Weinfass – daher der Kneipenname, noch in alter Rechtschreibung – und starrte lethargisch vor sich hin. Fremde verirrten sich nur äußerst selten hierher. Das war früher anders. Aber früher hatten die Leute auch noch Zeit. Heute bestimmt die Arbeit das

Freizeitverhalten. Unbezahlte, vom Arbeitgeber inzwischen obligatorisch erwartete Überstunden reduzierten den persönlichen Freiraum auf ein Minimum. Nicht umsonst ist in dieser Bananenrepublik statistisch gesehen inzwischen jeder Sechste mit seiner Arbeit kreuzunglücklich. Tendenz zunehmend. Daran wird sich auch bis zur nächsten Revolution nichts ändern. Ganz im Gegenteil, beschissener geht immer. Die Zeichen stehen schon lange auf Sturm. Und, anders als früher, würden einer neuen RAF von der Bevölkerung dermaßen viele konspirative Wohnungen zur Verfügung gestellt werden, dass man jeden Tag in einer anderen Unterschlupf finden könnte. Der Staat – das sind schon lange nicht mehr wir – käme mit den Hausdurchsuchungen gar nicht mehr nach.

Mischa traf eine Viertelstunde nach ihm ein. „Gude. Dein Wein sieht aber gut aus. Was ist das für einer?"

Herr Schweitzer deutete auf die Schiefertafel an der Wand, wo jede Woche ein anderer Rebensaft als Wein der Woche angepriesen wurde.

„Hm. 2011er Cuvée Prestige Merlot. Hört sich klasse an. Den nehme ich auch. Bertha!"

Natürlich war Herr Schweitzer gespannt wie ein Flitzebogen. „Babbel! Sebastians Freundin …"

Und der Oberkommissar babbelte. Detailgetreu schilderte er die Vernehmung von Dora Rutke.

Und Herr Schweitzer hatte ein Déjà-vu. Er dachte an die Bangladesch-Erscheinung aus dem Bembelparadies. „Dora Rutke hat nicht zufällig so eine hochgesteckte Frisur und läuft in Jesuslatschen rum?"

Mischa nippte an seinem Glas. „Hä? Nein, wie kommst du drauf?"

„Ach, nur so. Mir ist heute so eine komische Frau über den Weg gelaufen. Die wollte bei Moni einen orangenen Bembel in Auftrag geben."

„Orangener Bembel? Sind Bhagwans Jünger jetzt auch auf den Geschmack gekommen?"

Süffisant entgegnete Herr Schweitzer: „Vielleicht sind deren Mantras inzwischen ausgelutscht und müssen durch Ebbelwoi gepuscht werden. Du weißt ja, die Drogendosis muss ständig erhöht werden, sonst ist die Wirkung futsch."

Der Oberkommissar nahm einen kräftigen Schluck, schloss die Augen und probierte es aus: „Brezeln, Hartekuchen, Makronen. Omm. Brezeln, Hartekuchen, Makronen. Omm." Wer je Gast in Sachsenhäuser Ebbelwoi-Lokalen war, weiß, dass es sich hierbei um die von den Brezelbuben angepriesene Ware handelte. Ohne das Omm, natürlich. „Brezeln, Hartekuchen, Makronen. Omm. Brezeln, Hartekuchen, Makronen. Omm."

Gewöhnlich war Herrn Schweitzer wenig peinlich. Doch was sein Freund hier abzog, veranlasste ihn dazu, verstohlen zu dem fremden Gast zu linsen. Was mochte der wohl denken?

Offenbar war dieser aus seiner Lethargie erwacht und schaute seinerseits herüber. Mit Augen, als könne er nicht glauben, was er sah und hörte.

„Brezeln, Hartekuchen, Makronen. Omm." Zu den geschlossenen Augen kamen nun auch noch die mittels Daumen und Mittelfinger zu einem O geformten Meditationsinsignien hinzu.

Der Gast legte einen Zwanzig-Euroschein auf das Fass und suchte sein Heil in der Flucht. Ohne auszutrinken.

„Siehste, Mischa, den hast du jetzt verscheucht."

„Na ja, so wie der aussah, wollte er sich wahrscheinlich umbringen."

„Nachdem er jetzt dich kennenlernen durfte, besteht vielleicht kein Anlass mehr dazu."

„Ganz im Ernst, Simon, denkst du nicht manchmal auch daran, einfach die ganze Selbstbeherrschung abzustreifen und dich wie ein Bekloppter zu benehmen? Ich werde tagtäglich damit konfrontiert und so langsam habe ich das Gefühl, die lachen sich tot über uns Normalos."

Herr Schweitzer musste zugeben, dass auch er zeitweilig daran dachte, sich dem Siegeszug der Idioten anzuschließen. „Hm,

Mischa, aber was ist, wenn die dich dann auf ewig einschließen? Das wäre mir persönlich zu riskant. Der Fraß in solchen Heimen soll ja nicht gerade von Sterneköchen zubereitet werden. Vielleicht glauben die dir dann nicht mehr, wenn du wieder raus willst, nur weil's zu Hause besser schmeckt. Nö, da reiße ich mich lieber gleich am Riemen. Sicher ist sicher."

„Vermutlich hast du Recht. Aber es hätte was, das musst du zugeben." Der Oberkommissar entdeckte seine noch immer nach oben gerichteten Hände. Kopfschüttelnd ließ er sie sinken.

„Bertha, bring uns doch noch zwei von diesen Gläsern", sagte Herr Schweitzer. „Und, wie soll's jetzt weitergehen im Ofen-Krimi?"

„Weiß nicht. Wir müssen abwarten. Und diese Isabell Sand befragen. Die scheint uns recht bodenständig zu sein. Nicht so oberflächlich wie der große Rest aus der Discoszene."

„Wollen wir mal in diese Druckkammer gehen? Ich war noch nie da", überlegte Herr Schweitzer laut.

„In die Disco? Du? In deinem Alter?"

Der Sachsenhäuser Detektiv stieg vom Barhocker herab, schüttelte zur Lockerung der Muskulatur die Beine, schnalzte mit den Fingern und wagte ein paar Tanzschritte. Es sah aus wie … lassen wir das besser.

Inzwischen war Bertha mit den prall gefüllten Gläsern herangetreten. „Schön wie du tanzt, Simon. Mach nur so weiter, mein Erste-Hilfe-Kasten liegt griffbereit unnerm Tresen."

Schmidt-Schmitt prustete unvermittelt los.

Herr Schweitzer hielt inne. „Ihr seid vielleicht doof, echt."

Kein Zutritt für Spießer

Eine Stunde später war Schmidt-Schmitt müde und verabschiedete sich.

Doch Herr Schweitzer steckte noch voller Tatendrang. Übermütig winkte er einem vorbeifahrenden Taxi. Als Fahrziel nannte er in der Hoffnung, der Fahrer werde sich schon auskennen, die Druckkammer. So war es auch, der Chauffeur erwies sich als ortskundig.

Einen ersten Dämpfer bekam er beim Aussteigen. Lauter junge hippe Menschen bevölkerten den Bürgersteig. Keiner da, der auch nur annähernd sein Alter hatte. Am liebsten wäre er wieder eingestiegen, doch vom Fahrzeug sah er nur noch die Heckleuchten. Er gab sich einen Ruck und strebte der Schlange am Eingang zu. Komisch, dachte er, die sind doch alle erst um die vierzehn. Dieses Phänomen begegnete ihm nicht zum ersten Mal, es war ihm inzwischen vertraut. Je älter er selbst wurde, desto jünger erschienen ihm die Jungen. Erst letztens hatte er sich über ein junges Mädel gewundert, dass sich nassforsch alleine hinters Steuer eines Cabrios setzte. Auch sie hatte er auf maximal fünfzehn eingeschätzt. Tz, tz, tz.

Immerhin wurde er von den anderen in der Schlange nicht scheel angeguckt. Der Eingang rückte bedrohlich näher. Die schwarzgekleideten Türsteher sahen aus, als wäre ihren Lippen noch nie ein Lächeln entsprungen. Herr Schweitzer legte sich sicherheitshalber einige Worte zurecht. Will meine Tochter abholen. Bin von Sammy auf einen Geburtstagsdrink eingeladen, Sammy ist schon drin. Oder so. Wird schon schiefgehen. Die Musik – bummbummbumm – dröhnte nach draußen. Der Rhythmus hatte die Wartenden erfasst.

Alles Makulatur. Die Türsteher schoben ihn beiseite, mit derselben angewiderten Mimik wie Goldgräber Kieselsteine aus der Pfanne werfen. Herrn Schweitzers erster Impuls war zu protestieren. Sein zweiter, den Protest lieber schriftlich einzureichen. Denn noch waren sie friedlich, die muskelbepackten Gorillas. Und obendrein unfair zu zweit.

War wohl nix, dachte Herr Schweitzer und suchte sich ein Taxi für den Rückweg. Irgendwie muss ich da anders vorgehen. Subtiler eventuell. Er hatte auch schon eine Idee.

„Hallo, Schatz“, wurde er von Maria empfangen. „Wo hast du so lange gesteckt?“

„Wollte noch in die Disco. Ich kam aber nicht rein. Dresscode, nehme ich an."

„Kapier ich nicht. Ich habe dich am Anfang immer mit Travolta verwechselt", erklärte Maria, schüttelte den Kopf und vertiefte sich wieder ins Buch. Pepsi, die Hauskatze, schlief zu ihren Füßen.

Am nächsten Morgen war Herr Schweitzer früh auf den Beinen. Zu früh, wie sich herausstellte, denn Melibocus war um zehn immer noch nicht in seinem Büro. Also ging er die paar Schritte zum Bembelparadies in der Hoffnung, vielleicht noch ein Käffchen abzugreifen.

Adam kam ihm jedoch zuvor. „Hallo, Simon, wie siehst du denn aus? Warte, ich hol dir einen Kaffee. Schwarz, ohne Milch, gelle?"

Nanu, dachte er, der Spiegel hatte ihm doch beim Aufstehen ein durchaus properes Ego präsentiert. Wie man sich doch täuschen konnte. „War gestern noch in der Disco."

Genauso gut hätte Herr Schweitzer postulieren können, er habe gerade den Kundus befriedet. Adams Gesichtsausdruck war dementsprechend. Er enthielt sich aber jedweden Kommentars. Bei dem Sachsenhäuser Detektiv wusste man nie, manchmal unternahm er die komischsten Sachen.

„Hier, nimm erst mal einen Schluck." Er reichte ihm eine Tasse, auf der der Henninger-Turm umrahmt von Kumuluswölkchen in die Höhe ragte. „Hast du sicherlich schon gehört, die haben tatsächlich Sebastians DNA sichergestellt. Frische DNA, wohlgemerkt. Haare auf dem Boden an der Hintertür."

Nein, hatte er nicht. Wieso eigentlich nicht? Hatte ihm Mischa diese Information gestern bewusst vorenthalten? „Seit wann weißt du das?"

„Hans-Joachim war …"

„Hajo?"

„Hajo – von mir aus. Er war jedenfalls kurz vor dir hier und wollte sich noch mal Sebastians Arbeitspapiere ansehen. Aber da steht eh nur drin, was sowieso schon bekannt ist."

Flink zückte Herr Schweitzer sein Handy und rief den Oberkommissar an. Dieser bestätigte die DNA-Analyse. Und: „Wissen wir seit heute früh. Damit ist deWitte unser Verdächtiger Nummer eins. Nicht offiziell natürlich, du weißt ja, wie das gehandhabt wird. Ich hätte dich auch noch angerufen, wollte aber sichergehen, dass du ausgeschlafen hast. Du warst doch gestern noch in der Druckkammer, oder?"

„Nicht direkt."

Schmidt-Schmitt fragte sich daraufhin, wie man *nicht direkt* in der Disco gewesen sein konnte, hatte aber gerade dermaßen viel um die Ohren, dass er es bei einem „Aha" beließ.

„Was Neues bezüglich Isabell Sand oder Dora Rutke?", wollte Herr Schweitzer wissen.

„Isabell Sand lebt zurzeit bei ihrem Freund. Keiner weiß, wer das ist oder wo er wohnt. Sie hat aber heute Abend wieder Dienst."

„Gut. Danke. Sehen wir uns später noch?"

„Mal gucken, was der Tag so alles bringt. Versprechen kann ich nix."

„Okay, dann melde dich, wenn du's weißt, okay?"

„Ja, tschö."

„Tschö."

„Stimmt also mit der DNA?", wollte Adam bestätigt haben, als Herr Schweitzer sein Handy wieder eingesteckt hatte.

„Scheint so. Meinst du, man kriegt so eine Leiche alleine in den Brennofen? Oder braucht man dabei Hilfe?"

„Die Frage habe ich mir, ehrlich gesagt, auch schon gestellt", erwiderte Adam und stützte die Hände auf den Tresen. „Hm, würde sagen ja, wenn man kräftig genug ist. Schwer zu sagen bei Sebastian. Fifty-fifty, wenn du mich fragst."

Fifty-fifty war nun nicht gerade das, was Spekulationen in die eine oder andere Richtung hätte lenken können, befand Herr

Schweitzer. „Lass uns doch noch mal nachgucken. Beim Brennofen, meine ich.“

„Ich weiß zwar nicht, was das bringen soll, aber wie der Herr wünscht. Kundenfreundlichkeit ist ja das, was uns auszeichnet.“ Adam lachte, ging voran und knipste das Licht an.

Herr Schweitzer sah sich um. „Ganz schön eng hier.“

Adam nickte. „Ich weiß, aber was will man machen?“

„Ja, ja, die Ladenmieten in Sachsenhausen.“ Er grübelte. „Ich kann mir nicht vorstellen, eine Leiche, und sei sie auch noch so leicht, in einem Ruck dort rein zu hieven.“

„Wir können es ja mal ausprobieren“, schlug Adam vor und spuckte in die Hände.

„Ich glaube nicht, dass du mich nur einen Zentimeter vom Boden hochkriegst“, bemerkte Herr Schweitzer voller Skepsis.

„Dann halt umgekehrt.“

Auch das schien aussichtslos. Adam war zwar nicht ganz so umfangreich wie er selbst und hatte augenscheinlich ein günstigeres Muskel-Fett-Verhältnis, aber 85 Kilo wollen auch erst mal gehoben sein. „Vergiss es. Ich frage mich, ob Sebastian irgendwie getrickst hat.“

„Wie getrickst?“

„Zum Beispiel mit einem Stuhl oder Tisch. Oder beides. Würde ich jedenfalls so machen. Mir quasi eine Rampe bauen, um die Leiche hinein zu bugsieren.“

„Wohl wahr, wohl wahr“, pflichtete ihm Adam bei. „Doch letzten Endes ist's ja wohl egal, wie er's geschafft hat, oder? Hauptsache, gut durch das Ganze.“

„Nicht ganz. Falls er dazu nicht alleine in der Lage gewesen war, stellt sich automatisch die Frage nach einer zweiten Person. Dora Rutke, zum Beispiel, Sebastians Freundin. Oder Ex-Freundin, wer weiß das schon. Wie mir Mischa steckte, sei Dora nämlich ganz schön neben der Kapp. Und für so eine flockige Leichenrösterei wär's echt von Vorteil, einen an der Erbse zu haben.“

„Apropos Erbse“, wechselte Adam das Thema. „Weißt du, wer heute ganz früh hier war?“

„Sprich!“

„Die Bangladesch-Fee. Will jetzt doch den Bembel haben. In Orange.“

„Davon hätte ich gerne ein Foto, wenn du das einrichten könntest. So einen Bembel in Orange sieht man auch nicht alle Tage.“

„Machen wir sowieso. Fotos von außergewöhnlichen Kundenwünschen. Du kriegst 'nen Abzug, versprochen. Und vielleicht wird das künftig ja auch der Renner. Bembel in Rosa, Bembel in Hellblau; je nachdem, was bei der Geburt so rauskommt. Muss ich unbedingt Moni vorschlagen. Man muss der Konkurrenz nämlich immer einen Schritt voraus sein.“ Adam nickte geflissentlich und gratulierte sich zu seiner grandiosen Idee.

„Klar doch. Und dann kommen auch noch welche in Silber und Gold auf den Markt. Für Hochzeitsjubiläen.“ Herr Schweitzer tippte sich an die Stirn.

Adam jedoch fand die Anregung großartig. „Mensch, Simon, hast du nicht Lust, als Marketing-Stratege bei uns anzufangen?“ Er hatte bereits nach Block und Stift gegriffen und mit den Notizen begonnen.

Als er damit fertig war, zog er eine Zigarette aus der Packung und ging vor die Tür.

Herr Schweitzer folgte ihm. „Du rauchst zu viel.“

„Ich kann nichts dafür, erst die Zigarette *danach* hat mich zum Kettenraucher gemacht.“ Er schmunzelte.

Sauberkeit und Ordnung gingen Felix Melibocus völlig ab. Obendrein hockte er in einer speckigen, unten ausgefransten, blauen Trainingshose rittlings auf einem Holzstuhl Marke Sperrmüll und las seine eigene Stadtteilzeitung. Auf dem Schreibtisch stapelte sich Papierkram. Ein System war nicht zu erkennen. Zumindest nicht für Außenstehende wie Herrn Schweitzer.

„Du hattest doch mal so ein junges Mädel hier, die den Laden auf Vordermann gebracht hat. Wo ist die?“, begrüßte er Felix.

„Hat was Besseres gefunden. Die Bezahlung beim Käsblättche ist, gelinde ausgedrückt, katastrophal.“

Einen optimaleren Einstieg hätte es für Herrn Schweitzer kaum geben können. „Das trifft sich ausgezeichnet, mein Freund. Reicht es, wenn du die Story über die gnadenlos angesagte Druckkammer bis Freitag auf dem Tisch liegen hast? Der Urheber würde selbstverständlich keinerlei Honorar einfordern.“

Der Chefredakteur, Journalist und Kaffeebeauftragte in Personalunion verstand weniger als Bahnhof. Er musterte Herrn Schweitzer von oben bis unten und fragte sich, welche Modedrogen denn Grund für dessen kryptisches Dummgebabbel sein könnten.

Der Sachsenhäuser Detektiv: „Das grundsätzliche Problem vom Käsblättche ist, dass deine Zielgruppe dermaßen überaltert ist, die können die Druckbuchstaben doch allenfalls noch mit einer Speziallupe dechiffrieren.“

Melibocus tippte auf mexikanische Pilze.

„Du musst mehr junges Publikum ansprechen. Oder glaubst du vielleicht, die interessiert dein Gefasel über Geflügelzuchtvereine und Kegelclubs?“

„Was willst du? Einen Kaffee? Sag's doch gleich und rede nicht so geschwollen daher.“ Er machte Anstalten aufzustehen.

„Bleib sitzen. Ich hab schon so viel Koffein intus, damit kriegst du eine Horde Faultiere zum Breakdancen.“

„Aha, du bist also auf Speed. Dann vielleicht einen Schnaps zum Runterkommen. Ich hätte da einen ...“ Wieder wollte sich Melibocus erheben.

Und wurde von Herrn Schweitzer mit einem freundschaftlichen Druck auf die Schulter daran gehindert. „Hörst du mir überhaupt zu? Ich sagte Druckkammer und junge Leserschaft, die es zu erobern gilt.“

So langsam dämmerte es Felix. „Verstehe. Du brauchst von

mir einen offiziellen Auftrag, damit du dort ein wenig rumschnüffeln kannst, stimmt's? Die lassen dich alten Sack da nämlich nicht rein. Und zum Dank schreibst du mir einen Bericht über diesen angesagten Disco-Tempel. Ist das korrekt so?"

„Bingo! Das hat aber gedauert. Und nur so nebenbei: Ein bisschen mehr Pep täte deinem Blättchen echt gut." Herr Schweitzer rieb sich erwartungsfroh die Hände.

„Momentan läuft das Blättchen aber wie geschmiert. Monis Schrumpelleiche. Hast du schon meinen neuesten Bericht gelesen?", fragte Melibocus und reichte seinem Freund die aktuelle Ausgabe.

Herr Schweitzer überflog die Headline. *Ofen-Leiche noch immer nicht identifiziert.* Darunter: *War es ein Beziehungsdrama?*

„Wie kommst du auf so einen Quatsch? Beziehungsdrama ..."

„Statistiken. Schon mal was gehört von? Damit bist du fast immer auf der richtigen Seite, Kumpel."

Herr Schweitzer winkte ab. „Geh fort. Das sind doch alles nur Vermutungen. Außerdem wird die Schrumpelleiche irgendwann einmal zum Schnee von gestern. Dann brauchst du eh neuen Stoff. Also, wie sieht's aus?"

„Na gut. Aber nur, wenn du mir weiterhin Infos besorgst."

In diesem Moment ging auf Herrn Schweitzers Handy ein Anruf ein.

Es war der Oberkommissar. „Du, Simon, wir haben's jetzt. Es war Mord. Glasklar. Die verkohlte Leiche wurde ermordet."

Nun war Herr Schweitzer aber doch immens verwirrt. „Ach nee! Und ich dachte schon, der Typ wollte den Brennofen als Sauna benutzen. Und als es dann schön kuschelig und er drinnen war, hat er mit Entsetzen festgestellt, dass sich die Tür nur von außen öffnen lässt. Aber da war's dann schon zu spät. Schlechtes Karma, was?"

„Zwei Messerstiche", erklärte Schmidt-Schmitt, ohne auf die Sauna-Theorie einzugehen. „Einer davon genau ins Herz. Daran ist er gestorben. War auf Anhieb nur schwer zu erkennen. Die

Haut war ja, nun ... ein wenig faltig, wenn ich es mal so ausdrücken darf." Mühsam und erfolglos versuchte er, ein Kichern zu unterdrücken.

„Aber am Tatort war kein Messer, richtig?"

„Nein, natürlich nicht. Fundort ungleich Tatort. Ansonsten wär ja die Bude völlig versaut gewesen."

„Danke, Mischa."

„Gern geschehen. Übrigens, uns liegt jetzt eine Vermisstenanzeige vor. Könnte hinhauen. Ich melde mich."

Oh lala, dachte Herr Schweitzer und legte auf. Kommt langsam Bewegung in die Sache.

Melibocus indes hatte seine Lauscher ganz nach oben gedreht. „Was höre ich da? Tod in der Sauna? Kein Messer am Tatort?"

Herr Schweitzer klärte ihn über die Messerstiche auf. Das mit der Vermisstenanzeige verschwieg er.

Fünf Minuten später hatte er einen Termin als Journalist in der Tasche. Auch Disco-Betreiber lieben kostenlose Reklame.

Affen im Käfig

Von Maria hatte er sich die Canon ausgeliehen. Außerdem hatte sich Herr Schweitzer in Schale geworfen. Jeans, weißes kurzärmeliges Hemd und Turnschuhe. So hipp durch die Gegend zu turnen wie die jungen Leute würde spätestens an seiner grau melierten Haarpracht scheitern. Auch generell hatte sich inzwischen zu viel Staub auf seine Schultern gelegt, als dass selbst der allerbeste Maskenbildner aus ihm noch einen juvenilen Disco-Gänger hätte zaubern können. Saturday-night-fever – so was lebte er inzwischen gediegen im Weinfaß aus. Wenn überhaupt. Männer seines Alters waren entweder schon tot oder auf dem Weg dorthin. Ergo wollte sich Herr Schweitzer als das ausgeben, was er auch war, zumindest temporär: ein seriöser Journalist.

Vor zehn brauchst du da erst gar nicht anzutanzen, hatte ihm

Felix mit auf den Weg gegeben. Da er nicht vorhatte zu trinken, war er mit seinem weißen Twingo gekommen. Jetzt war es elf.

Der Herr ist mein Hirte, sagte er sich, als er forschen Schrittes an der Warteschlange vorbei auf die Türsteher mit den finsteren Physiognomien zuging. Es waren zwar andere als beim letzten Mal, aber der ausdruckslose wie vorgeblich obercoole Gesichtsausdruck gehörte wohl zur Berufskleidung wie das schwarze Muskel-Shirt und die furchteinflößenden Schlangen-Tattoos. Kaum erwähnenswert, dass es dafür im Kopf ein wenig haperte.

„Presse", sagte Herr Schweitzer bestimmt, „man erwartet mich." Die Kamera baumelte unübersehbar vor seiner Brust.

„Wir wissen Bescheid", knurrte es ihm entgegen.

Dann war er im Allerheiligsten. Und mächtig beeindruckt. Wow, dachte Herr Schweitzer, so etwas hatte er nun wirklich noch nie gesehen. Früher, zu seiner Zeit, in den Siebzigern des letzten Jahrhunderts also, war Disco schon, wenn eine um sich selbst rotierende Spiegelkugel von der Decke hing und ein paar bunte Blitze durch die Gegend zuckten. Spontan fielen ihm ABBA, Stones und Kraftwerk ein. Aber das hier, das war eindeutig eine ganz andere Welt. Ach was, ein unbekanntes neuartiges Universum. Alles mattschwarz oder silbrig glänzend. Von der Decke hingen Boxen so groß wie halbe Schiffscontainer. Über der strafraumgroßen Tanzfläche zog sich eine Galerie über drei Seiten. Geräumige Wendeltreppen führten nach oben. Zwei Käfige standen auf einem Podest erhöht in der Mitte. Bronzefarbene Körper – einer männlich, der andere weiblich – bewegten sich quasi unbekleidet im Rhythmus der Beats. Zuckende Blitze auch hier. Doch viel schneller als damals zu Herrn Schweitzers Epoche. Doppelt, nein, vier bis acht Mal so schnell – Kinder, Kinder, wie die Zeit vergeht. Sein Kopf hatte bereits zu zucken begonnen. Tauben liefen auch so rum. Paarweise zu tanzen war anscheinend ein Tabu. Geballte Fäuste durchschnitten die Luft im Takt. Bumm-bumm-bumm. Klitschnass klebten die Hemden, Blusen und Shirts an den durchtrainierten Astralkörpern der Ausschließlich-mit-sichselbst-Beschäftigten. Es war allerdings erst ein kleiner Haufen, der sich so früh hier schon tummelte, sieben Zehntel der Tanzfläche war noch leer. Doch die Stimmung war schon großartig. Sich auszumalen, was hier am Wochenende abging, sprengte seine Vorstellungskraft. Bumm-bumm-bumm.

„Simon Schweitzer?!“, brüllte ihm jemand ins Ohr. Beim derzeitigen Lärm wirkte es wie ein Flüstern.

„Ja“, schrie er zurück, keinen blassen Schimmer habend, wer da was von ihm wollen könnte. Erst dann besann er sich auf seinen Auftrag und drehte sich um.

„Hallöchen. Ich bin Detlef, der Geschäftsführer. Komm, ich führe dich rum und zeig dir alles.“

Bei Detlef signalisierten Herrn Schweitzers Antennen immer sofort Alarmstufe Rot. Zumal Detlefs knallenge schwarze Lederhose jeden Augenblick die Nähte zu sprengen drohte. Er hörte bereits den kompletten Text. *Hi, ich bin Detlef, gurr. Ach, bist du schnuckelig, gurr. Zu mir oder zu dir, Simonchen? Gurr.*

Warum war dem so?, fragte sich Herr Schweitzer. Gab es in früheren Jahren mal einen Sketch über einen schwulen Detlef, der ihm entgangen war? Er folgte ihm die Stufen hoch. Doch ausgesprochen homosexuell wirkte dieser Detlef nicht. Eher so, als würde er jeden und alles bespringen.

Zum Henker mit meinen Vorurteilen, redete sich Herr Schweitzer gut zu. Als Detlef die samtbeschlagene Tür hinter sich zuzog, war es, als habe jemand den Stecker gezogen. Kein Laut drang ins Büro. Nur der Boden vibrierte.

„Soso, vom Sachsehäuser Käsblättche. Meines Wissens habt ihr noch nie was über uns gebracht, richtig?“

„Richtig. Aber ab sofort soll ein anderer Wind wehen. Melibocus will mehr … mehr Zeitgeist“, ließ Herr Schweitzer seiner Fantasie freien Lauf.

„Und dafür haben sie dich hier hergeschickt.“ Detlefs Augen glitten an ihm auf und ab. Offensichtlich suchte er Spuren von Zeitgeist.

„Genau. Mein Chef will fast eine ganze Seite haben. Fotos inklusive", spann er den Faden weiter.

„Na, das ist aber fein", erklärte Detlef und kramte in einem Bastkörbchen, das auf einem ausladenden Schreibtisch stand. „Für solche Fälle haben wir was vorbereitet. Wo ist sie bloß, verdammt?"

Nach 20 Sekunden intensiven Suchens hielt Detlef eine CD in Händen. „Uff, hier ist sie. Ich dachte schon, ich müsste noch mal nach Hause." Er gab sie Herrn Schweitzer. „Darauf sind ungefähr 50 professionelle Aufnahmen von der Druckkammer. Und hier", er überreichte ihm einen braunen DIN-A4-Umschlag, „ein kleiner geschichtlicher Abriss über den Schuppen. Journalisten machen sich nämlich oft Notizen, die sie dann später selbst nicht mehr entziffern können. Was haben wir schon alles für einen Unfug über uns lesen müssen. Ich kann dir sagen! Aber du schaust mir nicht aus wie einer, der seinen Job nicht ernst nimmt."

Herr Schweitzer wollte gerade seine Stirn in Falten legen, riss sich aber rechtzeitig am Riemen. Wenn Detlef in ihm einen ausgebufften und seriösen Journalisten sah, dann bitteschön, nichts dagegen. Dafür war ja das ganze Theater gedacht. „Oh, super. Ich will aber selbst noch ein paar Fotos schießen, wenn's geht."

„Ei logo, Simon. So soll es sein, und dann die besten auswählen." Jovial legte sich Detlefs Arm auf seine Schulter. „Du machst das schon."

„Ich hab gehört, ihr habt hier drei verschiedene Theken. Ist das nicht ein bisschen viel?", kam Herr Schweitzer auf das zu sprechen, was ihn eigentlich hierhergetrieben hatte. Isabell Sand und Dora Rutke. Diese zwei Namen hatte er sich natürlich gemerkt.

„I wo. Zwei sind direkt im Hauptsaal und wenn hier der Laden brechend voll ist, gehen stündlich für mehrere tausend Euro Getränke raus."

„Und der A-Tresen?", fragte er aufs Geratewohl. Schließlich wusste er von Schmidt-Schmitt, wo Isabell Sand bediente.

„Der ist hinten. Unser Chill-out-Room. Neudeutsch. Ruheraum früher. Aber das weißt du sicherlich."

„Cool." Auch Herr Schweitzer konnte Neudeutsch. Er kannte noch *Echt krass, Alter.* Aber das passte gerade nicht.

„Komm, ich zeig ihn dir. Dort ist um diese Zeit kaum was los. Erst später, wenn die Leute groggy sind."

Er folgte Detlef abwärts.

Und dann war die Überraschung groß. Der Chill-out-Room war in der Tat so gut wie leer. Aber zwei Herrschaften standen am Tresen und unterhielten sich mit der Dame dahinter. Hajo und Schmidt-Schmitt.

„Simon, du hier?", wurde er vom Oberkommissar begrüßt.

Jetzt war Eile geboten, nicht dass Detlef noch auf dumme Gedanken kam. Herr Schweitzer: „Hab ich dir doch erzählt. Ich mach fürs Käsblättche die Reportage über angesagte Frankfurter Discos. Aber warum seid ihr hier? Mal die Sau rauslassen, gelle?!"

Detlef war sichtlich verunsichert. „Äh, nein. Die zwei Herren sind von der Kripo. Einer unserer Stammgäste ist in irgendwas verwickelt, wenn ich das richtig kapiert habe."

„Völlig richtig", bestätigte Hajo.

Und auch sein Kumpel Mischa hatte die Situation sofort erkannt. „Hab schon gehört. Melibocus will sein Blatt runderneuern. Gut, dass du das machen sollst. Ich kenne keinen Pressefuzzi weit und breit, dessen Fingerchen näher am Puls der Zeit sind als deine." Kein Hauch von Sarkasmus war in seiner Mimik abzulesen. Astreine Vorstellung.

Und Detlef musterte Herrn Schweitzer abermals. Von wegen Zeitgeist musste er wohl oder übel irgendwas übersehen haben. Er kam aber nicht drauf.

Hajo: „Magst du auch was trinken? Ich geb einen aus."

„Ja gerne. Eine Cola, bin mit dem Wagen hier."

„Na dann", Detlefs Stimme war von Unsicherheit geprägt, „lass ich euch jetzt alleine. Simon, du kommst klar? Wenn was ist oder du noch Fragen hast, ich bin oben. Mach Fotos, wo und so viele du benötigst. Die Angestellten wissen Bescheid."

„Knackiger Arsch. Dein neuer Freund?", scherzte der Oberkommissar, als von Detlef nichts mehr zu sehen war.

„Das ist nicht mein Freund, Blödmann", protestierte Herr Schweitzer.

Isabell Sand servierte ihm die Cola. Viel Eis mit Zitrone, aufgepeppt mit einem kleinen rosa Sonnenschirm aus Papier, wie man es von italienischen Eiscafés kennt.

Herr Schweitzer sah, wie sie Hajo acht Euro auf dem Deckel notierte. Ganz schön happig, dachte er. Nur gut, dass ich mich bezüglich Stammkneipen auf das Weinfaß und einige Ebbelwoi-Lokale beschränke. Discos wie die Druckkammer würden mich über kurz oder lang in den Ruin treiben.

„Was ist eigentlich mit eurer Vermisstenanzeige? Hat die was ergeben?", fragte er betont beiläufig.

„Sieht gut aus", antwortete Hajo. „Die Leiche ist höchstwahrscheinlich französisch. Die machen gerade die letzten Tests zur Absicherung. Wäre ja doof, den Angehörigen einen falschen Todesfall zu melden."

„Französisch?"

Der Oberkommissar: „Yeap. Aus Paris. Sohn reicher Eltern. Ratzefummel-Imperium. Jean sollte hier seine Sprachkenntnisse verfeinern. An der Uni."

„Ratzefummel-Imperium?"

„Radiergummis. Besser gesagt, Büromaterial aller Art. Vom Aktenordner bis zu exklusiven ergonomischen Bürosesseln bieten die alles an. Clareux heißt die Firma, der Chef auch. Sind aber nur in Frankreich und Belgien aktiv. Firmensitz ist Paris, wie gesagt. Jean war hier übrigens auch Stammgast. Und ganz sicher befreundet mit Sebastian deWitte und vor allem Dora Rutke. Soll aber ein merkwürdiges Beziehungsgeflecht sein. Wer da mit wem, keiner hat diesbezüglich so richtig den Durchblick." Schmidt-Schmitt deutete mit dem Kopf Richtung Tresen. „Hat uns Isabell Sand verraten."

Hajo übernahm: „Und Sebastian wurde ziemlich sicher von Mittwoch auf Donnerstag das letzte Mal hier gesichtet."

Schmidt-Schmitt: „Exakt. Kann man nämlich anhand der in die Kassen eingegebenen Preise eruieren. Sebastian ist nämlich der Einzige, der hier Cointreau säuft. Der Chef hat das Gesöff extra wegen ihm ins Angebot genommen. Und Sebastian hat sogar eine eigene VIP-Kundenkarte. Zahlt immer 500 Euro und sein Cointreau wird davon abgebucht. Wenn die Kohle aufgebraucht ist, wird nachgeladen."

Offenbar hatte Isabell Sand mitgehört, denn sie legte die Karte auf den Tresen. „Hier, die letzte Abbuchung. Donnerstag früh um 4 Uhr 27. Und zwei Wochen davor hat Sebastian hier im großen Kreis seinen Geburtstag gefeiert. Jeder zweite Gast hat ihm eine Flasche seines Lieblingsgetränks mitgebracht."

„Soso", brachte Herr Schweitzer das Gesagte auf den Punkt, „dann braucht ihr deWitte ja bloß noch verhaften. Mord aus Eifersucht, wenn ihr mich fragt."

„Manchmal ist das Leben einfacher, als man denkt", sinnierte Hajo und nahm einen Schluck Bier.

„Oder der Tod", gab der Oberkommissar zu bedenken.

„Tja, jetzt muss uns Dora Rutke nur noch erzählen, wo Sebastian sich versteckt hält. Die ist nämlich auch hier", verriet Hajo.

Herr Schweitzer: „Echt? Wo?" Gerne würde er mal einen Blick auf diese durchgeknallte Person werfen. Vielleicht wäre ja doch eine Verwandtschaft mit der Bangladesch-Tussi zu erkennen.

Schmidt-Schmitt: „Tanzt vorne. Kannst du nicht übersehen. Ist die mit dem roten Piratenkopftuch."

Hajo fügte Zunge schnalzend hinzu: „Und mit dem Jeans-Minirock. Super Beine. Enden dort, wo Fantasie gewöhnlich anfängt."

„Prima", sagte Herr Schweitzer. „Ich muss eh noch ein paar Fotos schießen." Und war auch schon durch die Schwingtür.

Sofort entdeckte er Dora im Pulk der Tanzenden. Er schwenkte nach links, damit er noch die zwei Käfige im Visier hatte. Herr Schweitzer gab sich alle erdenkliche Mühe, wie ein hipper und mit allen Wassern gewaschener Presse-Fotograf zu erscheinen. Nur nicht so geschmeidig halt. Als der erste Blitz das Gehäuse verließ, wurde er von einem Rausch erfasst. Wie Kinder nach ihrer ersten Achterbahnfahrt. Aufhören ging nicht. Zum Glück waren diese modernen Dinger digital, sonst hätte noch jemand anmerken können, dass der Film vor lauter Knipserei doch schon voll sei. Dora Rutke indes tanzte wie ein Derwisch übers Parkett. Sie schien in Trance zu sein. Aber dahin wollen Derwische ja auch.

Irgendwann hatte Herr Schweitzer genug. Zum Schein machte er noch ein paar Aufnahmen vom Thekenbereich und der Galerie. Das monotone Bumm-bumm-bumm war bis in seine letzten Kapillaren vorgedrungen. Tänzelnd und zuckend ging er wieder nach nebenan.

Der Oberkommissar: „Und? Hast du Dora im Kasten?"

Herr Schweitzer drückte Knöpfchen, wie es seine Liebste ihm beigebracht hatte. Doch Personen waren als solche nicht zu erkennen. Nur Schatten und Blitze. Auf jedem Bild dasselbe. Schatten und Blitze.

Kommentar vom Oberkommissar: „Ich weiß nicht. Wenn Felix die im Blättche bringt ... Sieht aus wie ein Gemälde von der Documenta. Nicht mal der Künstler selbst weiß, war er da verzapft hat."

„Hm. Ja. Seltsam. Vielleicht hätte ich eine andere Belichtung nehmen sollen. Aber Maria hat doch gesagt, ich brauch nix einzustellen. Alles automatisch und so."

„Automatisch ist bei dir nur das Einschlafen, sobald du liegst", witzelte Schmidt-Schmitt.

Da er aber um die Profi-CD von Detlef wusste, wechselte Herr Schweitzer schnell das Thema. „Warum lasst ihr die Dora eigentlich nicht beschatten? Die könnte euch doch direkt zum Sebastian führen."

„Was hab ich dir gesagt?", wandte sich der Oberkommissar an seinen Assistenten. „Ein durch und durch schlauer Kopf, unser Simon."

Und zu Herrn Schweitzer: „Was glaubst du, was wir machen?

Zwei unserer besten Tanz-Bullen grooven da vorne rum und lassen die Rutke nicht aus den Augen.“

Er warf einen Blick auf seine Armbanduhr. Halb eins. „So spät schon.“

Hajo: „Das ist nicht spät, das ist noch früh. Die Zeiten haben sich geändert. Die Jugend von heute geht erst dann ins Bett, wenn andere schon längst ihre Frühstückspause hinter sich haben. Und Blümchensex ist auch nicht mehr.“

Herr Schweitzer überlegte, was Blümchensex wohl sein mochte. Hatte er selbst schon Blümchensex gehabt?

Egal. Er jedenfalls war inzwischen vor Müdigkeit benommen. Mühsam unterdrückte er ein Gähnen und trank sein Glas leer. „Ich geh dann mal. Tschüssi. Und danke für die Cola.“ Dann zwitscherte er ab.

Seinen Twingo hatte er in der Einfahrt des Autohauses geparkt. Er stieg ein. Der Wagen stand mit der Schnauze zum Hof. Gerade als Herr Schweitzer im Begriff war, die Scheinwerfer einzuschalten, nahm er eine Bewegung circa fünfzehn Meter vor sich hinter einem dort geparkten Lieferwagen wahr. Er hielt sofort inne, denn Minirock und rotes Piratenkopftuch waren unschwer einzuordnen. Dora Rutke. Schau einer an. Was treibt die da? Er griff nach seiner Kamera und wollte gerade abdrücken, als ihm klar wurde, dass ja der Blitz automatisch aktiviert werden würde. Abschalten konnte er ihn nicht, er wusste nicht, wie. Er drückte sich in den Sitz.

Eine Minute später marschierte Dora Rutke mit entrücktem Blick an ihm vorbei. Unmittelbar darauf erschien eine männliche Person in derselben Altersklasse auf der Bildfläche und passierte ebenfalls seinen Twingo, ohne ihn zu sichten. Wäre Herrn Schweitzer die Aufgabe zugeteilt gewesen, den Prototyp eines Dealers zu zeichnen, hätte er es nicht besser treffen können. Fehlte nur noch ein kleines Plastikschild in Brusthöhe mit der Aufschrift *Drogen aller Art zu günstigen Preisen.* Er erinnerte sich an Schmidt-Schmitts Worte, Doras Geisteszustand betreffend. Aha, also doch.

Herr Schweitzer ließ noch zwei Minuten verstreichen, dann startete er den Motor und wendete. An der Kante zum Bürgersteig lief ihm fast ein Mann in schwarzer Lederjacke ins Auto. Aha, dachte er, Doras behördlicher Schatten.

Die Hanauer Landstraße war im Gegensatz zu tagsüber fast ohne Verkehr. Herr Schweitzer gab Gas. Er wollte so schnell als irgend möglich heim ins Bett. Lange konnte er die Augen nicht mehr offen halten.

Abermals war der Himmel von einem klaren Blau, als sich Herr Schweitzer gen Mittag aus seinem Bett erhob. Beim Betreten der Küche fiel ihm sofort der gelbe Zettel auf dem Tisch auf. Bin einkaufen, koche uns was Feines heute Abend, Kuss Maria. PS: Obstsalat für meinen Tanzbär steht im Kühli, las er. Super, wäre das auch geklärt. Er bediente die Kaffeemaschine.

Ausgerüstet mit Obstsalat und Kaffee machte er es sich im Atriumgarten bequem.

Der nächste Schritt trug den Namen Hängematte. Aber nicht, um zu faulenzen, wie manch einer jetzt denken mochte. Nein, Herr Schweitzer nahm Block und Stift mit, um die Druckkammer-Story zu Papier zu bringen.

Bevor die erste Zeile geschrieben war, fiel ihm siedend heiß Detlefs CD ein. Ächzend erhob er sich und ging zum Computer.

Obwohl Herr Schweitzer mit viel Wohlwollen als IT-Trottel zu bezeichnen war, eine CD ins Laufwerk zu schieben, brachte er gerade noch so hin.

Kurz darauf war er überwältigt ob der Qualität der Fotos. Ha, dachte er, da wird Felix aber Augen machen.

Dann klingelte das Telefon. Schmidt-Schmitt, ohne Anrede, sofort loslegend: „Unsere Schrumpelleiche hat jetzt auch einen Namen. Jean Clareux, wie wir vermutet haben."

„Schrumpelleiche war auch ein wenig despektierlich, meiner Meinung nach. Mir würde es auch nicht gefallen, wenn man mich so nennen würde."

„Wenn man dich verbrennen würde, würde es vor allem dampfen und nicht schrumpeln."

„Wie meinst du das?"

„Schon gut, vergiss es. Die Rutke ist übrigens brav nach Hause. Immer noch nix von Sebastian."

„Tja, dann. Ich muss arbeiten."

„Klar, Mann. So kennt man dich."

Diesmal fragte Herr Schweitzer nicht, wie sein Kumpel das meinte. Er konnte es sich denken. Irgendein saublöder Spruch wartete bestimmt schon. Also sagt er kurz: „Okay, bis demnächst."

„Ja, wir sehen uns."

Der Bericht war geschrieben. Es musste passiert sein, als Herr Schweitzer hernach noch ein wenig über den Fall nachdenken wollte. Möglicherweise war seine Stellung – Hände hinterm Kopf verschränkt, beide Beine seitwärts aus der Hängematte baumelnd – allzu bequem gewesen, um sich knallhart wachzuhalten.

Jedenfalls hörte er Geräusche aus der Küche. Das traf sich gut, denn sein Magen knurrte aufs Vernehmlichste. Herr Schweitzer schälte sich aus der Hängematte und schlurfte Richtung Fressnapf.

„Oh Simon, du wach? Als ich wegging, schlief der Herr, als ich wiederkam, schlief der Herr ..."

„Ja, so ist das im Leben. Nur selten wird man bei der Arbeit angetroffen", entgegnete Herr Schweitzer.

„Woran das wohl liegen mag? Apropos Liegen. Jetzt, da du gerade stehst, könntest du mir helfen und, Moment ...", Maria suchte die betreffende Zeile im aufgeschlagenen Kochbuch, „... Julienne ... äh, in kleine Stücke schneiden."

Herr Schweitzer schlagfertig: „Steht da auch drin, wie man junge Männer im Ofen brät?"

„Bitte?"

„Julienne in kleine Stücke schneiden. Das ist ja wohl kein Rezept, sondern eine Mordanleitung."

„Julienne ist eine Art, Gemüse in feine Stifte zu schneiden, mein Lieber. Das heißt so, ich kann nichts dafür."

„Das Zeug hier?"

Maria: „Ja."

„So?"

„Nein, feiner."

„So?"

„Gut."

Als er damit fast fertig war, hörte er hinter sich ein zischendes Brutzeln, das Herrn Schweitzer nur allzu geläufig war und einen immensen Endorphinausstoß seinerseits zur Folge hatte. Steak! Er drehte sich um. Tatsächlich, in der Pfanne brutzelten zwei riesige Lappen.

Seine Liebste murmelte etwas, von dem er nur „ungesättigte Fettsäuren", „gesättigte Fettsäuren" und „gesund ernähren" verstand.

Herr Schweitzer fragte sich, wozu ungesättigte Fettsäuren gut sein sollten, wenn man selbst schon ungesättigt, also hungrig war. Das haut doch vorne und hinten nicht hin. Sicherheitshalber fragte er aber nicht nach. Den wissenschaftlichen Vortrag hätte er eh nicht verstanden. Und egal ob gesättigt oder ungesättigt, Hauptsache Steak. Das hat schon immer gesättigt. Die richtige Größe vorausgesetzt.

An diesem Abend ging Herr Schweitzer mit dem Bewusstsein schlafen, einen guten Tag verlebt zu haben.

„Tanzten wie wild und wie Affen in Käfigen kann man so nicht stehenlassen", erklärte Melibocus und schüttelte den Kopf. „Aber ansonsten ganz gut, Simon. Vor allem die Fotos. Man könnte meinen, du hättest so was schon öfter gemacht."

„Aber das sieht echt aus wie Affen in Käfigen", protestierte Herr Schweitzer. „Du hättest sie sehen sollen. Hat nur noch gefehlt, dass jemand Bananen reinwirft."

„Mag ja sein. Aber diese beiden Tänzer dienen der Animation.

In Tanzlokalitäten dieser Größenordnung ist das heute völlig normal, Simon, glaub mir. Du warst wohl schon länger in keiner Disco mehr, stimmt's?"

„Na ja", versuchte sich der Sachsenhäuser Detektiv zu erinnern, „auf einer Ü30-Party war ich mal im Südbahnhof, vor ein paar Jahren."

Felix Melibocus verdrehte die Augen nach oben. „Ü30 beinhaltet, rein rechnerisch betrachtet, selbst dein biblisches Alter. Und das Käsblättche hat über die Südbahnhof-Disco-Abende auch schon berichtet. Ich war selbst vor Ort. Und was ich dort gesehen habe, waren züchtig gekleidete Menschen der Prä-Altersheim-Phase, die beim Tanzen das Gleichgewicht verlieren, sobald sie sich um die eigene Achse drehen."

Herr Schweitzer errötete. Nicht grundlos, denn sein Kumpel hatte sein eigenes Befinden von damals punktgenau widergegeben. Ihm war in der Tat schwindelig geworden. Nicht viel, aber ein bisschen.

„Also, Simon. Ich bring da noch ein wenig Pfeffer in deinen Text und gut ist. Vielleicht nächste Woche. Mal gucken. Momentan ist immer noch Monis Ofen-Leiche angesagt. Ach, übrigens", Melibocus reichte ihm die neueste Ausgabe, „nach Sebastian deWitte wird jetzt sogar offiziell gefahndet. Wurde auch Zeit, wenn du mich fragst. Die sagen zwar, er solle sich als Zeuge melden, aber wir wissen ja, was wirklich dahintersteckt, gelle."

Herr Schweitzer betrachtete das Foto. Es zeigte Sebastian im Sportdress. Links und rechts waren noch die Schulterpartien der neben ihm stehenden Sportskameraden zu sehen. „Weißt du, was das für ein Verein ist?"

„Ja, einer der Ruderclubs unten bei der Gerbermühle. Anglo-Sports, die mit den drei Eicheln im Wappen, guck." Melibocus deutete auf das Emblem auf Sebastians weißem Shirt. „Gegründet 1904. Die haben auch eine Tennis-Abteilung. Du müsstest es seiner Zeit noch live erlebt haben, Simon", sagte der Herausgeber grinsend, „es waren oft Briten, die um die vorletzte Jahrhundertwende auf dem Kontinent die Sportvereine ins Leben riefen."

„Young Boys Bern", konnte Herr Schweitzer großkotzen. Hatte er mal irgendwo aufgeschnappt oder gelesen. „Sag mal, hast du eine Ahnung, ob dieser Jean Clareux dort auch Mitglied war?"

„Der wer?"

Oh Mist, dachte Herr Schweitzer, hatte er jetzt versehentlich was ausgeplaudert, das von der Kripo noch nicht für die Öffentlichkeit bestimmt war? „Ach nix, nur so einer aus der Clique um Sebastian. Aber da gibt's viele, hängen immer in der Druckkammer rum. So'n Dutzend. Mädels sind auch dabei."

„Du verheimlichst mir doch nicht etwa wichtige journalistische Informationen?"

„Wie könnte ich?", machte Herr Schweitzer einen auf Harmlosigkeit in Person. „Aber", er beugte sich ganz nah zu Felix, auf dass nicht mal heimlich lauschende Ratten oder Kakerlaken Wind von der Sache bekommen konnten, „sobald mich Schmidt-Schmitt informiert, bist du der Erste, der's erfährt. Ich bin ganz nah am Puls der Zeit." Er begleitete das Gesagte mit einem listigen Augenzwinkern.

Melibocus hätte es nicht genau sagen können, aber irgendwie spielte dieser Jean eine andere Rolle, als die von seinem Freund geschilderte. Er nahm sich vor, mal das Internet zu kontaktieren, sobald Herr Schweitzer gegangen war. Oder, noch besser, einen Schuss ins Blaue wagen: „Heißt unsere Schrumpelleiche vielleicht so? Jean Cla… wie noch mal?"

„Clareux", ergänzte der Sachsenhäuser Detektiv. „Aber von mir hast du das nicht. Noch nicht. Erst, wenn ich grünes Licht gebe, okay?"

„Claro, hombre. Und außerdem bist du nicht meine einzige Quelle."

„Kann ich mir denken", sagte Herr Schweitzer. „Was man so hört, scheinst du einen ganz heißen Draht zum Vorsitzenden des Karnevalvereins Domspatzen Blau-Gelb e.V. zu haben." Er erhob sich. „Ich gehe jetzt ins Café, mir ein Törtchen gönnen. Nicht dass ich vor lauter Schrumpelleiche noch in eine Depression rutsche."

„Das", betonte Melibocus, „das kann ich mir beim besten Willen bei dir nicht vorstellen."

„Sag das nicht. So eine Depression ist schnell herbeigeführt."

„Dazu müsste es aber erst zu einer Verknappung von Lebensmitteln kommen. Laut *Reuter* und *dpa* besteht dazu aber kein Grund zur Besorgnis", konterte der Herausgeber vom Sachsehäuser Käsblättche.

Herr Schweitzer: „Uff, dann kann ich mein Törtchen ja noch in aller Ruhe genießen."

Ergeben überließ er sich den Gaumenfreuden. Vor ihm standen die zweite Schwarzwälder Kirsch und eine weiße Milchschokolade. Obendrein stöberte Herr Schweitzer ein wenig in den Lokalnachrichten. Er saß draußen an der Ecke zur Schifferstraße. Ein Sonnenschirm spendete den nötigen Schatten. Die aufgedonnerte Birkenstock-beschuhte Müsli-Tante mit der nervigen Göre – „Theresa-Sophie, lass das, Mami mag das nicht!" – hatte soeben bezahlt und latschte Meter um Meter aus seinem Dunstkreis. Perfekt.

Zuerst ordnete er die junge Frau, die sich in Begleitung einer etwas älteren an den frei gewordenen Nebentisch setzte, falsch ein. In einem anderen Stadtteil außerhalb Sachsenhausens wäre das Herrn Schweitzer nicht passiert. Aber hier begegneten ihm auf Schritt und Tritt bekannte Gesichter. Sein Bemühen, die junge Frau einem Namen zuzuordnen, war eher beiläufiger Natur. Obendrein erforderte die Schwarzwälder Kirschtorte noch immer seine ganze Aufmerksamkeit. Damit der Genuss vollkommen war, mussten Kuchen, Sahne und Kirschen im richtigen Mischungsverhältnis auf die Gabel geschaufelt werden.

Doch plötzlich, wie aus dem Nichts, traf ihn die Erkenntnis mit voller Wucht. Dora Rutke! Herr Schweitzer ließ die Gabel sinken und den Blick wie zufällig über den Nachbartisch schweifen. Tatsächlich! Was es nicht alles gibt in der Welt! Da stellt die Kripo Hinz und Kunz für deren Überwachung ab und das Objekt gesellt sich einfach auf Armeslänge zu ihm. Apropos … wo sind die eigentlich? Kaum gedacht, sah er ihn auch schon. Auf der anderen Straßenseite. Hockte auf dem Mäuerchen der Parkbefriedung und telefonierte. Oder tat zumindest so. Natürlich in schwarzer Lederjacke. Wie im falschen Film. Haben die nichts anderes anzuziehen? Hätte er, Herr Schweitzer, bei der Kripo was zu melden, er würde die Jungs erst einmal auf Einkaufstour schicken. Und schwarze Lederjacken bei Observierungen grundsätzlich verbieten. Zumal bei dieser Hitze. Da kann man ja gleich mit einem pinkfarbenen Fähnchen mit der Aufschrift Kripo rumlaufen.

Doch Dora Rutke schien von alledem nichts zu merken. Die Bedienung nahm gerade die Bestellungen entgegen. Herr Schweitzer beeilte sich mit dem Törtchen. Gleich würde er sich mächtig konzentrieren müssen. Möglicherweise war Doras Begleitung ja die Mittelsfrau, die ihn geradewegs zu Sebastian deWitte führte. Gänzlich unlogisch wäre das ja nicht, überlegte er und nahm sich die Zeitung.

Aufmerksame Beobachter hätten konsternieren können, dass sich Herr Schweitzer nun minutenlang einer doppelseitigen Werbung für Damenunterwäsche eines großen Hibbdebächer Bekleidungsgeschäftes auf der Zeil widmete.

Doch Herr Schweitzer war ja nun beileibe kein perverser Unterwäschen-Fetischist, nein, er lauschte einfach nur konzentriert dem Gespräch am Nebentisch.

Ältere Frau: „Ich könnte ihn umbringen, diesen Mistkerl."

Aha, dachte Herr Schweitzer, da haben wir's. Geht ja gut los. Wahrscheinlich diesen Sebastian, der ja seinerseits auch schon einen umgebracht haben soll. Keine schlechte Idee, den Mörder umzubringen. Was das an Steuergeldern spart, unglaublich. Die ganzen Gerichtskosten! Von den Unterbringungskosten in diversen Vollzugsanstalten mal ganz zu schweigen.

Dora: „Ach, Elke, du wolltest doch immer einen Mann mit Geld. Jetzt hast du ihn, was beschwerst du dich also?"

Ältere Frau, jetzt unter Elke bekannt: „Anderthalb Wochen, das ist doch wirklich nicht zu viel verlangt. Hoch und heilig versprochen hat er's mir, dieser Schuft. Andere Familien fahren zwei bis drei Mal im Jahr in den Urlaub, weißt du das eigentlich?"

Dora, Elkes Hand in die ihre nehmend: „Ja, ja. Aber aufgeschoben ist ja nicht aufgehoben. Vielleicht klappt's ja im Herbst. Schau dir doch diesen Sommer bei uns an. Ist der nicht herrlich? Freu dich doch."

Die Bedienung brachte einen Cappuccino und ein frisch gezapftes Pils. Das Bier war für Dora Rutke. Währenddessen hatten die beiden Frauen ihre Unterhaltung unterbrochen.

Herr Schweitzer indes fragte sich, von wem hier die Rede war. Sebastian deWitte schied ja wohl aus. Das hätten die Bullen doch wissen müssen, wenn Sebastian mit dieser Elke verheiratet wäre. Oder? Andererseits, einen Urlaub verschieben, weil man gerade als Mörder gesucht wurde, klingt allerdings auch ziemlich logisch.

„Na ja", druckste Elke ein wenig herum, „aber Tunesien wäre auch schön gewesen. Dass auch ausgerechnet jetzt der neue Großkunde auftaucht. Und Klaus sagt, wenn er sich nicht sofort darum kümmere, landet der bei der Konkurrenz. So geht das jetzt schon über ein Jahr, Schwesterherz. Immer ist irgendwas, was keine Zeit bis später hat."

Dora: „So ist das nun mal am Anfang, wenn man eine Firma gründet. Irgendwann, wenn sich alles eingespielt hat, geht das Leben auch wieder seinen normalen Gang. Glaub mir, Schwesterchen, da müsst ihr jetzt beide durch. Ihr schafft das schon." Sie tätschelte ihrer Schwester die Wange.

Und Herr Schweitzer hatte komplett das Interesse an der Konversation verloren. Zumindest was deren Inhalt betraf. Andere Menschen, andere Sorgen. Was ihn aber grübeln ließ, war Dora Rutke, die ganz und gar nicht dem Bild entsprach, das Schmidt-Schmitt von ihr gezeichnet und er selbst in der Druckkammer miterlebt hatte. Sie machte nicht den Eindruck einer Drogenkonsumentin. Im Gegenteil, sie nahm Anteil am Leben anderer Menschen und war nicht im Geringsten auf sich selbst fixiert. Jetzt, da er darüber nachdachte, kam es Herrn Schweitzer gar nicht mal so abwegig vor. Man stelle sich bloß vor, all die jungen Leute, die regelmäßig in ihrer Freizeit ausflippten, würden ihr Leben nicht geregelt kriegen. Außerdem, früher waren wir auch nicht anders, dachte Herr Schweitzer, auch wenn es ihm gar arg schwerfiel, sich in die damalige Zeit zurückzuversetzen. Nacht für Nacht mit weniger als fünf Stunden Schlaf auszukommen – wie habe ich das nur geschafft?

Nach einer Viertelstunde zahlten sie und standen auf. Herr Schweitzer ebenfalls. Hier musste gehandelt werden. Auf dem Felde der Observation fühlte er sich heimisch. Außerdem war ja noch ein heimtückischer Mörder flüchtig. Er war von dem Gedanken berauscht, diesen vielleicht schon in Bälde aufzuspüren. Und ob die Witzfigur von Bulle dort drüben auf dem Mäuerchen dazu in der Lage wäre, das wagte er zu bezweifeln. Trotzdem wartete er ab, bis dieser sich an die Fersen der Frauen heftete. Sonst merkte der noch, dass auch er hinter Dora her war.

Es war schon ein recht seltsames Quartett, welches sich die Brückenstraße südwärts bewegte. Erst die beiden Frauen und dann, in jeweils zehn Metern Abstand, zwei Schatten, wobei zweiter zwar vom ersten, erster aber nicht vom zweiten wusste. Dem Augenschein nach könnte der Südbahnhof das Ziel sein.

So war es dann auch. Man ging nach oben, wo die S-Bahnen fuhren. Herrn Schweitzer fiel ein, dass er ja gar keinen Fahrschein hatte. Wie der Bulle das wohl handhaben würde? Einem Kontrolleur einfach den Polizeiausweis unter die Nase halten? Und was würde er, Herr Schweitzer, für eine Ausrede auftischen können? Bin gerade am Mörderfangen, hab's eilig, das verstehen Sie ja wohl mit Ihrem Spatzenhirn! Oder lieber gleich die 40 Euro blechen?

Doch dazu kam es nicht. Als nämlich die S2 nach Niedernhausen einfuhr, gab Dora ihrer Schwester einen Kuss, bevor diese einstieg, und blieb allein zurück. Schatten 1 zögerte. Schatten 2 auch. Kurz bevor sich die Türen schlossen, schob sich der Jung-Bulle noch gerade so in den Waggon. Herr Schweitzer blieb mit Dora auf dem Bahnsteig zurück.

Logo, dachte er, *hätte ich als Bulle auch so gemacht.* Dieser hatte das Gespräch im Café ja nicht mitbekommen und musste zwangsläufig in der Hoffnung schwelgen, diese Elke könne ihn zu Sebastian führen. Zumal Doras Beschattung bislang zu rein gar nichts geführt hatte, soweit ihm bekannt war.

Dora winkte ihrer Schwester hinterher, bevor sie sich zur Rolltreppe begab. Sie nahm den Ausgang zur Mörfelder Landstraße und hielt sich dann links. Herr Schweitzer folgte unauffällig. Es hätte auch auffällig sein dürfen, denn Dora Rutke drehte sich kein einziges Mal um. Selbst der Nackte Jörg auf ihren Fersen wäre von ihr unbemerkt geblieben. Am Wendelsplatz querte sie die Kreuzung und bog in den Hainer Weg ein. Nanu, dachte Herr Schweitzer, wohin uns unsere Schritte wohl lenken? Hoffentlich nicht mehr allzu weit, denn die Sonne brannte unbarmherzig mit dem offensichtlichen Ziel, aus dem hiesigen Menschenschlag Vollblut-Andalusier zu machen. Herr Schweitzer wischte sich den Schweiß aus dem Gesicht und kontrollierte, wie viele Falten seine gegerbte Lederhaut mittlerweile geschlagen hatte. Die wird doch jetzt nicht bis zum Goethe-Turm rauflaufen, betete er inständig, das schaffe ich nie. Immerhin rannte Dora nicht. Doch ihre Schrittfrequenz ließ ein Ziel vermuten. Das wiederum gefiel Herrn Schweitzer.

Kurz vor dem Henninger-Turm verlangsamte Dora Rutke urplötzlich ihre Schritte, als zögere sie, ihr Vorhaben in die Tat umzusetzen. Dann ging sie auf das seit der Insolvenz der ehemaligen Traditions-Brauerei brachliegende Industriegelände, wo früher unter anderem mal ein Teil der Verwaltung untergebracht war.

Herr Schweitzer passierte die Einfahrt und schlich sich dann an der mit allerlei Gestrüpp und Unkraut überwucherten ehemaligen Restaurant-Terrasse vorbei und ein paar Meter am löchrigen und verrosteten Zaun entlang, der die beiden Grundstücke voneinander trennte. Dornen stachen durch seine Hosenbeine und in die nackten Unterarme. Aber für unheldenhaftes Rumgeflenne war nicht der rechte Augenblick. Herr Schweitzer war in seinem Element und wenn alles gutging, würde er – wer sonst? – dem verworrenen Rubik-Würfel, bildlich gesprochen, farblich einheitliche Seitenwände verpassen.

Dora rüttelte an einem rostbraunen Eisentor. Dann ging sie ein paar Schritte zurück und betrachtete die breiten dreckverschmierten, im Laufe der Zeit matt gewordenen Bürofenster im ersten Stock. Kurz darauf schritt sie zielstrebig auf einen Terrakotta-Kübel zu, in dem ein vierzig Zentimeter hohes Bäumchen vor sich hinwelkte, und tastete die staubige Erde ab. Offenbar suchte sie nach einem Schlüssel, fand aber keinen.

Und dann geschah etwas, was Herrn Schweitzer bis in alle Fasern seines Körpers aufs höchste elektrisierte. Dora rief Sebastians Namen. Nicht so laut, dass es bis auf die Straße zu hören gewesen wäre, doch immer und immer wieder. Zum Schluss fast flehentlich. Und dass er endlich aufmachen solle, sie suche ihn schon seit Tagen. Abschließend trat Dora mit voller Wucht gegen das Tor. Was aber nichts brachte, außer dass ein paar Tauben auf dem Dach davonflogen. Der resignative Seufzer konnte sogar von Herrn Schweitzer gehört werden.

Doch Dora gab nicht auf. Ihre Konzentration galt nun dem düster-grauen einstöckigen Nebengebäude, von dessen Dach man ein weiteres Fenster erreichen konnte. Sie versuchte vergeblich, auf Zehenspitzen das Ende der Feuerleiter zu greifen. Dann probierte Dora am Regenabflussrohr hinaufzuklettern. Beim dritten Versuch hatte sie schon fast zwei Meter Abstand zum Boden gewonnen, als es mit einem lauten Gedöns und Donnern aus der Verankerung riss und Dora laut schreiend darnieder schleuderte. Herr Schweitzer, ganz Gentleman, wollte schon zu Hilfe eilen, als ihm der Blödsinn seines Vorhabens bewusst wurde.

Dora kam auch ohne seine Hilfe wieder auf die Beine.

Herr Schweitzer atmete auf.

Als Nächstes durchstöberte sie das Gelände.

Zwei Minuten später kam sie mit einem alten hölzernen Bürostuhl wieder ums Eck und stellte ihn unter die Feuerleiter. Nun konnte sie die erste Sprosse ergreifen.

Herr Schweitzer fieberte mit. Das war wie im Kino, er konnte nichts dafür.

Doras Füße suchten Halt in einer kleinen Auslassung. Ihre Kraft reichte nicht, sich an den Händen hochzuziehen. Als auch das misslang, holte sie Schwung, um ein Bein nach oben zu bekommen und es in die Sprosse einzuhaken. Nach dem bestimmt zehnten Mal gab sie keuchend auf. Mit letzter Kraft nahm sie den Stuhl und zertrümmerte ihn an der Wand.

„Dann leck mich doch", fluchte sie lauthals und trottete zur Ausfahrt.

Herr Schweitzer tippte mal aufs Geratewohl, der mit solcherlei Fluch Bedachte müsse der Sebastian sein. Er verzichtete auf eine weitere Observation. Was hätte das schon bringen sollen? Dora hatte Sebastian hinter diesen Mauern vermutet, aber dort war er nicht. Oder öffnete nicht. Was war eigentlich in dem runtergekommenen Gebäude? Eine geheime Luxuswohnung, die dem Oberhäuptling der Chicagoer Alkoholschmugglerbanden der 20er-Jahre zur Ehre gereicht hätte?

Er wartete einige Minuten, dann verließ er sein Versteck und ging auf den Hof, den Dora soeben verlassen hatte. Gleich beim gekachelten Häuschen, das erste in der Reihe und wohl die einstige Pförtnerloge, fing Herr Schweitzer an, die Wände nach irgendwelchen Schildern und Klingelknöpfen abzusuchen. Rauchen verboten, Bitte vorwärts einparken, Kundenparkplatz, Vorsicht Stufe und diverse andere Hinweise zeugten von einstiger Betriebsamkeit. Die paar wenigen Klingeln waren allesamt außer Betrieb. Drähte baumelten funktionslos herunter. Keine einzige Tür ließ sich öffnen. Alles roch nach Zerfall und Abriss. An manchen Stellen hatte sich bereits die Natur durch den brüchigen Asphalt gefressen. In windstillen Ecken hatten sich vergilbte Zeitungsseiten und halb zerrissene Plastiktüten mit anderem Müll zu kleinen Haufen getürmt. Ganz am Ende, an den Rampen zur Lagerhalle, hatte jemand seine alten Reifen entsorgt, nun mit einem Meer aus Spinnenweben überzogen.

Er kam zur gleichen Schlussfolgerung wie Dora zuvor. Wenn, dann konnte man nur über das eine Seitenfenster in das größte der Gebäude vordringen. Und da bot sich die Feuerleiter förmlich an. Doch Herr Schweitzer war clever genug, es gar nicht erst auszuprobieren. Umso eingehender studierte er das Fenster. Wenn er sich nicht allzu sehr täuschte, war es nicht richtig geschlossen, nur angelehnt. Er kniff die Augen zusammen und versuchte, seine vage Vermutung durch das gleißende Sonnenlicht hindurch zu einer unwiderruflichen Gewissheit werden zu lassen. Das dauerte. Am Ende aber war Herr Schweitzer überzeugt von seiner These. Fehlte nur noch eine weitere Leiter. Oder ein Trampolin. Oder ein Katapult. Hm, dachte er und kratzte sich am Kinn. Wird wohl doch auf eine Leiter rauslaufen. Alle anderen Alternativen wären zu sportlich für ihn.

Er terminierte sein Handeln auf die kommende Nacht. Auf die Idee, eventuell den Oberkommissar über seine neuesten Erkenntnisse zu informieren, kam Herr Schweitzer erst gar nicht. Zu sehr war er auf das Fenster, und vor allem auf das, was ihn dahinter erwarten könnte, fixiert. Ein folgenreicher Irrtum. So folgenreich, wie er folgenreicher kaum hätte sein können, wie wir alsbald sehen werden.

Geschnitten hat sich nämlich, wer denkt, das Grauen gehe nicht noch gräulicher.

Herr Schweitzer in der Falle

Kommen wir direkt zur Nacht und lassen die Stunden dazwischen einfach außer Acht. Da passierte eh nix Interessantes. Wenn man mal davon absah, dass zur Abendessenszeit an der Ampel zum Eisernen Steg ein Fahrradfahrer von einem Laster der Umzugsfirma Bye-bye umgenietet und tödlich verletzt wurde. Doch so interessant ist ein umgenieteter Fahrradfahrer in Frankfurt nun auch wieder nicht, das passiert alle naslang. Höchstens der Schriftzug Bye-bye als Hintergrund zum Todesfall. Sieht man so auch nicht alle Tage.

Herr Schweitzer hatte die ausschiebbare Aluminiumleiter aus Marias Garage in seinen Twingo verfrachtet und eine Taschenlampe eingesteckt.

Um Mitternacht erreichte er das Gelände. Mit ausgeschalteten Scheinwerfern lenkte er das Gefährt auf den Hof und parkte es unmittelbar neben der Feuerleiter.

Gewusst wie. Im Nu stand er auf dem Dach und rüttelte am Fenster. Doch so einfach, wie sich Herr Schweitzer das weitere Vorgehen gedacht hatte, war es nicht. Das Fenster ließ sich nämlich nur eine Armlänge nach innen schwenken, dann wurde es von einer komplizierten eisernen Vorrichtung blockierte. Na huch, dachte er und beleuchtete mit der Taschenlampe den Innenraum und stutzte. Von außen hatte es so ausgesehen, als sei das Fenster Bestandteil einer oberen Etage, was auch logisch erschien, denn das Dach des Nebengebäudes, auf dem er stand, maß exakt ein Stockwerk. Und das Hauptgebäude war doppelt so hoch, also zwei Mal eine Etage. Doch grau ist alle Theorie. Der Lichtkegel seiner Lampe fiel erst nach geschätzten viereinhalb Metern auf einen Boden. Was hieß, dass sich das Fenster nur von dort unten mittels einer langen Stange im Kurbelwellenprinzip bedienen ließ.

Doch Herr Schweitzer hatte alle Zeit der Welt. Bewohnte Nebengebäude gab es keine, von wo aus man ihn hätte beobachten können. Er kletterte wieder runter.

Und wieder rauf, ausgerüstet mit einem kleinen Werkzeugset und dem Abschleppseil. Zehn Minuten brauchte er, dann hatte er den Riegel komplett vom hölzernen Fenster abgeschraubt.

Nun hatte er zwar ein Seil, an dem er sich hätte herunterlassen können, aber nichts, woran man es befestigen konnte. Der Riegel hing noch am Rahmen, würde aber seinem Körpergewicht nie und nimmer standhalten.

Herr Schweitzer setzte sich auf die Dachkante und bemühte seine kleinen grauen Zellen. Hm, tja, soso, was nun, Herr Specht?

Fünf Minuten verstrichen, in denen er allerlei Variationen durchkaute. Eine brauchbare war aber nicht darunter.

Nach weiteren zehn Minuten schlug er sich heftig gegen die Stirn und fand allerlei Lobesworte für sich. Von Großmeister über Universalgenie über Intelligenzbombe war fast alles dabei, was der Duden für außerordentlich Begabte so hergab.

Abermals kletterte er hinunter und schlang das Abschleppseil um die Aluminiumleiter, die er dann mit nach oben zog. Dort löste er das Seil und stellte die ausgezogene Leiter vors Fenster. Da sie die obere Querverstrebung um einiges überragte, hatte er eine prima Verankerung. Nun machte er ins Seil noch zwei Knoten zum besseren Greifen und band es um die Leiter. Er würde zwar immer noch einen guten Meter mit einem beherzten Sprung überwinden müssen, aber das sollten seine morschen Knochen doch überstehen. Oder? Wäre er zwanzig Jahre jünger, würde er sich mit den Händen an den Fensterrahmen hängen und dann einfach loslassen. War er aber nicht.

Und weil er es nicht war, kostete es natürlich einiges an Überwindung. Als seelische Vorbereitung wäre ein doppelter Whiskey jetzt nicht schlecht, träumte Herr Schweitzer. Als brauchbare Alternative konnte er sich auch einen Joint vorstellen. Trotzdem bezichtigte er sich nicht der liederlichen Vorbereitung, denn wie hätte er auch ahnen können, dass die Chose hier derart ausuferte. Er warf einen letzten Blick auf sein Konstrukt, spuckte in die Hände und los ging's.

Aller Anfang ist leicht. Er steckte die Taschenlampe in die hintere Hosentasche und kletterte auf den Rahmen, hielt sich mit der Hand an einer Sprosse fest und suchte mit den Füßen den unteren Knoten. Dann ergriff er den ersten Knoten und krümmte seinen Körper, während sein rechter Fuß in die Schlaufe des Abschleppseils schlüpfte. Nun konnte er den unteren Knoten ergreifen.

Von da an wurde es akrobatisch, also schwierig, weil Herr Schweitzer kein Akrobat war. Ganz langsam ließ er beide Füße nach unten, während er gleichzeitig die Muskelpartien seiner Arme mächtig beanspruchte, um nicht wie ein nasser Sack abwärts zu plumpsen. Dann glitt seine rechte Hand am Seil herunter bis zur Schlaufe. Die Entfernung zwischen unterem Knoten und Schlaufe betrug einen halben Meter. Als er die Finger der linken Hand löste, musste seine rechte für den Bruchteil einer Sekunde die gesamte Last tragen. Der kritische Moment ging mit reichlich Herzrasen einher, wurde jedoch mit Bravour gemeistert. Beide Hände umklammerten die Schlaufe.

Noch ein Meter bis zum Boden. Herr Schweitzer ließ los und sprang. Nur um ein paar Zentimeter hatte er sich verschätzt, doch die genügten, um ein wenig das Gleichgewicht zu verlieren und nach hinten zu kippen. Doch auch Fallen will gelernt sein. Wie ein erfahrener Judoka rollte er sich ab. Leider über die Taschenlampe in seiner Hosentasche. „Autsch", schrie er, als sein Gesäßknochen hierbei höllisch schmerzte. Aber ansonsten war alles nach Plan verlaufen. Herr Schweitzer stand auf und schüttelte sich. Nichts war gebrochen, nichts verstaucht. Was ein Stuntman wohl im Monat verdiente?, fragte er sich und sah eine weitere Karrieremöglichkeit vor sich liegen. Schließlich müssen in der einen oder anderen Szene ja auch Greise gedoubelt werden.

Er schaltete die Taschenlampe an, sie funktionierte noch. Als Erstes strahlte er das große Eisentor an, das Dora Rutke von außen öffnen wollte. Herr Schweitzer probierte die Klinke aus. Nichts zu machen, weiterhin verschlossen, womit aber zu rechnen war. Gleich daneben an der grauen ungetünchten Betonwand erblickte er einen altmodischen schwarzen Drehschalter aus Bakelit, den er umgehend betätigte. Und siehe da, es ward Licht. Zwar nur ein trübes, ausgehend von einer schwachen Glühbirne direkt über der Tür zum linken Nebengebäude, aber immerhin. Der Eintritt dorthin blieb ihm aber verwehrt, ebenfalls geschlossen. Herr Schweitzer sah sich um. An der Decke hing ein Lastenzug mit schweren Ketten an zwei fünf Meter langen Schienen, die in den Raum hineinliefen. Was es hier wohl früher zu heben galt, fragte er sich. Etliche schmutzverzierte und übereinander gestapelte Holzkisten bedeckten fast zwei Drittel der Rückwand. Der Boden war komplett betoniert und verstaubt, nur ein einsamer Schraubenzieher lag rostbefallen mitten in der ansonsten leeren Halle. Ein ehemals ockergelb lackierter Stechkartenhalter hing neben der einzigen anderen Tür, die sich hinten rechts befand. Die rechte Wand war durchgehend aus verrußten Ziegelsteinen, auf die jemand mit weißer Farbe ein trauriges Strichmännchen mit Pudelmütze und Schal gepinselt hatte.

Was blieb, war die andere Tür rechts hinten. Vielleicht war die ja ausnahmsweise mal nicht abgesperrt. Herr Schweitzer schritt über den staubigen Beton darauf zu. Und siehe da, sie ließ sich öffnen. Auch hier ein funktionstüchtiger Lichtschalter. Diesmal war es aber keine trübe Funzel, die einsam von der Decke hing, sondern gleich eine ganze Batterie von Neonröhren, die nach der üblichen Anlaufzeit ein Wohnzimmer in gleißendes Licht tauchte. Ja, ein Wohnzimmer. Herr Schweitzer staunte nicht schlecht. Etwa sechzig Quadratmeter als seitengleiches Viereck, vollgestopft mit allerhand Möbeln im Flohmarktstil. Zwei Sofas, vier Sessel, etliche Stühle unterschiedlicher Machart und einige mit Kissen drapierte Weinkisten boten sich als Sitzgelegenheiten dar. Die in einem Zartrosa gehaltenen Wände waren dort, wo keine Plakate und Poster hingen, mit Graffiti besprüht. Andy Warhols Marilyn Monroe lächelte gleich vier Mal von der Decke herab. Neben einer hüfthohen Anrichte thronte ein Monstrum von Musikanlage. Davor haufenweise CD-Hüllen. Auf einer schmalen Tür an der Rückwand prangten die zwei Buchstaben WC. In der linken Ecke vom Eingang aus betrachtet surrte ein weißer Kühlschrank vor sich hin. Zwei volle Bierkästen, sinnigerweise mit Henninger, gleich dem Turm nebenan, beschriftet, warteten auf Konsumenten. Herr Schweitzer öffnete den Kühlschrank, denn warmes Bier war ihm zuwider und wurde nicht umsonst vom Volksmund als Plörre, Brühe oder Pisse bezeichnet. Er hatte Glück und die Auswahl zwischen Henninger, Bitburger und Licher. Er nahm sich das Bit – Bitte ein Bit! – und entfernte den Deckel mit dem Öffner, der an einer Kordel am Griff baumelte. Noch auf dem Weg zum braunen Ledersofa benetzten die ersten Tropfen seinen staubtrockenen Gaumen.

„Aaah, lecker“, entfuhr es ihm nach den ersten Schlucken. Herr Schweitzer ließ seinen Blick durchs Zimmer wandern. Schau einer an, hier hatten sich also Dora, Sebastian und wer weiß wer noch – vielleicht die ganze Clique um sie herum – ihren ganz persönlichen Freiraum geschaffen. Ob der Laden wohl offiziell angemeldet war? Und auf wen lief der Mietvertrag, wenn es überhaupt einen gab? Vielleicht war es auch ausschließlich Sebastians geheime Zweitwohnung, von der sein Onkel nichts wusste, denn Dora Rutke hatte gestern Nachmittag ja ganz offensichtlich keinen Schlüssel gehabt. Oder bloß vergessen? Fragen über Fragen, mit denen sich später die Kripo beschäftigen konnte. Herr Schweitzer fand, er habe genug geleistet, indem er diesen Schuppen überhaupt ausfindig gemacht hatte.

Viel zu schnell war sein Bier leer. Er holte sich ein frisches und lümmelte sich wieder ins Sofa. Jemand hatte vergessen, die Musikanlage auszuschalten, wie er anhand der roten Leuchtdioden erkannte, deren Schrift im gleichmäßigen Abstand über die Anzeige flackerte. Herr Schweitzer stand auf und drückte auf Play. Besser, er hätte vorher das Volume gedrosselt, denn ein apokalyptisches Donnerwetter an Basstönen zerfetzte ihm beinahe sein Trommelfeld. Erschrocken drehte er den Techno auf kaum noch hörbar.

Nach dem zweiten Bier machte sich seine Blase bemerkbar. Unter dem WC stand, kaum noch lesbar, in dünner blauer Schrift

Urinentsorgungswerk. Herr Schweitzer musste lächeln. Das letzte Mal für viele Stunden. Denn was dann kam, war entschieden zu viel für sein Nervenkostüm, das bis dato weder blank lag noch angekratzt war.

Gleich nach dem Lichtanmachen gefror ihm nämlich das Blut in den Adern, sein Herz setzte aus und überhaupt – sein ganzer Körper wurde zur sprichwörtlichen Salzsäure.

In der Badewanne lag nämlich eine nicht mehr ganz frische männliche Leiche. Nicht mehr ganz frisch deshalb, weil sich schon allerlei krabbelndes Kleinstgetier in den Gesichtsöffnungen wie Mund, Nase und Augen auf Nahrungssuche begeben hatte. Die Haut hatte sich bereits verfärbt. Der Penis – deswegen männliche Leiche – hing auf ewig schlaff zwischen den Schenkeln. Der trotz des gekippten und von außen vergitterten kleinen Fensters vorherrschende Geruch ließ Herrn Schweitzers eigene Gesichtsfarbe ebenso pergamenten werden wie die des Toten. Vor der Wanne lag eine Flasche Cointreau. Kleidungsstücke befanden sich wahllos auf dem Boden und über der Toilettenschüssel. Der Kopf ruhte unnatürlich verrenkt seitlich auf der Schulter.

Zehn Sekunden verharrte Herr Schweitzer völlig regungslos und apathisch, ehe ein verheerender Würgereiz von ihm Besitz ergriff. Mit einem lauten Knall, als könne er dadurch das Gesehene für immer von seiner Festplatte löschen, donnerte er die Tür zu und das gute Bitburger, das ihm doch so arg gemundet, verließ ihn auf demselben Wege, wie er es vereinnahmt hatte. Zum Sofa schaffte er es nicht, so sank er an der Wand entlang zu Boden.

Nur langsam normalisierte sich sein Puls. Er schloss die Augen. Nur ganz kurz, denn umgehend erschien das grausige Szenario auf seiner Netzhaut. Sofort riss er sie wieder auf. Was hätte er jetzt für einen Schluck Wasser gegeben! Wo sich der Wasserhahn befand, wusste er nur zu genau. Doch keine zehn Pferde hätten ihn zurück ins Bad treiben können. Herr Schweitzer hatte, wenig überraschend, die Schnauze gestrichen voll von makabren Leichen. Und des Biers war er gerade ein wenig überdrüssig, der

Nachgeschmack auf seiner pelzigen Zunge war noch immer gallig und schal. Er sah sich genauer im Zimmer um. Aber außer einer ganzen Batterie leerer und auch voller Cointreau-Flaschen und den lauwarmen Henninger-Bieren erblickte er nichts Trinkbares. Pech gehabt, dachte er. Sein Handy lag in Marias Wohnung. Nochmals Pech.

Und wie das so ist, wenn man einen Lauf hat, so vernahm Herr Schweitzer mitten in die ihn umgebende Friedhofsruhe hinein ein schepperndes Geräusch. Er spitzte sofort die Ohren. Eine andere Person? Wo? Ein Hauch von Abenteuer ist ja schön und gut, aber hier und jetzt lief gerade etwas gehörig aus dem Ruder. Blitzschnell stand er auf und irrte auf der Suche nach einem Gegenstand, der sich als Waffe benutzen ließ, durchs Zimmer. Der rostige Schraubenzieher lag bedauerlicherweise in der großen Halle nebenan. Also dort, wo das Geräusch herkam. Schlecht.

Letzten Endes fiel seine Wahl auf die leere Bit-Flasche. Herr Schweitzer griff sie am Hals und schlich zur Tür. Vorsichtig drehte er das Licht aus. Vielleicht war ja, wenn schon sonst nichts, wenigstens der Überraschungsmoment auf seiner Seite. So stand er da, die Flasche mit beiden Händen umklammert, und wartete darauf, dass jemand – möglicherweise ein abgebrühter Mörder der brutalsten Sorte – die Tür öffnete. Ohne zu zögern, hätte er mit aller Kraft, generiert aus Todesangst, zugeschlagen.

Nach zwei Minuten stand er immer noch in derselben Körperhaltung dort. Das Adrenalin pumpte unverändert fix durch seine Adern. Was sein wird, wird sein, flüsterte er, komm schon, dann haben wir's wenigstens hinter uns. Oder besser, du hinter dir. *Ich hinter mir* ließ er gar nicht erst zu.

Nach fünf Minuten begann Herrn Schweitzers Konzentration nachzulassen. Auch wurden die Arme schwer. Den linken senkte er, der rechte war sowieso sein stärkerer. Seltsam war, dass nach dem Scheppern kein weiteres Geräusch folgte. Oder wartet der einfach nur ab, so wie ich? Ein Geduldsspiel also. Ha, dachte er, da bist du aber auf dem Holzweg, Freundchen, wenn du glaubst … In Sachen

Geduld hast du jetzt schon verloren. Also, öffne die Tür, und dann zack, hörst du die Englein singen. Wenn du Glück hast!

Nein? Dann halt nicht. Depp! Und was, wenn der schon längst wieder weg ist? Um das zu überprüfen, stellte er fest, müsste ich aber rausgehen und nachgucken. Dazu hatte Herr Schweitzer gerade keine rechte Lust. Obendrein hätte er dann das Geduldsspiel verloren. Und gegen einen grobschlächtigen Vielfachmörder wollte er auf keinen Fall den Kürzeren ziehen. Eine Revanche würde es nämlich nicht geben. Das Resultat wäre endgültig, seine Lebensflamme erloschen.

Eine Viertelstunde war vergangen, da hatte Herr Schweitzer eine geniale Idee. Schnell tastete er sich im Dunkeln zu den roten Leuchtdioden der Anlage und drehte die Musik wieder hoch. Dann zurück zur Tür. Bestimmt denkt der jetzt, so er denn noch dort drüben ist, so Herrn Schweitzers Überlegung, dass derjenige, der sich im Wohnzimmer aufhält, das Scheppern gar nicht gehört hat und sich ungezwungen im Wohnzimmer bewegt, so wie man sich halt ungezwungen in Wohnzimmern bewegt. Die Bit-Flasche war einsatzbereiter denn je.

Vielleicht ist es ja gar kein Mörder, dachte er nach zwanzig Minuten. Dora Rutke zum Beispiel, die nun mit ihrem eigenen Schlüssel zurückgekommen ist. Oder ein anderer aus der Clique. Könnte ja sein. Warum immer vom Schlimmsten ausgehen? Herr Schweitzer war Vernunftgründen seit jeher zugänglich. Doch wo hört Vernunft auf und fängt Verderben an? Und was war es, das das Geräusch verursacht hat? Er rief sich die Halle ins Gedächtnis. Der Schraubenzieher? Nein! Die Holzkisten? Quatsch, die scheppern nicht! Die andere Tür oder das große Tor gar? Nein, dazu hatte es viel zu viel leichtes Metall im Scheppern gehabt!

Leichtes Metall. Herr Schweitzer ließ sich diese zwei Worte auf der Zunge zergehen. Aber nicht in der Form, wie man sich eventuell Schokolade auf der Zunge zergehen lassen würde, mit viel Genuss also. Nein, eher so Richtung vor altem, ranzigem Fett triefender Küchenlappen. Denn leichtes Metall – da fiel Herrn

Schweitzer so spontan nur die Aluminiumleiter ein und wie sie so senkrecht am Fenster lehnte, gehalten im Prinzip nur vom losen, nach innen baumelnden Abschleppseil, nachdem sein eigenes Gewicht den Boden erreicht hatte. Und sollte die mal umfallen, so würde es scheppern wie …

NEIN! Er öffnete die Tür, als wäre es beschlossene Sache und kein Mörder weit und breit.

Und siehe da: kein Mörder, worüber man sich ja nicht beschweren sollte.

Dafür aber auch keine Spur mehr von der Aluminiumleiter. Selbst das Abschleppseil hatte es komplett mit herausgezogen.

Konsterniert betrachtete Herr Schweitzer den kleinen Ausschnitt Sternenhimmel. Keine Spur Romantik überkam ihn bei diesem eigentlich herrlichen Anblick. Sein Fluchtweg war futsch. Einfach so. Eingesperrt mit einer stinkenden Leiche. Nichts zu trinken außer Alkohol. Wasser – nur über meine Leiche, so könnte nun die Leiche sagen. Handy, wie gesagt, bei Maria.

Das Paradies sieht anders aus, vermutete Herr Schweitzer. Und falls nicht, bleibt immer noch die Hölle. Und die unterschied sich wahrscheinlich nur unwesentlich von dem hier.

Mist, Mist, Mist, hätte ich doch nur ein Gewicht ans Seil gebunden, schimpfte er mit sich. Oder mich gar nicht erst eingemischt. Was muss ich bloß meine Nase immerfort überall reinstecken? Wie der letzte Depp, ich! Zu doof, einen Einkaufswagen zu lenken. Zu blöd, einen Eimer Wasser umzuschmeißen. Und wie weiland Dora Rutke, so trat auch Herr Schweitzer gegen das große Tor, nur eben von innen statt von außen.

Doch solcherlei unkontrollierte Wutausbrüche korrespondierten so gar nicht mit Herrn Schweitzers Ideal, alles mit Köpfchen zu lösen. Das sah er auch ein. Fast hätte er sich bei dem Tor entschuldigt.

Er ließ sich auf dem Boden nieder, um nachzudenken. Welche Möglichkeiten habe ich? Erstens könnte ich in diesen quasi hermetisch abgeriegelten Gemäuern versauern, verhungern und verdursten, was aber einem geschulten Geist wie meinem nicht gut zu

Gesicht stünde; ganz klar, die Welt erwartet mehr von mir. Zweitens könnte ich nach einem Ausweg aus dieser ausweglosen Situation suchen; auch ganz klar, das dürfte nicht ganz einfach werden.

Herr Schweitzer befand, einen Ausweg zu suchen sei besser als irgendwann demnächst so zu stinken wie die Leiche im Badezimmer. Zumal er ein sehr sensibles Näschen besaß. Die Schwachstellen in diesem Gefängnis waren das Tor und die Fenster. Nachteil Tor: ziemlich stabil. Nachteil Fenster: weit oben in luftiger Höhe.

Aber da war ja noch eine weitere Tür. Die, die vorhin nicht aufging. Herr Schweitzer stand auf und besah sie sich erneut. Dann holte er sich den einsamen Schraubenzieher. Wie durch ein Wunder war er wie geschaffen für die Schrauben an der Blende.

Dann ging alles rasend schnell. Die Blende fiel auf den Boden, ebenso die zwei Schrauben. Der Zylinder war zwar recht bockig, wurde aber von Herrn Schweitzer mit Hebelwirkung und Brachialgewalt in seine Schranken verwiesen. Ein kräftiger Tritt an den im Schloss verkeilten Schraubenzieher und siehe da: Sesam öffnete sich.

Von einem Erfolg durfte man aber nicht sprechen. Denn der mit so viel Hoffnung verbundene neuentdeckte Raum maß vielleicht zwei Quadratmeter. Toilettenschüssel und Waschbecken grinsten ihn hämisch an. Und doch war nicht alles schlecht. Herr Schweitzer probierte den Wasserhahn. Der erste Liter machte noch einen giftigen, weil rostbraunen Eindruck, aber danach wurde es rein und sauber. Quellfrisch sozusagen. Zumal in seinen Augen. Ein elendiges Verdursten war somit schon mal abgewendet. Versauern hing einzig und alleine von seiner Psyche ab. Blieb noch ein Verhungern. Hierzu sagt die Wissenschaft, der Mensch könne bis zu einem Monat ohne Nahrung auskommen. Was die Wissenschaftler aber vergessen hatten, waren Feldversuche an Personen wie Herrn Schweitzer, die schon am Rad drehten, wenn sich das Abendessen um zwei Stunden verspätete.

Doch noch war er ruhig, der Sachsenhäuser Detektiv. Er untersuchte die Längsverriegelung des Tors. Sie war quadratisch und maß etwas mehr als einen Zentimeter pro Seite. Mit dem Schraubenzieher war nichts zu machen, alles war vernietet. Die Hebelwirkung hatte sich aber schon einmal bewährt. Herr Schweitzer ging ins Wohnzimmer und suchte nach einem passenden Stück. Ein Stahlrohrstuhl mit rotem Stoffbezug fiel ihm sofort ins Auge.

Ein Stuhlbein passte gerade so hinter die Längsverstrebung. Dann stemmte sich Herr Schweitzer mit aller Kraft mit einem Fuß gegen das Tor und zerrte und zerrte mit dem Ergebnis, dass sich das Stuhlbein nach und nach zu einem V verzog. Ein Satz mit X, dachte er, ließ sich aber nicht unterkriegen.

Die nächste halbe Stunde verbrachte er damit, alle möglichen Dinge als Hebel zu verwenden. Doch entweder zerbrachen sie oder verbogen sich. Tja, damals hat man noch viel mit Eisen gearbeitet, siehe Längsverstrebung, sinnierte Herr Schweitzer. Tunlichst unterließ er es, dem Tor abermals einen Tritt zu versetzen. Stattdessen sah er zu dem Fenster, durch das seine Leiter samt Seil entfleucht war. Dann zählte er die Holzkisten an der hinteren Wand, fast alle in unterschiedlicher Größe. Außerdem erinnerte er sich an einen Dokumentarfilm über den Bau der Pyramiden bei Kairo. So in etwa müsste ich hier auch vorgehen, überlegte er. Eine Rampe nach oben bauen. Was haben wir denn?

Er ging ins Wohnzimmer und machte eine Bestandsaufnahme. Zwei Sofas, vier Sessel, jede Menge Stühle und die Kisten. Wenn ich an der gegenüberliegenden Ziegelsteinwand beginne, grübelte er, betrüge die Steigung 45 Grad. Zur Not könnte ich auch steiler bauen oder im Kreis. Sessel und Sofas am Anfang, denn ob ihrer Polsterung sind sie mehr als instabil und man kann nicht viele Kisten und Stühle darauf stapeln, auf denen man dann auch noch nach oben krabbeln soll. Ich bin ja kein Trapezkünstler.

Die schweren Sachen zuerst. Zum Glück war die Tür zum Wohnzimmer breit genug. Ruckweise schaffte er die Sofas rüber. Herr Schweitzer war mächtig am Keuchen. Er legte eine fünfminütige Pause ein.

Dann kamen die Sessel und Stühle an die Reihe. Die Statik musste berechnet werden. Andernfalls erginge es einem wie bei der Oper in Sydney – alles kracht zusammen, nur weil einer irgendwo ein Komma hinschrieb, wo keines hätte stehen dürfen. Es machte nämlich keinen Sinn, mit den Kisten anzufangen, und dann wüsste man nicht, wie man die Sofas hochwuchten sollte. Abgesehen davon, dass dann eh alles umfiele. Ebenso hirnrissig war es, einen Sessel auf einen Stuhl zu stellen.

Herr Schweitzer hatte also mächtig zu tun, bevor es an die eigentliche Arbeit ging. Da er weder Block noch Stift zur Verfügung hatte, behalf er sich mit dem Schraubenzieher und dem staubigen Betonboden. In Ägypten hatte man da schon Papyrus erfunden.

Die in arge Mitleidenschaft gezogene Leiche hatte er erfolgreich aus seinem Gedächtnis verbannt, als es an die Umsetzung seiner architektonischen Zeichnung ging.

Der Teufelskerl schuftete wie ein Berserker. Beachtlich für einen, dessen ganzes Trachten tagein, tagaus dem Müßiggang gewidmet war. Aber nach anderthalb Stunden war Richtfest. Herr Schweitzer gönnte sich ein Bier. Sein Magen spielte mit. Bei dem, was er nun vorhatte, wirkte seine Aluminiumleiter-Abschleppseil-Aktion wie ein Kindergeburtstag, bei dem die Eltern Wasserpistolen aus Risikogründen verboten hatten.

Die allerletzte Stufe, die mit dem Stuhl auf vier übereinander gestapelten Kisten, taufte er Eiger-Nordwand. Ihm wurde schon vom Raufgucken schwindelig. Zur Probe rüttelte er nochmals. Ein leichtes Schwanken, aber nicht so, dass Einsturzgefahr drohte. Das Leben auf dem pazifischen Feuerring dürfte auch nicht wesentlich gefährlicher sein, redete sich Herr Schweitzer gut zu.

Los ging's. Bis zum vierten Stock verlief alles ordnungsgemäß. Die leichte Brise, die vom Fenster hereinwehte, ließ Herrn Schweitzers Gedanken zurück zur Eiger-Nordwand wandern, wo gelegentliche Wetterumbrüche schon so manchen Tod bedeuteten. Er hatte den letzten Stuhl erklommen. Als er sich auf wackeligen Knien aufrichtete und nach unten schaute, fragte er sich, warum

Entfernungen von oben nach unten stets mindestens doppelt so weit sind wie Entfernungen von unten nach oben. Kalter Schweiß brach aus ihm heraus. Noch viel langsamer als in Zeitlupe richtete er sich auf, die Knöchel seiner um die Stuhllehne verkrampften Hände stachen perlweiß hervor und sahen aus wie Eiterpickel kurz vorm Platzen.

Kaum dass sich Herr Schweitzer zur vollen Länge aufgerichtet hatte, schnellten seine Ellenbogen zum Fensterrahmen, dem einzigen stabilen Element auf seiner Reise. Dann zog er sich in Sicherheit. Der ohrenbetäubende Krach zusammenbrechender Eiger-Nordwände hinter ihm ging ihm mal so was von am Arsch vorbei.

Irritierender war da schon das Blaulicht, auf das Herr Schweitzer nun blickte. Es gehörte zu einem Streifenwagen. Ein Tatütata war aber nicht zu vernehmen. Doch auch so konnte er sich des Gedankens nicht erwehren, im falschen Film zu sein. Was machten die Bullen hier? Mangels Handy hatte er die nämlich nicht verständigt. Wenn, dann hätte er es doch längst getan, liebend gerne hätte er auf seine waghalsige Aktion verzichtet.

Jemand donnerte gegen das Tor. „Hallo! Ist dort jemand? Öffnen Sie sofort das Tor! Hier spricht die Polizei."

Die Stimme kannte Herr Schweitzer. Frederik Funkal, der mit ihm befreundete Sachsenhäuser Streifenpolizist. Fehlte seine bessere Hälfte, Kollege Odilo Sanchez.

Kaum gedacht, hörte er auch ihn. „Ich würde vorschlagen, wir nehmen das Abschleppseil und verbinden den Griff mit unserem Wagen. Da ist garantiert einer drin. Ratten veranstalten nicht so einen Radau. Garantiert nicht. Und außerdem: Wem gehört dieser Twingo hier?"

Funkal: „Irgendwie kommt der mir bekannt vor. Ich komme aber nicht drauf, wo ich das Nummernschild schon mal gesehen habe. Ich mache am besten mal eine Anfrage bei der Zentrale."

Herr Schweitzer hörte Schritte. Offenbar war Funkal auf dem Weg zum Wagen. Das musste nun wirklich nicht sein. Gut, er hatte eine Leiche aufgestöbert. Das brachte mit Sicherheit etliche Pluspunkte ein. Andererseits hatte er sich auch selbst mehr oder weniger eingesperrt. Wie er die beiden Bullen kannte, würde diese Nachricht wie ein Flächenbrand durch Sachsenhausen rasen. Dem musste Einhalt geboten werden. „Hallo, ich bin hier oben." Herr Schweitzer erhob sich und wedelte mit den Armen.

„Ich glaub es nicht", kam es vom Funkal.

Odilo Sanchez: „Ich glaub, mich laust ein Affe."

Herr Schweitzer: „Doch, doch, ich bin's. Hab hier in dem Gebäude eine Leiche entdeckt. Besser, ihr lasst die Kripo hier antanzen. Verknüpfungen zur Schrumpelleiche sind mehr als stringent."

Funkal: „Was ist stringent, Herr Professor? Babbel gefälligst Deutsch mit uns. Und wieso bist du auf dem Dach? Hast du die Leiche von dort aus gesehen? Vielleicht knackt da drinnen auch einfach nur ein Penner. Und überhaupt, was war das für ein Riesenkrach vorhin? Odilo hätte sich beim Pinkeln fast die Uniform versaut."

Herr Schweitzer: „Hättest du nicht vor zwei Stunden hier pissen können? Da hätte ich mir 'ne Menge Ärger erspart."

Sanchez: „Wie das? Zickt die Leiche rum? Was ist das für eine Leiche? Hat die auch einen Namen?"

„Eventuell Sebastian deWitte. Aber beschwören könnt ich's nicht. Hab nicht so genau hingeguckt."

„Aber dass sie tot ist, die Leiche, da ist sich der Herr Detektiv sicher?"

„Und wie! Maden, Würmer und Ratten sind schon fleißig am Futtern."

Funkal: „Iiih, ist das ekelig. In diesem Fall verständigen wir natürlich sofort die Kripo und die Spusi. Wir gehen da nicht rein. Habe gerade gegessen. Rippchen mit Sauerkraut, hm, war lecker."

Herr Schweitzer kletterte die Feuerleiter runter. Den letzten Meter sprang er. Darin hatte er ja mittlerweile Übung.

„So", erklärte Sanchez, als er vom Wagen zurückkehrte, „die

Kripo ist im Anmarsch. Wir sollen schon mal das Gelände absperren und die Schaulustigen zurückdrängen."

Funkal: „Siehst du hier wen?"

Sanchez: „Ja, unseren Simon."

Funkal: „Also, Simon, du hast ja gehört. Runter vom Gelände."

„Habt ihr noch alle Tassen im Schrank? Ohne mich wärt ihr gar nicht hier", wehrte sich Herr Schweitzer. Obendrein wusste er, wie man mit Beamtenseelen umspringen musste: „Und falls es noch nicht bis zu euch durchgedrungen sein sollte, der liebe Simon arbeitet direkt mit Oberkommissar Schmidt-Schmitt zusammen. Ihr könnt die ja anfunken, wenn ihr mir nicht glaubt."

Sanchez warf ihm einen scheelen Blick zu, drehte sich kopfschüttelnd um und strebte mit einem rotweißen Band der Ausfahrt zu.

Funkal: „An mir soll's nicht liegen. Von mir aus kannst du hier bleiben, so lang du willst. Aber jetzt mal im Ernst, was sollte der Krach vorhin?"

Herr Schweitzer reagierte vortrefflich: „Och, eigentlich ganz simpel, die Sache. Bin durchs Fenster da oben rein", leger deutete er mit dem Daumen hinter sich, „nur rauskommen war ein bisschen schwieriger. Habe aber von oben ein paar Kisten durchs Fenster entdeckt und mir gedacht, wenn ich die einfach übereinanderstapele, bin ich ruckzuck wieder draußen. Keine große Sache, das. Fünf Minuten vielleicht, mehr nicht."

Okay, er hatte ein wenig untertrieben, aber wer wird sich denn an Kleinigkeiten reiben?

Funkal: „Und so generell? Ich meine, was treibt dich um diese Zeit hierher?"

„Och, ich hatte so einen Verdacht."

„Soso. Das kannst du jetzt ja den Großen erzählen. Die kommen da nämlich schon." Funkal blickte zur Ausfahrt.

Eine Stunde später war das Tor aufgebrochen und reichlich Flutlicht tunkte die Halle in gleißendes Licht. Männer in weißen Overalls untersuchten akribisch jeden Quadratzentimeter. Herrn Schweitzers Fingerabdrücke wurden des Ausschlussverfahrens wegen noch an Ort und Stelle in so ein komisches neumodisches Gerät gescannt.

Oberkommissar Schmidt-Schmitt, gerade vom Fundort der Leiche nach draußen geschlendert: „Na, Simon, alles klar?! Da guckst du, gelle. Nix mehr von wegen Fingerabdrücke mit Stempelkissen und so." Er legte ihm den Arm auf die Schulter. „Die Leiche da drinnen …"

Herr Schweitzer: „Tot. Ich weiß."

„Ja, das auch. Du kannst aber auch Sebastian deWitte zu ihr sagen."

„Ist er's wirklich? Armer Kerl. Wisst ihr schon, wie lange …"

„Vorläufige Schätzung unseres Spezialisten: circa eine Woche."

„Wie die Schrumpelleiche", schlussfolgerte Herr Schweitzer. „Dann wird er wohl kaum der Mörder von diesem Franzosen sein."

„Jean Clareux. Nein, wohl kaum. Das heißt aber auch, dass wir wieder am Anfang stehen. Es sei denn, das da hinten war gar kein Mord."

„Was sonst?"

„Nun, in der Badewanne haben wir eventuell einige Kotzbrocken sichergestellt. Muss noch ins Labor. Alkoholvergiftung passt momentan auch ins Bild."

„Oder in Verbindung mit anderen Drogen", schlug Herr Schweitzer vor. „Was man so hört, soll die ganze Bande recht feiersüchtig gewesen sein. Partys ohne Ende. Und immer was zum Reinpfeifen."

Inzwischen hatte sich Hajo zu ihnen gesellt. Er sagte: „So einen Raum hatten wir früher auch. Von dem die Eltern nichts wussten. War ein verlassener Bauernhof, den wir notdürftig wieder hergerichtet hatten. Und eine kleine erstklassige Marihuanaplantage, bis die blöden Bullen alles plattgemacht haben." Hajo grinste. „Waren das Zeiten! Schade, dass das alles hinter uns liegt und niemals wiederkommt."

Herr Schweitzer schielte zum Oberkommissar, ob der vielleicht

Anstalten machte, von seiner Gartenhütte, den gelegentlichen Joints und Besäufnissen zu erzählen.

Doch Schmidt-Schmitt kryptisch: „Hajo, wenn das alles hier vorüber ist, sprich mich doch noch mal drauf an."

Fragend schaute Hajo Herrn Schweitzer an.

Doch dieser zuckte bloß mit der Schulter: „Wenn das alles hier vorüber ist ..."

Der Oberkommissar: „Wie bist du eigentlich auf das Gelände gekommen?"

„Mit meinem Twingo? Steht doch dort. Ich warte nur drauf, dass mir endlich der blöde Streifenwagen den Weg frei macht."

„Du weißt genau, wie's gemeint war."

Herr Schweitzer seufzte schwer. „Ich bin gestern einfach Dora Rutke gefolgt, nachdem ich sie zufällig in einem Café gesehen habe. Dora hat gegen das Tor getrommelt und nach Sebastian gerufen. Da hab ich mir gedacht, guck ich doch mal genauer nach. So einfach war das."

„Du hättest uns aber auch benachrichtigen können", tadelte Schmidt-Schmitt.

„Jetzt hab dich nicht so. Wie im Leben hätte ich denn ahnen können, dass Sebastian hier tot rumliegt. Die Rutke hat das doch auch nicht in Erwägung gezogen. Und die hätte die Lage doch am besten einschätzen müssen. Stimmt's?!"

„Schon recht, hätte sowieso nichts geändert. Ich würde vorschlagen, gehen wir nach Hause, noch eine Runde schlafen. Und in ein paar Stunden sagt uns die Gerichtsmedizin, was hier gelaufen ist. Mit ein bisschen Glück ist der Fall dann abgeschlossen." Schmidt-Schmitt gähnte.

Herr Schweitzer ließ sich anstecken. Außerdem hätte er schon längst wieder im Bett sein wollen. Die Nacht war doch länger geworden als veranschlagt. Seine ganze Turnerei steckte ihm auch noch in den Knochen.

Und schon wieder ging die Sonne über Offenbach auf. Hat die denn nichts dazugelernt?

Aus und vorbei?

Freitag, 14 Uhr. Herr Schweitzer war gerade dabei, sein Frühstücksei zu köpfen, als sein Handy klingelte. „Ja."

„Gude. Ich hab dich doch nicht etwa geweckt?" Oberkommissar Schmidt-Schmitt.

„Quatsch. Ich wollte gerade unter die Dusche nach meinem täglichen 15-Kilometer-Dauerlauf."

„15 Kilometer? Du machst heute einen auf gemütlich, gelle."

„Nach dem ganzen Stress letzte Nacht war ich ein wenig ausgepowert. Habe aber vor, nachher noch fünf Kniebeugen zu machen, wenn sich der Körper erholt hat", flachste Herr Schweitzer.

„Weswegen ich anrufe …"

„Fall gelöst?"

„Fall gelöst. Die Spusi hat sich ausnahmsweise mal selbst übertroffen. Bei Sebastian wurden annähernd drei Komma fünf Promille festgestellt. Dazu noch Ecstasy. Hatte sich wohl zu viel gegönnt, nachdem er seinen Nebenbuhler Clareux in Monis Ofen geschoben hat. Außerdem hat Sebastian mit seinem eigenen Hemd die Fingerabdrücke vom Ofengriff entfernt. Übereinstimmung der Faserspuren: 100 Prozent. Irrtum ausgeschlossen."

„Dann kann ich mich ja endlich mal wieder ausruhen", stellte Herr Schweitzer fest.

„Die Woche muss dich ziemlich geschlaucht haben. Übrigens, Melibocus ist über alles informiert. Brauchst dich nicht drum zu kümmern."

„Fein. Sehen wir uns heute Abend? Ich hätte da einen Geheimtipp namens Weinfaß."

„Denke, das lässt sich einrichten. Tschö."

„Tschö."

„… endlich mal wieder ausruhen?", fragte Maria, die plötzlich auf der Bildfläche erschienen war. „Hab ich da richtig gehört? Wollte der Herr Superdetektiv nicht seit einer Woche schon den Rasen mähen?"

„Wollte ich?" Dunkel, sehr, sehr dunkel erinnerte er sich, dass da was gewesen sein könnte. Möglicherweise der Rasen. „Den Rasen?"

„Genau den. Das ist das grüne, normalerweise flache Zeug im Garten. Und wenn du schon mal dabei bist, die Blumen und Sträucher könnten Wasser vertragen. Denen schmeckt das Zeug nämlich. Auch wenn mein lieber Simon Ebbelwoi bevorzugt."

„Schatz, das ist eine prima Idee", sagte Herr Schweitzer strahlend und küsste seine Liebste.

Doch seine Liebste runzelte skeptisch die Stirn. „Was ist eine prima Idee? Dass du die Blumen gießt oder Ebbelwoi trinkst."

„Beides, Schatz." Herr Schweitzer hatte sein herzallerliebstes Lächeln aufgesetzt. „Erst verwöhne ich unseren Garten und nachher uns beide. Ich lade dich ins Weinfaß ein."

Mord aus Eifersucht – Mörder richtet sich selbst!

Die Frankfurter Kriminalpolizei hat sich mal wieder selbst übertroffen. Nur eine Woche nach dem grausigen Leichenfund in einem Brennofen einer bekannten Sachsenhäuser Tonbrennerei, in der unter anderem die weltberühmten Apfelwein-Bembel hergestellt werden, präsentierte ein Polizeisprecher heute Mittag auf einer eilends einberufenen Pressekonferenz den zahlreich erschienenen Medienvertretern den Mörder sowie den Tathergang. Genauere Details der Hintergründe würden im Laufe der nächsten Tage der Öffentlichkeit mitgeteilt werden. Eine Verhaftung sei aber nicht zustande gekommen, da sich der bereits zur Fahndung ausgeschriebene Mörder an dem französischen Fabrikantensohn Jean Clareux nach der Tat selbst das Leben genommen habe. Seine Leiche wurde in der vergangenen Nacht von dem allseits bekannten Sachsenhäuser Detektiv S. in einem seit Jahren leerstehenden Gebäudekomplex der ehemaligen Henninger-Brauerei im Hainer Weg entdeckt. Durch Zufall, so Simon S., habe ihn eine verdächtige Person, die sowohl mit dem Opfer als auch dem Täter in Kontakt stand, zu dem Haus geführt, in dem er dann den Toten entdeckt habe. Die umgehend von ihm verständigte Polizei habe noch in der Nacht die Ermittlungen aufgenommen, so dass der Fall bereits in den frühen Morgenstunden zu den Akten gelegt werden konnte. Weitere Kommentare lesen Sie auf Seite 3 dieser Sonderausgabe.

Herr Schweitzer reichte Maria das Sachsehäuser Käsblättche. „Guckst du, da kannst du jetzt genau nachlesen, warum ich erst heute früh nach Hause gekommen bin."

Da zeitgleich sein Rehbraten serviert wurde, konnte man getrost sagen, es fehlte ihm an nichts. Der heiße Apfelstrudel mit Vanilleeis und Schlagsahne war nämlich der Bedienung schon in den Block diktiert und der Bembel noch gut gefüllt.

Es hätte also alles perfekt sein können, wenn ... ja, wenn nicht, just als er den ersten Bissen in seinen Mund schob, die beiden Streifenpolizisten aufgetaucht wären und ihm eine gleiche Ausgabe vom Käsblättche unter die Nase hielten.

Funkal: „Guten Appetit, Simon. Hallo, Maria."

Sanchez: „Hast du schon gelesen? Da hat sich unser Felix ja wieder was zusammengereimt, gelle."

Funkal ergänzte: „Du hast also umgehend die Polizei verständigt? Wie das, so ganz ohne Handy?"

Sanchez: „War es nicht eher so, dass wir dich auf dem Dach aufgefunden haben, nachdem du einen mordsmäßigen Radau veranstaltest hast?"

Eine leichte Röte stieg ihm zu Kopf. Allerdings war bislang nicht die Rede davon, dass er, Herr Schweitzer, sich quasi selbst eingesperrt hatte. Hoffentlich blieb es auch dabei. Nicht auszudenken, wenn sein Fauxpas bekannt werden und wie ein Lauffeuer durch Sachsenhausen wüten würde. „Na ja, was kann ich dafür, wenn die Kisten so instabil sind und bei der geringsten Bewegung zusammenstürzen? Außerdem hätte ich mich gleich in meinen Twingo gesetzt und wäre zu euch aufs Revier gefahren.

Das alles sind doch bloß unwichtige Marginalien. Ihr wisst doch, wie die Presse arbeitet. Meist fehlt für exakte Recherchen einfach nur die Zeit."

Maria, halb scherzend, halb entsetzt: „Wie, du bist auf ein Dach geklettert? In deinem Alter? Wann wirst du endlich vernünftig?"

„Das fragen wir uns auch", stimmte ihr Funkal zu. „Sieht gut aus. Ist das der Rehbraten von der Tageskarte?"

Herr Schweitzer, heilfroh über den Themenwechsel: „Kann ich nur empfehlen. Und euren Ebbelwoi lasst mal auf meinen Deckel schreiben. Der Fall ist abgeschlossen, da kann man getrost ein wenig feiern." Er hoffte, die Gemüter mit dieser Geste zu beruhigen. Und Fragen bezüglich der Sofas und Sessel unter all den Kisten, mit denen er seinen Ausbruch aus dem Gebäude bewerkstelligt hatte, mögen für immer in der Versenkung verschwunden bleiben. Herr Schweitzer hasste Erklärungsnöte, sofern sie ihn selbst betrafen.

Wie es sich für einen abgeschlossenen Fall gehört, wurde dieser hernach im Weinfaß noch ausführlich begossen. Sanchez und Funkal waren gleich nach Dienstschluss aufgetaucht, nur fünf Minuten nach Mischa Schmidt-Schmitt, der Hajo mitgebracht hatte.

Maria war auch mitgekommen. Irgendwas schien sie zu beschäftigen. Also fragte Herr Schweitzer nach.

Maria: „Sag mal, da du doch so gerne auf Dächern rumturnst …"

„Ja?", Herr Schweitzer befürchtete anhand des Tonfalls seiner Liebsten, dass es was mit Arbeit zu haben musste.

„Ich wollte nächste Woche einen Spezialisten anheuern, der mir das Moos und Laub aus den Dachrinnen entfernt. Das Geld können wir uns doch sparen. Du scheinst mir ja neuerdings schwindelfrei zu sein."

Wusste er's doch. Arbeit. Als hätte er nicht schon im Schweiße seines Angesichts heute Nachmittag den Rasen gemäht und hektoliterweise Wasser zu den Blümchen und Sträuchern geschleppt. Okay, okay, es per Gartenschlauch zum Bestimmungsort geleitet. Aber Herr Schweitzer wusste auch, dass seine glorreiche Rückkehr zum Müßiggang verdient sein wollte. Und wenn die Verbindungsbrücke den Namen *kleine handwerkliche Tätigkeit* trug, na wenn schon. „Logo, mach ich locker morgen früh gleich nach dem Aufstehen."

Mischa: „So, Kinderchen, nachdem Simon jetzt weiß, was er morgen machen darf, was wollt ihr trinken? Die nächste Runde geht auf mich. Der oberste Polizeichef höchstpersönlich kam heute noch vorbei und hat die ganze Abteilung über den grünen Klee gelobt. Und Hajo, stimmt's? Morgen müssen wir erst zur Mittagsstunde aufkreuzen. Wir sollen uns nämlich mal so richtig ausschlafen."

Hajo: „Hat er gesagt, unser Boss. Wortwörtlich."

Die übernächste Runde ging auf Hajo.

Funkal und Sanchez ließen sich auch nicht lumpen.

Herr Schweitzer sah sich in Zugzwang und spendierte derer gleich zwei.

Ab elf war das Weinfaß am Brodeln, was sicherlich auch am Auftauchen Buddha Semmlers lag, der die Anwesenden dringlich aufforderte, doch bitteschön bis Mitternacht zu bleiben, da habe er nämlich Geburtstag. Zweiundfünfzig, wenn das kein Grund sei.

Kurzum, nicht nur auf die Aufklärung des Falls wurde heftig angestoßen. Es war fast alles wie in den guten alten Zeiten. Fast. Denn die Schlagzahl hatte mit den Jahren doch merklich abgenommen.

Als Herr Schweitzer bei Morgengrauen ins Bett fiel, hatte er noch Zeit für die Worte an Maria: „Hach, ist das Leben schön. Freunde und ein aufgeklärtes Verbrechen, so dass Sachsenhausen wieder friedlich schlummern kann. Was will man mehr?! Gute Nacht, Maria."

„Gute Nacht, Simon."

Aufgeklärtes Verbrechen – falsch gedacht

Um neun Uhr erhielt Herr Schweitzer eine SMS, ob er schon auf sei.

War er aber nicht. Um genau zu sein, war er noch niemals in seinem ganzen Leben vorm Wachwerden aufgestanden. Ergo blieb die Nachricht unbeantwortet. Vorerst.

Viertel nach zwölf war's dann so weit. Herr Schweitzer entdeckte die Nachricht und rief den Absender an.

„Gift." Nur dieses eine Wort und Schmidt-Schmitts Stimme.

„Gift?"

„Gift."

„Von was redest du, Mischa?"

„Von Gift." Er hörte sich heiser an.

„Das habe ich verstanden. Was ist mit Gift? Hast du welches genommen? Sollst du doch nicht. Das Zeug ist doch giftig."

„Sebastian deWitte wurde vergiftet, verstehst du?"

Nein, tat er nicht. Herr Schweitzer musste sich erst sammeln. Zerstreut strich er über seine verwuschelten Haare. „Kein Selbstmord?", fragte er, weil er nicht wusste, was er sonst sagen sollte.

„Macht keinen Sinn. Wenn ich meinen Nebenbuhler erfolgreich um die Ecke gebracht habe, gehe ich feiern und nicht suiziden."

„Suiziden. Schönes Wort. Gibt's das überhaupt?" Herr Schweitzer wusste es nicht.

„Logo. Mord – morden. Tot – töten. Folglich: Suizid – suiziden. Auch wenn's ein Verb ist, das man nur einmal im Leben ausführen kann. Schöne Scheiße, das." Der Oberkommissar war hörbar missgelaunt.

„Das heißt?"

„Wir stehen wieder am Anfang. Jetzt suchen wir entweder einen Doppelmörder oder, falls deWitte den Clareux tatsächlich umgebracht hat, jemanden, der Sebastian auf dem Gewissen hat. Schöne Scheiße, das."

Mischa wiederholt sich, dachte Herr Schweitzer. „Tja, es ist, wie's ist."

„Stimmt, ansonsten wär's ja anders", ergänzte der Oberkommissar philosophisch. „Nun dürfen wir die ganze Clique ins Präsidium zitieren und einen nach dem anderen auf den Zahn fühlen. Und hoffen, dass sich irgendwer in Widersprüche verwickelt. Der Oberstaatsanwalt ist stinksauer. Am besten, ich lese die nächsten Tage keine Zeitungen. Was da drin steht, kannst du dir an deinen fünf Fingern ausrechnen. So, ich muss hier weitermachen, ich wollte dir nur kurz Bescheid geben." Er legte auf.

Noch eine ganze Weile starrte Herr Schweitzer sein Handy an. Dann schenkte er sich Kaffee nach. Noch mal von vorne das Ganze, dachte er, wie ein Hamster im Rad. Jetzt erst merkte er, dass Schmidt-Schmitt ihm gar nicht erzählt hatte, mit welchem Gift Sebastian ins Jenseits geschickt worden war. Nicht dass er sich für einen ausgemachten Experten auf diesem Gebiet hielt, aber interessieren würde es ihn schon. Herr Schweitzer überlegte, zu welchem Gift er persönlich Zugang hätte, falls er mal schnell einen abmurksen musste. Weit kam er nicht. Rattengift war das Einzige, was ihm hierzu einfiel. Aber ob das für einen Menschen reichte, entzog sich seiner Kenntnis.

Ohne Eile zog er seine Arbeitsklamotten an. Bis Maria aus der Kleinmarkthalle zurückkam, wollte er sich mit den Dachrinnen beschäftigen. Eine kontemplative Tätigkeit, bei der man seine Gedanken ordnen konnte. Außerdem war es gerade ein wenig bewölkt, das wollte Herr Schweitzer ausnutzen. Die nächsten Tage sollten wieder tropisch heiß werden, mit Temperaturen um die 35 Grad.

Das komplette Wochenende zog ins Land ohne Nachricht von Mischa. Herr Schweitzer war gar nicht mal böse darum. Was hätte er auch tun können?, überlegte er. Die werden sich jetzt wahrscheinlich auf Sebastians und Jeans Freunde einschießen. Und, wenn alles gut geht, demnächst einen Doppel- oder Einfachmörder verhaften. Einfachmörder – wie das klingt. Als ob ein Mord einfach wäre.

Und die Vorhersage vom Wetterdienst aus Offenbach traf auch

voll zu. Das muss auch mal gesagt werden. Nicht immer nur lästern. 35 Grad und gefühlte 100 Prozent Luftfeuchtigkeit.

Wen wundert's also, dass es sich Herr Schweitzer am Montag wieder einmal in Marias Atriumgarten gemütlich machte – einen Eimer Wasser mit Eiswürfeln neben der Hängematte, in den er alle paar Minuten einen Waschlappen tauchte, um sich damit einzureiben – und über die Vergänglichkeit des irdischen Lebens sinnierte. Genauer gesagt, über den Tod der beiden Rivalen Sebastian deWitte und Jean Clareux. So jung und schon tot. Möglicherweise gemeuchelt von einem Dritten im Bunde, der ebenfalls ein Auge auf Dora Rutke geworfen hatte. Oder von wem zum Kuckuck auch immer. Alles Dinge, mit denen sich die Kripo rumschlagen durfte, während er die Energie der Sonne in sich speicherte. Energie war immer gut, dachte Herr Schweitzer, wer weiß, wozu man sie noch brauchen konnte. Und sei es bloß für einen Spaziergang runter ins Weinfaß oder in eines seiner bevorzugten Ebbelwoi-Lokale. Dass die Medien bislang von deWittes Gifttod nichts gebracht hatten, war gar nicht mal so unlogisch, fand er. So konnten sie in aller Ruhe ermitteln, ohne gleich die Hühner aufzuscheuchen. Gerne hätte er gewusst, welches Gift zum Einsatz gekommen war. Aber er verkniff es sich, seinen Kumpel Schmidt-Schmitt zu kontaktieren. Man könnte sonst noch auf die Idee kommen, er sei sensationslüstern wie ein bescheuerter Gaffer. Herr Schweitzer griff nach dem Seil und zog daran, um sich wenigstens indirekt zu bewegen, indem er die Hängematte zum Schaukeln brachte.

Nebeneffekt: Er schlummerte ein.

Ruder- und Tennisclub Anglo-Sports

Wie er sich so mit der Zunge über die Lippen fuhr, konnte man meinen, er träume gerade von einer leckeren Mahlzeit. Einem großen Jägerschnitzel mit Bratkartoffeln und Salat zum Beispiel.

Als dann auch noch Maria einen Telefonhörer zu Herrn Schweitzer an die Hängematte brachte, war das Bild eines Großgrundbesitzers mit unzähligen Hausangestellten perfekt. Fehlte nur, dass er das Küchenmädchen mit einer lässigen Handbewegung verscheuchte. Nein, er habe gerade keine Zeit mit dem Präsidenten zu plaudern, er sei gedanklich damit beschäftigt, die Börse vor dem unvermeidlichen Crash zu bewahren. Oder die nächste Panzerlieferung an die Saudis zu koordinieren. Soweit der trügerische Schein.

Das wirkliche Leben sah jedoch anders aus.

Maria mit lauter und energischer Stimme, denn sie sah sich ganz und gar nicht als Herrn Schweitzers subordinierte Sekretärin: „Hey, Faulpelz, aufwachen, aber ein bisschen dalli. Irgendwann wird die Hängematte reißen, ich kann mir nicht vorstellen, dass die für solche Dauerbelastungen konzipiert wurde. Mischa will was von dir."

„Mischa?"

„Der Herr Oberkommissar, um deine demenziellen Lücken zu schließen."

Schweren Herzens verabschiedete sich Herr Schweitzer von seinem erträumten Eisbecher als Nachtisch: „Ach, der Mischa. Danke."

„Bitte sehr, Hoheit. Klingel er einfach, wenn ich James mit dem Cocktail schicken soll." Weg war sie.

„Gude, Simon. Sag mal, hast du Lust, die nächsten Abende auf Staatskosten essen zu gehen?", eröffnete Schmidt-Schmitt direkt und mitten in Herrn Schweitzers Schwachstelle hinein.

Was war denn das für eine saublöde Frage? Halt! Stopp! Eine Fangfrage möglicherweise? „Du meinst nicht zufällig vegetarisch?"

„Simon! Ich bitte dich, würdest du mir so eine niederträchtige Gemeinheit zutrauen?"

Ja, würde er.

„Aber, Mischa, natürlich nicht. Wir sind doch Freunde."

„Gut. Das war nämlich ernst gemeint. Natürlich müsstest du ein bisschen was für den Staat tun. Die Idee stammt nicht von mir. Nicht direkt jedenfalls. Unser Chef hat die Sache schon abgesegnet. Na, wie sieht's aus? Ich habe mir übrigens schon auf deren Homepage die Speisekarte angeschaut. Gulaschsuppe, Züricher Geschnetzeltes, allerlei Frankfurter Spezialitäten, Rote Grütze mit ..."

„Ist ja schon gut", unterbrach Herr Schweitzer. Sein knurrender Bauch hatte ihm während der Aufzählung der Leckereien schon mal die Serviette zum Umbinden gereicht. „Wann und wo treffen wir uns?"

„Sofort, wenn du willst. Ich sitze gerade im Eissalon am Lokalbahnhof und schaufle einen Krokant-Becher in mich rein."

„Bestell mir auch einen. Ich nehme das Auto." Kam er doch noch zu seinem Eisbecher. Wenn Träume wahr werden.

Zu Maria: „Schatz, du kannst James und den anderen für den Rest des Tages frei geben. Ich muss mich dringend mit Mischa treffen."

Er gab ihr einen Kuss und machte sich vom Acker. Seine Lebenssäfte zirkulierten wieder. Maria schaute ihm nach und schüttelte den Kopf.

Aconitum napellus – Blauer Eisenhut

Die äußere Eisschicht des Krokant-Bechers war an den Rändern bereits ein wenig geschmolzen, als Herr Schweitzer Platz nahm. So mochte er es am liebsten. Fast schon liebevoll strich er das köstliche Eis samt Sahne, Krokant und Schokoladensauce auf seinen Löffel und von dort in den Mund. Mit geschlossenen Augen: „Hm, ist das fein. Geht der auch schon auf Staatskosten?"

„Nee, auf mich. Aber nur der eine, ich sag's dir lieber gleich."

„Gut. Also, babbel."

„Die Situation ist zerfahren."

„Kein Mörder?"

„Alle sind verdächtig, keiner ist verdächtig. Das ganze Wochenende haben wir jeden Einzelnen der Gang um die beiden Toten vernommen. Du glaubst gar nicht, wie aalglatt die sind. Alles Kinder reicher Eltern. Die haben anscheinend den Snobismus schon mit der Muttermilch eingesogen. Am liebsten würde ich die alle so lange in Einzelzellen stecken, bis einer von denen singt."

„Dann tu's doch", schlug Herr Schweitzer mit vollem Mund vor. Schokoladensauce lief an seinem Kinn herunter. „Waterboarding soll auch sehr effektiv sein."

„Klar, Simon, mit größtem Vergnügen. Blöd nur, dass, kaum hab ich den Schlüssel der Zellentür umgedreht, die mit einer ganzen Armada von Rechtsanwälten auftauchen. Ich kann schlecht acht bis zehn Leute einsperren, nur weil einer davon vielleicht ein Mörder ist."

„Oder zwei. Schon mal daran gedacht, dass die Taten auch von mehreren hätten ausgeführt werden können?"

„Auch das, Simon. Auch das ist möglich. Alles ist möglich im Prinzip." Der Oberkommissar vermittelte nicht den Eindruck, auf einer äußerst heißen Spur zu sein. „Den Fall betreffend fängt die Zukunft jetzt an. Beim Urknall sozusagen."

„Was habt ihr denn das Wochenende rausgefunden? Etwas, das ich nicht schon weiß."

„Das einzig Interessante ist, Dora Rutke kennt sich mit Giften recht gut aus. Ihre Diplomarbeit handelte nämlich davon. Ihr Vater will sie in seinen Fußstapfen sehen. Er ist ein ziemlich hohes Tier bei einem Pharma-Konzern. Und unser Gift, das heißt dasjenige, mit dem Sebastian getötet wurde, kennt sie aus dem Effeff."

Herr Schweitzer: „Wahrscheinlich kann das ausnahmsweise nicht nur eins bedeuten … Sonst hättest du mich nicht hierher zitiert, gelle?"

„Schlaues Kerlchen. Dora hat leider ein Alibi. Kein absolut wasserdichtes, aber es dürfte kaum möglich sein, in so kurzer Zeit einen Mord zu begehen, geschweige denn zwei. Donnerstag auf Freitag war sie mit Manfred, das ist auch einer aus der Clique, auf einem Rockkonzert in Kassel. Ihr sei das erst jetzt wieder eingefallen. Ohne Drogen ist sie ganz schön auf Draht. Wir haben das überprüft. Sie sind erst nach zwölf aus Kassel weg. An einer Tankstelle hat sie mit ihrer Kreditkarte bezahlt."

„Willst du damit sagen, dass Sebastian deDingsbums ..." Herrn Schweitzers Holländisch war nach wie vor unter aller Sau. Obendrein hatte er den Namen verdrängt, da der Fall ja abgeschlossen schien.

„... deWitte", half Schmidt-Schmitt weiter.

„Genau, dass der in derselben Nacht getötet wurde?"

„Wahrscheinlich. Die Leiche war ja zum Zeitpunkt der Entdeckung schon nicht mehr ..."

Nun konnte Herr Schweitzer seinerseits aushelfen: „... taufrisch?!"

„Ja. Jedenfalls sagt unser Gerichtsmediziner Mitternacht plus/minus zwölf Stunden."

Sein Eisbecher war leer. Er überlegte, nein, er überlegte nicht: „Bedienung!"

„Mit anderen Worten", wandte er sich wieder an seinen Gesprächspartner, „die Morde geschahen kurz hintereinander oder vielleicht sogar zur gleichen Zeit."

„Noch einen Krokant-Becher, der Herr?"

„Ja, bitte", antwortete Herr Schweitzer reflexartig, ehe er stutzte. Doch die Bedienung war schon durch die gläserne Tür zwischen den zwei Palmen verschwunden.

Zum Oberkommissar: „Was war das denn eben? Kennt die mich? Ich sie jedenfalls nicht. Normalerweise fragt man doch nach einem weiteren Getränk und nicht nach einem zweiten Eisbecher, oder? Sag du doch mal was!"

„Was soll ich dazu sagen? Was geht mich dein Ruf an?"

„Mein Ruf?", fragte Herr Schweitzer unwirsch. „Was ist mit meinem Ruf?"

„Oh, der ist tadellos. Ich habe noch keinen Sachsenhäuser Wirt sich darüber beschweren hören, du kämst nur zum Aufwärmen in sein Lokal."

Abermals stutzte Herr Schweitzer und zog die Stirn kraus. Dann winkte er ab und meinte: „Ich kann ja beim Abendessen kürzer treten." Es klang entschuldigend und nach Rechenschaft ablegen.

„Kannst du", schmunzelte der Oberkommissar. „Und ja, kann sein, dass die Morde zeitgleich passierten."

„Ich hab's mir überlegt", sprach Herr Schweitzer mit fester Stimme.

„Was?"

„Das mit dem Abendessen. Das soll doch auf Staatskosten gehen. Wann und wo und was muss ich dafür tun?" Er grinste wie ein Breitmaulfrosch.

„Anglo-Sports. Das ist der Ruder- und Tennisclub kurz vor der Gerbermühle. Dort trifft sich die Clique fast jeden Abend. Ein bisschen Sport und gut essen, bevor's in die Druckkammer geht. Die haben auch ein Gartenrestaurant unten am Main. Unser erster Gedanke war, du könntest dich dort zum Rudern anmelden und nebenbei die Ohren ein wenig offenhalten."

„Rudern? Ich?" Die Empörung stand ihm ins Gesicht geschrieben.

„Das war nur so ein Schnellschuss von Hajo. Ich habe ihn dann darüber aufgeklärt, was mit einem engen, kleinen, schmächtigen, fragilen Ruderboot passiert, wenn du dich da reinplumpsen lässt." Auch Schmidt-Schmitt konnte einem Breitmaulfrosch verdammt ähnlich sehen.

„Ich habe schon in einem Ruderboot gesessen, der Herr", erwiderte er nicht ohne Stolz. In Wirklichkeit war es aber ein Kanu gewesen. Über den Unterschied zwischen Paddel und Ruder hatte er, die Anti-Sportskanone, noch nie einen Gedanken verschwendet.

„Die Dinger, die du meinst, heißen Ozeanriesen. Und die Titanic wäre mit dir nie und nimmer untergegangen und würde noch heute über die Weltmeere schippern. Das ist Physik. Gewinner ist stets der mit der größeren Masse."

„Ihr Krokant-Becher. Wohl bekomm's." Diesmal besah sich Herr Schweitzer die Dame ganz genau. Ein Wiedererkennen gab es trotzdem nicht. Merkwürdig, merkwürdig.

„Also, pass uff", nahm der Oberkommissar den Gesprächsfaden wieder auf, „wir dachten uns, du und Maria, als Pärchen seid ihr unauffälliger, ihr könnt ja dort abends ein paar Mal essen gehen. Du wirst von uns mit einem kleinen Richtmikrofon plus Mikro-Kamera ausgestattet, das hat eine Reichweite von maximal acht bis zehn Metern. Also am besten am Nebentisch."

„Ist das denn erlaubt?"

„Erlaubt, pfft. Sind Joints erlaubt? Ist Ecstasy erlaubt?"

„Ja, ja, schon gut, verstehe. Aber als Beweismittel gilt's trotzdem nicht, stimmt's oder hab ich Recht?"

„Richtig. Aber irgendwie müssen wir uns ja einen Überblick verschaffen. So aalglatt wie diese verwöhnten Geld-Kids nun mal sind. Und, bist du dabei?"

„Warum macht ihr das nicht selbst?"

„Vergiss es, die riechen Bullen zehn Meilen gegen den Wind."

„Nein, die erkennen sie an ihren Lederjacken", entgegnete Herr Schweitzer süffisant.

Der Oberkommissar besah seine Jacke, als wüsste er nicht, wer sie ihm angezogen hatte. Trotzdem kam er nicht drauf, was Herrn Schweitzers Bemerkung sollte. „Aber Lederjacken sind doch was ganz Normales."

„Nicht bei diesem Wetter, du Profi. Guck dich doch mal um, kein Mensch trägt bei diesem Wetter überhaupt eine Jacke, allenfalls mal eine leichte aus Seide oder Baumwolle."

Schmidt-Schmitt schaute sich tatsächlich um. Mit einem Blick, als sei er gerade erst gelandet. Abflughafen: Mars.

Herr Schweitzer: „Ich weiß. Mir ist schon klar, dass man Knarren, Handschellen, Funkgeräte, und was ihr noch so alles mit euch rumschleppen müsst, am besten unter Lederjacken verbergen kann.

Alternativ müsstet ihr sonst ja mit schwuchteligen Handtaschen rumlaufen." Er grinste bei dieser Vorstellung. „Das würde dem Bild von knallharten Typen auf Verbrecherjagd aber ganz massiv widersprechen, hihi." Rache ist süß. Es war die Rache für den Ozeanriesen.

Doch Mischa nahm das Problem wohl sehr ernst. „Hm, ich glaube ... ich glaube, so ganz Unrecht ...", stammelte Schmidt-Schmitt. Er schlug die Jacke zurück und betrachtete versonnen die baumelnden Handschellen. „Ich werde das mal zur Sprache bringen müssen. Gerade im Hochsommer sollten wir uns was anderes einfallen lassen."

„Und wenn ihr schon mal dabei seid, es müssen auch nicht immer Turnschuhe sein."

Schmidt-Schmitt blickte nach unten. „Komisch. Gut, dass das mal ein Außenstehender sagt. Man selbst ist ja betriebsblind."

„Gern geschehen. Es ist mir stets ein Vergnügen, den Polizeiapparat zu revolutionieren." Dann widmete sich Herr Schweitzer seinem zweiten Eis.

Während er es genüsslich auf der Zunge zergehen ließ, übergab ihm sein Kumpel einen dunkelroten Leitz-Ordner, dessen Ränder Eselsohren zierten. „Hier, für dich. Da drinnen sind Fotos und Namen. Die ersten fünf gehören zum inneren Kreis der Clique. Die restlichen sind Mitläufer, die nur sporadisch am Gruppenleben teilnehmen. Aber alle sind Mitglieder bei Anglo-Sports. Ist ausführlich beschrieben. Schau sie dir genau an, nicht dass du dir die Falschen vorknöpfst."

„Prima. Wann soll ich heute dort aufkreuzen?"

„Heute gar nicht. Heute haben die nämlich Ruhetag in der Gaststätte. Morgen wieder."

Das passte Herrn Schweitzer recht gut in den Kram. Die zwei Eisbecher lagen doch schwer im Magen und würden einer ausgedehnten Fressorgie auf Staatskosten gar arg im Wege stehen. Er würde sich morgen Nachmittag zurückhalten müssen. Und seine Maria wird's auch freuen, überlegte er sich, so wie sie sich immer über ihren Steuersatz aufregte. Auf diese Weise bekam sie wenigstens was zurück, wenn auch in Naturalien.

Derweil platzierte der Oberkommissar eine Plastiktüte auf dem weißen Tisch. „Hier, für dich. Besser: für Maria. Da ist eine präparierte Handtasche drin. Die stellst du so hin, dass die Kamera, die ist im Verschluss, das merkt kein Aas, auf die Clique gerichtet ist. Auf der anderen Seite ist ein kleiner schwarzer Druckknopf, den musst du reindrücken, dann läuft das Ding bis zu sechs Stunden ohne Unterbrechung. Am nächsten Tag, Mittwoch also, komme ich vorbei und hole mir die Aufnahme."

„Alles kein Problem", sagte Herr Schweitzer.

Und ob es ein Problem gab. Daran dachte er momentan aber nicht. Herr Schweitzer guckte in die Plastiktüte. Grün. Die Handtasche war Krokodilledergrün. Mit so was wagte sich heutzutage keine Frau mehr auf die Straße. Es sei denn, sie hat gewaltig einen an der Waffel.

Herr Schweitzer wischte sich mit der Serviette den Mund ab, als es ihm doch noch einfiel: „Was du mir noch nicht gesagt hast, mit welchem Gift wurde Sebastian eigentlich umgebracht?"

„Mit Blauem Eisenhut. Und das Bemerkenswerte daran ist, in einem von Dora Rutkes Büchern war an genau dieser Stelle ein Lesezeichen."

Mit bemerkenswerter Geschwindigkeit kombinierte der Sachsenhäuser Detektiv: „Dann kann sie Sebastian ja trotzdem getötet haben. Bei Gift braucht man doch nicht am Tatort zu sein, wenn das Opfer die Flasche öffnet und trinkt."

„Für wie doof hältst du uns eigentlich?"

In Anbetracht von Lederjacken bei tropischer Hitze schwieg Herr Schweitzer wohlweislich.

„Auf der Cointreau-Flasche", fuhr Schmidt-Schmitt fort, „in die der Eisenhut gemischt war, sind aber keine Fingerabdrücke. Dora hatte Sebastian zum Geburtstag auch einen Cointreau geschenkt und diese Flasche konnten wir ausmachen. Du erinnerst dich an all die leeren und vollen Cointreau-Flaschen am Tatort?"

„Logo."

„Jedenfalls war in Doras Flasche definitiv kein Eisenhut. Wir haben sämtliche Fingerabdrücke der Clique mit denen auf den Flaschen verglichen. Eine Heidenarbeit, sag ich dir. Leider war auf der Flasche mit dem giftigen Inhalt nichts zu finden. Wir bleiben natürlich am Ball, schließlich hatte Sebastian auch noch Bekannte außerhalb von Anglo-Sports. Möglicherweise werden wir dort ja noch fündig."

„Blauer Eisenhut, soso", sinnierte Herr Schweitzer. „Ist das nicht das in Deutschland verbreitetste Gift?" Er erinnerte sich vage an einen Artikel, den er mal gelesen hatte.

„Über die Jahrhunderte betrachtet hast du wohl Recht. Darüber gibt es bereits schriftliche Aufzeichnungen, da war Kolumbus noch nicht mal geboren. Jedenfalls genügen zwei Gramm von der Wurzel und du hörst die Englein singen. In der ganzen Flasche haben wir hochgerechnet zehn Gramm feststellen können. Da wollte wohl jemand auf Nummer sicher gehen, falls Sebastian es bei einem Glas belassen hätte. Außerdem ist es leicht zu beschaffen. Du kaufst dir einfach ein Buch über pflanzliche Gifte und gehst damit in die Natur."

„So einfach ist das?", wunderte sich Herr Schweitzer.

Der Oberkommissar lachte. „Und ob! Unser Experte hat mir verraten, nach einer Stunde in der Pampa hätte er genug zusammen, um halb Sachsenhausen auszulöschen. Es gibt nämlich in unseren Breiten jede Menge verschiedene giftige Pflanzen. Das wissen nur die wenigsten. Zum Glück, muss man wohl sagen. Nicht auszudenken, wenn sich das rumspricht."

„Kann ich mir denken. All die verhassten Schwiegermütter ... Sag mal, kannst du mir Doras Buch mal zeigen?"

„Denke schon. Sie hat es uns netterweise überlassen. Meinte, sie bräuchte es nicht mehr. Wieso überhaupt? Musst du auch jemanden um die Ecke bringen?"

„Im Moment nicht. Aber Maria und ich haben uns überlegt, wenn die Wehwehchen im Alter überhandnehmen ... Auch wenn

Selbstmord in Deutschland strafbar ist, soweit ich weiß. Zumindest bei der Bundeswehr."

„Richtig", bestätigte der Oberkommissar. „Die wollen jetzt sogar ein Gesetz einführen, da gibt's für Selbstmord die Todesstrafe."

„Echt? Das ist verdammt hart. Lebenslänglich würde reichen, finde ich."

Die homosexuelle Seite des Herrn Schweitzer

Dramatische Szenen spielten sich am nächsten Abend in Marias Bungalow ab – ähnlich dramatisch wie der Niedergang des Empire –, in deren Verlauf Herr Schweitzer so manche Verwünschung auf das Weibervolk im Allgemeinen ausstieß. Natürlich nur innerlich. Denn irgendwie konnte er es auch nachvollziehen, warum sich seine Liebste derart sträubte.

„Ich sagte: Nein, mein Lieber, nicht für alles Geld dieser Welt laufe ich mit so einer Handtasche rum", manifestierte Maria ihren Standpunkt. „Erstens laufe ich nie mit einer Handtasche rum, ich bin doch keine Schickse. Und zweitens mit so einer schon gar nicht. Krokodilleder, wenn ich das schon höre! Was würdest du sagen, wenn man *dich* zu einer Handtasche verarbeitet, hä?"

Darauf wusste Herr Schweitzer nur mit der Schulter zu zucken. Die Vorstellung, als verarbeitete Handtasche am Arm eines Mannequins zu baumeln, fand er wenig erstrebenswert und obendrein absurd. Aber was sollte er machen? Die Handtasche musste mit, so oder so. Selbstverständlich hatte er mit Schwierigkeiten dieser Art gerechnet, aber dass sich seine Freundin mit solcher Vehemenz sträuben würde, hatte sich Herr Schweitzer nicht träumen lassen. Er war mit seinem Latein am Ende. Hätte er die Angelegenheit bloß gestern Abend schon zur Sprache gebracht, aber da hatte er sich nicht getraut. Da wäre nämlich noch Zeit gewesen, Schmidt-Schmitt zu verklickern, die Observationsgerätschaften anderweitig zu tarnen. Weniger auffällig, vielleicht. Krokodilleder war ja nun in der Tat schon lange nicht mehr en vogue, damit musste man zwangsläufig Aufsehen erregen. Und wie schon im Zusammenhang mit schwarzen Lederjacken stellte er sich die Frage, mit welch veraltetem Schulungsmaterial die heutzutage ihre Jung-Bullen aufs Arbeitsleben vorbereiten. Eine Reform des Polizeiwesens wäre echt hilfreich in puncto Verbesserung der Aufklärungsquote.

Es half alles nichts. Mit einem Murren akzeptierte er den Status quo. Herr Schweitzer schulterte die Handtasche, das Taxi wartete.

Und dann machte er auch noch den Fehler, sich auf den Beifahrersitz zu setzen. Die Taxifahrerin fuhr erschrocken zusammen, als sich der offenkundige Sittlichkeitsverbrecher in den Sitz bequemte. Nur gut, dachte sie, dass auch noch eine Frau einsteigt. Die würde eventuell dazwischengehen, sollte es zu sexuellen Übergriffen kommen. Obwohl, fuhr sie in ihren Gedanken fort, der dicke Typ dürfte wohl eher auf Jungs stehen. Oder Transvestiten. Oder etwas noch Perverseres, wobei ihre Vorstellungskraft an ihre Grenzen stieß. Mit zittriger Hand drehte sie den Zündschlüssel.

Herr Schweitzer brauchte gar nicht nach hinten zu gucken, um sich vorzustellen, wie sich seine Liebste köstlich und auf seine Kosten amüsierte. „Zu Anglo-Sports“, würgte er hervor. „Das ist unten bei den Ruderclubs vor der Gerbermühle.“

„Oh“, entfuhr es der Taxifahrerin mit einem Hauch von Erleichterung. „Ist dort heute ein Maskenball?“

Nun konnte Maria nicht mehr an sich halten. Mit einem lauten Prusten verschaffte sie sich Erleichterung. „Ein Maskenball – schön wär's! Sie müssen wissen, mein Mann läuft immer so rum. Ohne Handtasche, da … da fühlt er sich wie ein Schneehase in der Wüste. Aber heute geht's noch. Sie sollten ihn sonst mal sehen. In seinem schnieken rosa Minirock und mit Federboa hat mein Liebster schon viele Preise abgesahnt. Stimmt's, Schatz?“

Herr Schweitzer errötete zu einem Feuerwehr-Rot. Er glühte

förmlich. Worte brachte er keine heraus. Ein Felsbrocken in Loreley-Größe versperrte seine Kehle. Wart's nur ab, Schmidt-Schmitt, kochte er vor Wut, du kannst was erleben, wenn du morgen kommst. Er verspürte nicht übel Lust, die Handtasche samt Inhalt aus dem Fenster zu schmeißen. Das Ganze ging ihm gewaltig gegen den Strich. Noch gerade so eben beherrschte er sich.

Als sie über den Parkplatz schlenderten, wurde ein Vierer aus dem Main gehievt. Locker schulterten die jungen Männer das Boot und schlugen den Weg zum Ruderhaus ein.

Unzählige Flaneure nutzten das schöne Wetter zu einem Abendspaziergang. Eine leichte Nordost-Brise verschaffte ihnen endlich die Linderung, die ihnen der heiße windstille Tag verweigert hatte. Drei Gartenlokale reihten sich wie Perlen auf der Schnur aneinander. Zu unterscheiden fast nur durch Sonnenschirme unterschiedlicher Farbe. Anglo-Sports war das mit der Guinness-Reklame – was auch sonst?

„Das ist aber praktisch, Schatz", begann Maria. „Guck mal, das Irisch-Grün der Tische und Stühle harmoniert prächtig mit deiner Handtasche."

Herr Schweitzer grummelte etwas Unverständliches und versuchte verkrampft, die Handtasche zwischen Unterarm und Bauch vor neugierigen Blicken zu schützen. Dann steuerte er auf den Tisch zu, der laut Schmidt-Schmitt am nächsten zum noch leeren Stammtisch der Clique platziert war.

Nachdem sie sich gesetzt hatten, drapierte Herr Schweitzer flugs das krokodilgrüne Objekt von Marias Lästereien mitten auf den Tisch, so dass der Besitzer des archäologischen Ausstellungsstücks nicht auszumachen war. Besser noch, jeder würde es automatisch Maria zuordnen. Kein Mensch käme auf die Idee, dieses potthässliche Stück Zeitgeschichte im Besitz eines seriösen Mittfünfzigers zu vermuten.

Maria schmunzelte ob ihres Liebsten Taktik. „Warum habt ihr denn nicht was anderes genommen, wenn dir das Ding so peinlich ist? Einen kleinen Rucksack zum Beispiel."

„Genau das werde ich morgen auch vorschlagen. Momentan brauen sich nämlich über Mischa ganz, ganz finstere Mächte zusammen. Eine Handtasche aus Krokodilleder – die Knilche von der Frankfurter Kripo gehören doch allesamt in Ausnüchterungszellen!" Herr Schweitzer hatte sich immens in Rage geredet. „Genau! Ausnüchterungszellen! Und da der Abend auf Staatskosten geht, halte ich es heute wie Heinz Schenk in seinen besten Tagen."

„Und verrätst du mir auch, wie es unser Frankfurter Original so gewöhnlich gehalten hat?"

„Klar. Lieber blau als gar kein Bock", dozierte Herr Schweitzer vergnüglich. „Die ersten Ebbelwoi gehören zur normalen Verpflegung. Was danach kommt, ist Schadensersatz."

(Für die jüngere und ausländische Leserschaft: Der Blaue Bock war vor langer, langer Zeit mal eine Kultsendung im Hessen-TV.)

„Für die Handtasche?"

„Exakt."

„Guter Plan, mein lieber Simon. Ich werde mich dem anschließen. Muss schon Jahre her sein, dass ich das letzte Mal einen in der Krone hatte."

Nun war *mein lieber Simon* doch sehr erstaunt. Seine Freundin hatte sich in den letzten Jahren so gut wie nie betrunken.

Wie dem auch sei, Herr Schweitzer bestellte sogleich einen 10er-Bembel. Nicht dass sich der etwas ältliche Kellner noch zu Tode hetzte. Vielleicht wirkte er auch nur alt, der Kellner, bei Iren weiß man das nie so genau. Guinness bereits zur Einschulung hinterlässt halt seine Spuren.

Die ersten zwei Gläser Ebbelwoi waren noch vor der Vorspeise verputzt. Herr Schweitzer hatte sich wieder beruhigt und war guter Dinge. Das Rascheln der Blätter und das milde Abendwetter stimmten ihn versöhnlich. „Hach, ich liebe die Natur", sprach er, faltete die Hände über seinen Bauch und streckte die Füße aus.

Maria, schlagfertig: „Bei allem, was sie dir angetan hat?"

Herr Schweitzer lächelte, so kannte er seine Freundin. Immer für einen Blödsinn zu haben. „Na ja, so schlimm kann's nun auch wieder nicht sein, ansonsten wärst du nicht schon zehn Jahre mit mir zusammen, gelle."

„Stimmt. Immerhin kann ich mich damit beruhigen", sie nickte zur Handtasche, „dass das Ding da nicht auf deinem Mist gewachsen ist. So langsam wundert's mich nicht mehr, warum Mischas Beziehungskisten nie von Dauer sind. Ich möchte nicht wissen, was er seinen Frauen schon alles an Abscheulichkeiten geschenkt hat. Wenn das sein Geschmack ist, dann ..."

Die Ersten kamen während der Hauptspeise. Herr Schweitzer hatte die Fotos eingehend studiert und erkannte Manfred Severin, Jürgen Mattuscheit, Holger Rain und Dora Rutke sowieso. Ihre Haare waren noch nicht ganz trocken und allesamt trugen sie luftige Freizeitklamotten. Er drückte den Knopf auf Aufnahme und hoffte, das Richtmikrofon würde mehr verstehen als er. Nicht alles erreichte seine Ohren. Manchmal kamen nur Satzfetzen an, je nachdem, wie laut gesprochen wurde und ob oben auf der Uferstraße gerade ein Laster vorbeifuhr.

Mit einiger Verzögerung tauchte noch Sarah Habsburg auf, das einzige andere weibliche Wesen aus dem inneren Kreis der Clique neben Dora Rutke. Ihre fast schwarzen Haare waren zu einem Zopf gebunden und in ihrem hellgrauen Kostüm hatte es den Anschein, als käme sie direkt aus einer Vorstandskonferenz. Das Tragen hochhackiger Stöckelschuhe war sie offensichtlich gewohnt, denn Sarah Habsburg kostete es keine Mühe, sich damit sicher auf dem Kiesboden zu bewegen. Küsschen verteilend machte sie einmal die Runde, ehe sie sich zwischen Dora und Manfred niederließ und nach der Speisekarte griff.

Herr Schweitzer war Profi genug, sich wie ein ganz normaler Gast zu verhalten. Da das Gespräch aufgezeichnet wurde, konnte er sich ungezwungen mit seiner Freundin unterhalten, ohne etwas zu verpassen. Natürlich lauschte er mit einem halben Ohr den Gesprächen am Nachbartisch. Und was er hörte, ging vornehmlich um einen Ruderwettbewerb, der nächstes Wochenende stattfinden sollte. Mehrmals fiel das Wort Hessenmeisterschaft. Die Morde standen nicht zur Debatte. Entweder wurden sie bewusst ausgeklammert oder waren in einer schnelllebigen Zeit bereits der Schnee von gestern. Schnee, der als Schmelzwasser schon längst die Nordsee erreicht hatte und von keinerlei Belang mehr war. Herr Schweitzer hatte erwartet, dass die Verhöre durch die Kripo mal Erwähnung finden würden. Aber auch hierbei wurde er enttäuscht. Na ja, sagte er sich, wenigstens ist das Essen im Anglo-Sports ausgezeichnet. Auch die Birne Helene entsprach seinen Anforderungen. Vielleicht würden die nächsten Abende aufschlussreicher sein.

Die drei Jungs gingen zuerst. Jeder stieg in sein eigenes Auto. Dora Rutke und Sarah Habsburg blieben noch ein Viertelstündchen länger. Die Druckkammer stand wohl ausnahmsweise nicht auf dem Nachtprogramm.

Maria: „Ist echt schön hier. Das Anglo-Sports sollten wir uns merken. Der Koch ist garantiert kein Brite."

Die britische Küche kannte Herr Schweitzer nur von den Asterix-Heften. Und ein heftiges Verlangen nach Rosenkohl mit Pfefferminzsauce hatte ihn in der Tat noch nie heimgesucht. Auf in Essig getränkte *fish and chips* konnte er getrost auch verzichten. „Ich schätze mal, das wird auch ein Inder sein. So wie inzwischen überall. Ist aber eh egal, Hauptsache, es schmeckt."

Nur zehn Minuten nach Doras und Sarahs Aufbruch ließen sie sich die Rechnung nebst zwei doppelten Cognac kommen. Herr Schweitzer brauchte nur zu quittieren.

Es war Maria, die den Vorschlag unterbreitete, unterwegs noch beim Frühzecher Station zu machen, sie fühle sich noch ungeheuer fit und ganz und gar nicht betrunken. Ihr wackeliger Gang zum wartenden Taxi sprach zwar andere Bände, doch Herr Schweitzer hielt die Klappe. Zumal seine Freundin freiwillig die Handtasche trug. „Nicht dass du wieder den Taxifahrer erschreckst, Schatz."

Es wurde noch sehr spät an diesem Abend.

Lernfähige Bullen

Herrn Schweitzer fielen fast die Augen aus dem Kopf, als um kurz nach zwei der Oberkommissar mit seinem Assistenten vor der Tür stand. Schmidt-Schmitt trug eine helle Stoffjacke zu einer ebensolchen Hose und seine Füße schmückten leichte blaue Schuhe aus Segeltuch. Das farblich abgestimmte Poloshirt passte wie angegossen. Auch Hajo sah aus wie aus dem Ei gepellt.

„Hab selten so adrette Streifenhörnchen wie euch gesehen. Kommt rein." Herr Schweitzer trat einen Schritt zur Seite.

„Da staunst du, was?", sagte der Oberkommissar in einem forschen Tonfall. „Wir haben uns deinen Vorschlag zu Herzen genommen und die Lederjacken ausgemustert. War gar nicht so einfach, hierfür unserem Vorgesetzten die Kohle aus dem Ärmel zu schütteln. Bevor ich's vergesse: Was ist eine Blondine zwischen zwei Fans von Kickers Offenbach?"

„Hihi", lachte Hajo schon mal vorab. Er hatte ihn schon mehrmals an diesem Tag gehört.

„Sag", sagte Herr Schweitzer. Immer wieder Mischa mit seinen komischen Witzen, dachte er.

„Gar nicht mal sooo doof." Er schlug ihm auf die Schulter. „Gut, gelle?"

Herr Schweitzer sagte nichts und verdrehte die Augen zur Decke.

Sie machten es sich in den Korbstühlen auf der Veranda bequem. Der Hausherr servierte Eistee mit Zitronenscheiben. „Mag jemand noch einen Kaffee?"

„Nein danke."

„Passt schon."

„Und bevor ich es vergesse", begann Herr Schweitzer und stellte die Handtasche auf den Tisch, „das Ding hier, das ist ja mal dermaßen was von daneben. Wenn ihr glaubt, das kommt noch einmal zum Einsatz, dann seid ihr auf dem absolut falschen Dampfer."

Schmidt-Schmitt: „Ist was kaputt?"

„Woher soll ich das wissen?"

Irritiert öffnete der Oberkommissar die Handtasche und begutachtete den Inhalt. „Hm, sieht doch alles okay aus."

„Findest du?"

„Klar. Eine ganz normale Handtasche. Was ist daran auszusetzen?"

„Die ist er-nie-dri-gend. Nur perverse pädophile Sittenstrolche auf Herointrip gehen mit so was vor die Tür. Und auch das wahrscheinlich nur, um eine Wette zu gewinnen", erklärte Herr Schweitzer verdrießlich. „Um ein Haar hätte uns gestern die Taxifahrerin rausgeschmissen."

Schmidt-Schmitt drehte die Tasche in seinen Händen. „Okay, vielleicht nicht unbedingt der letzte Schrei. Hajo?!"

Hajo: „Ich bin der Neue. Und Neue sollten mit ihrer Meinung vorsichtig sein." Angelegentlich begutachtete er seine Fingernägel.

„Also würdest du Simon zustimmen …"

„Lass es mich so ausdrücken: Wenn ich eine Frau suchen müsste, deren Erkennungsmerkmal eine Handtasche wie diese wäre, ich ginge zuerst auf den Friedhof. Witwen, die Gräber von Männern begießen, die es vor lauter Schande nicht mehr ausgehalten haben."

„So schlimm?" Schmidt-Schmitt schüttelte den Kopf. „Warum hast du vorher nichts gesagt, Hajo?"

„Ich bin der Neue." Mit den Händen fuchtelte er in der Luft herum.

„Der Vorschlag kommt von Maria. Wie wär's, wenn ihr das technische Gerät in einem kleinen Rucksack, so wie ihn heute fast jeder hat, unterbringt?"

„Okay, gebongt. Bringen wir dir heute noch vorbei. Ach, Mist, jetzt hab ich's im Auto vergessen. Ich habe dir nämlich Doras Giftbuch mitgebracht. Nur gucken, nicht ausprobieren." Schmidt-Schmitt drohte mit gerecktem Zeigefinger.

„Versprochen. Obwohl, wenn die mich doch noch als Koch

beim G8-Gipfel einstellen ...“, scherzte Herr Schweitzer *attacaffin.*

Buchsbaum – Erbrechen, Krämpfe, Tod. Hortensien sind hochgiftig wegen ihrer Blausäureverbindungen. Vergiftungen mit den Beeren der schwarzen Tollkirsche nehmen in den Statistiken der Giftnotzentralen eine führende Rolle ein. Herbstzeitlose: Je nach Dosis kann es vor allem bei Kindern bis zum Tod durch Atemlähmung kommen.

So ging es in einem fort weiter. Herr Schweitzer schnalzte mit der Zunge. Bei fast jeder Abbildung hatte er das Gefühl, die Pflanze schon einmal in der freien Natur oder in Gärten gesehen zu haben. Einige davon konnten auch als Rauschmittel verwendet werden. Allerdings bestand hierbei die recht unlustige Gefahr der tödlichen Überdosierung, was ihn davon abhielt, sich eingehender mit dem Thema zu befassen. Er würde es weiterhin beim Marihuana belassen. Schuster, bleib bei deinen Leisten, sagte er sich. Bei extrem stark dosierten Joints konnte es zwar passieren, dass einem der Löffel, mit dem man gerade seinen Pudding aß, aus der Hand rutschte. Doch bei einigen dieser Giftpflanzen gab man den Löffel gleich ganz ab. Oder biss ins Gras – da rauchte es Herr Schweitzer doch lieber. Bevor es in unschuldige Kinderhände geriet ...

Herr Schweitzer klappte das Buch zu und sah sich in Marias Garten um. Giftpflanzen erkannte er keine. Aber er war auch kein Experte und hatte auch nicht vor, einer zu werden. Das Ganze war eine Wissenschaft für sich. Aber schön zu wissen, sinnierte er, dass es Alternativen zu Krach verursachenden Knarren, Kraft kostenden Baseballschlägern und Sauereien veranstaltenden Messern gab. Wer weiß, wozu man dieses Wissen mal benötigte, das Leben war ja noch lang. Versonnen besah sich Herr Schweitzer den Buchtitel und prägte ihn sich ein. Da fiel ihm das Lesezeichen auf, das noch auf dem Hängemattenbeistelltisch lag. Kinopolis, las er, und Skyfall. Er steckte es wieder zum Kapitel über den Blauen Eisenhut.

Und dachte an Dora Rutke, der das Buch gehörte. Schade,

dass ihre Fingerabdrücke nicht auf der Cointreau-Flasche mit dem giftigen Inhalt waren. Der Fall wäre um einiges leichter aufzuklären gewesen. Eine Frau, die ihre Liebhaber tötet. Ihm fielen die Spinnen ein, die ihre Paarungspartner nach dem Geschlechtsakt auffraßen. Die Natur konnte ganz schön grausam sein. Wie würde Maria ihn selbst verspeisen? Herr Schweitzer, zu üppigen Steaks verarbeitet, zartbraun angebraten, garniert mit Petersilie und einer schmackhaft zubereiteten Sauce hollandaise? Ein Gedanke, der ihm gar nicht schmeckte. Er verscheuchte ihn. Stattdessen schloss er die Augen und ersetzte sich durch ein richtiges Rindersteak. Schon besser. Vor lauter Vorfreude auf ein weiteres Abendmahl auf Staatskosten sandte sein Magen ein leises Knurren an die Oberfläche. Mit erbaulichen Gedanken an eine Welt voller kulinarischen Glücks schlummerte Herr Schweitzer ein.

Michael Schmidt-Schmitt hatte Wort gehalten. Ein kleiner schwarzer Rucksack hatte die Stelle der unsäglichen grünen Handtasche eingenommen.

„Na, wie findest du die neueste Kreation unserer Techniker?“, fragte er, nachdem er auf Marias Couch Platz genommen hatte. „Und guckst du, hier im braunen Lederboden ist das kleine Auge für die Kamera und hier der Knopf zum Ein- und Ausschalten.“

„Geht doch“, lobte Herr Schweitzer.

Maria nahm den Sack in die Hände und begutachtete ihn von allen Seiten. „Toll. Mit dem stabilen Boden fällt er auch nicht um. Geradezu ideal für unsere Zwecke.“

Doch Mischa war noch nicht fertig. „Hier, Simon, sind noch zwei Chips. Falls die wieder so uninteressantes Zeug babbeln wie gestern, kannst du die selbstständig austauschen. Da können wir uns den Weg zu dir zum Wechseln gleich sparen.“

„War da wirklich nicht Interessantes drauf? Wir haben ja nicht alles mitbekommen.“

„Wie man's nimmt. Wenn man sich für die Hessischen Rudermeisterschaften kommendes Wochenende interessiert …“

„Nö, lass mal“, stoppte ihn Herr Schweitzer. „Sag mir lieber, wie ich die Chips austausche.“

„Nö“, begann auch Maria. „Besser, du zeigst es mir. Simon ist noch imstande, das wertvolle Zeug zu Schrott zu verarbeiten. Hat er dir schon erzählt, wie er letzten Frühling an seinem Twingo die Winterreifen …“

„Pst“, intervenierte Herr Schweitzer. Sein Kumpel musste ja nicht wirklich wissen, dass der Wagenheber die Verankerung am Bodenblech für immer unbrauchbar verzogen hatte, nur weil irgendwer – er selbst? – vergessen hatte, vorher die Handbremse zu ziehen. Schon komisch, wie wenig es braucht, damit sich so ein Auto selbstständig in Bewegung setzt. „Mischa interessiert sich bestimmt nicht für meine Winterreifen.“

„Och“, flötete der Oberkommissar mit gespitzten Ohren, „wenn ich selbst entscheiden könnte …“

„Nein, kannst du nicht“, entschied Herr Schweitzer stattdessen.

Doch Maria schickte mit einem maliziösen Lächeln „Ich sag nur Handbremse“ hinterher.

Nach drei Sekunden fügte sie noch schelmisch „Hihi“ hinzu.

Und erntete hierfür einen bitterbösen Blick seitens ihres Liebsten.

Schmidt-Schmidt: „Du willst doch nicht allen Ernstes behaupten, du wolltest die Reifen wechseln, ohne vorher …“

Doch Herr Schweitzer war einer der gewieftesten Taktiker weltweit, wenn es um unauffällige Themenwechsel ging: „Wusstet ihr schon, dass bereits die Inkas so eine Art Fußball spielten, bei der alle Spieler der Verlierermannschaft nachher geköpft wurden?“

Ganz schön clever, der Herr Schweitzer.

Doch nicht clever genug.

Denn Maria und Mischa unisono: „Was hat das mit der Handbremse zu tun?“

„Ist mir gerade so eingefallen“, verteidigte sich der Sachsenhäuser Detektiv.

„Du hast also die Handbremse nicht angezogen“, streute der

Oberkommissar noch eine Brise Salz in die offene Wunde. „Ich schätze mal, dein Auto hat dann einen Satz nach hinten gemacht und alles verbogen. Richtig?"

„Falsch." Das Auto hatte einen Satz nach vorne gemacht. Der Twingo stand nämlich in der Garageneinfahrt mit der Schnauze zur Straße. Und war dann noch bis auf die Fahrbahn gerollt, die zum Glück – im Unglück – frei von Verkehr war. Aber man musste dem Herrn Oberkommissar ja nicht alles auf die Nase binden.

„Dann halt nach vorne. Von mir aus. Das Rad ist dir dabei nicht zufällig auf die Füße geknallt?"

„Pah", beendete Herr Schweitzer das Thema.

„Übrigens, so ganz sollten wir die Rudermeisterschaften nicht außer Acht lassen. Dieser Mike Chavez, der war gestern nicht mit von der Partie, ist für Sebastian deWitte in den Vierer aufgerückt. Letztes Jahr haben die den ersten Platz nur um eine Zehntel verpasst. Mord aus sportlicher Rivalität. Wäre ein Motiv, zum Beispiel."

Froh, sich nicht weiter mit vernachlässigten Handbremsen auseinandersetzen zu müssen, sagte Herr Schweitzer: „Meinst du? Gibt es so was überhaupt?"

„Mein lieber Simon. Du bist doch inzwischen alt genug, um zu wissen, dass es nichts gibt, was es nicht gibt."

„Na ja, bei einer Goldmedaille bei Olympia, okay, aber doch nicht bei so popeligen Regionalwettkämpfen."

„Ich wollt's nur gesagt haben", erklärte Schmidt-Schmitt. „Nicht dass es später wieder heißt, du wüsstest von nix."

„Okay, ich behalt's im Hinterkopf."

Eine neue Spur

Anglo-Sports. Derselbe Tisch. Dieselbe Uhrzeit. Maria wollte heute nichts vom Alkohol wissen.

Auch wenn viele Hessen meinen, Ebbelwoi sei kein Alkohol, sondern ein Grundnahrungsmittel, dessen Verweigerung oder künstliche Verknappung den ansonsten eher gemütlichen Einheimischen schon mal an den Rand eines Aufstandes bringen konnte.

Das sah auch Herr Schweitzer so. Vor ihm stand ein kleiner Bembel. Diesen gab's hier auch in der Halben-Liter-Ausgabe. „Putzig", bemerkte er hierzu.

Der Rucksack stand an seinem Platz, nur von der Clique fehlte jede Spur. Es war schon acht durch. Herr Schweitzer fand das sehr merkwürdig. Bei einem bevorstehenden Wettkampf, bei dem es galt, den zweiten Platz vom Vorjahr zu verbessern, sollte man doch meinen, die Jungs würden sich wie die Weltmeister ins Zeug legen. Doch weit gefehlt. Mit einem Auge hatte er stets die angrenzende Halle im Visier gehabt, doch die mattweiße Schiebetür war von Anfang an geschlossen und blieb es auch. Kein einziges Ruderboot – nicht mal ein Einer – wurde zu Wasser gelassen oder aus selbigem gehievt. So wird das nichts mit dem Titel, dachte Herr Schweitzer.

Die Schatten wurden lang und länger. Die Zahl der Jogger, die am Main ihre Kilometer abspulten, nahm rapide ab. Auch die Gaststätten hatten sich bereits zur Hälfte geleert.

Maria machte gerade den Vorschlag, die Rechnung kommen zu lassen, als plötzlich Dora Rutke auftauchte. Händchenhaltend. Und mit wem?

Herr Schweitzer musste mehrmals hingucken. Es war jemand, der gestern nicht dabei war. Die Gesichter kannte er ja nur von den Fotos. Er hatte gewisse Defizite im Wiedererkennen von Gesichtern. Irgendwie sahen doch alle gleich aus. Zwei Augen, die gleiche Anzahl an Ohren, die Nase meist mittig und nach vorne gerichtet. Bei sich selbst war es einfacher. Herr Schweitzer kannte sich vom vielen Zähneputzen. Immerhin.

Aber Maria war ja auch noch da. Auch sie hatte sich natürlich des Oberkommissars Personenverzeichnis angesehen. Und der grübelnde Gesichtsausdruck ihres Liebsten sprach wieder mal Bände. „Das ist der Mike Chavez", flüsterte sie.

Herr Schweitzer schaltete auf Aufnahme, noch bevor die beiden am Stammtisch Platz genommen hatten. „Ich weiß", antwortete er nicht ganz wahrheitsgemäß. „Das ist ja wohl der Hammer. Kaum sind die letzten zwei Lover dahingeschieden, nimmt sich die Rutke schon einen neuen zur Brust." Er fand das moralisch ziemlich verwerflich. Aber was soll's, sagte er sich, fing man erst einmal an, über die düstere Welt zu philosophieren, käme man so schnell aus dem Elend nicht wieder raus. Obendrein waren sämtliche Cliquenmitglieder an der Uni eingeschrieben. Das war Herrn Schweitzer bei der Durchsicht sofort ins Auge gesprungen. Intellektuelle womöglich. Und das sind meist die, die sich stets – und daher oft – eine Über-Gewichtung verleihen. Oder, so wie Dora augenscheinlich, den anderen lediglich eine untergeordnete Stellung zugestehen. Was aber prinzipiell dasselbe ist. Lover kommen und gehen. Lover sind wie Schall und Rauch. Sind zwei tot, nimmt man sich einfach den nächsten. So einfach ist das heutzutage.

„Mike Chavez?! Das ist doch der, der für Sebastian deWitte die Stelle im Ruderboot übernommen hat", flüsterte er zu Maria gebeugt. „Das ist ja ein Ding. Dann hat dieser Chavez ja doppelt profitiert vom Tod Sebastians."

In der Tat, Dora Rutke und Mike Chavez wirkten wie zwei frisch Verliebte. Sie hatten ihre Stühle zusammengerückt und Mike seine Arme um ihre Schultern gelegt. Ihre Blicke glitten über das sich leicht kräuselnde dunkle Wasser des Flusses. Eine Entenfamilie drehte in Ufernähe ihre Kreise. Er hauchte etwas in ihr Ohr, worauf Dora wie ein Backfisch zu kichern anfing.

Herr Schweitzer machte sich seinen Reim darauf. Worte verstand er leider keine. Er schob den Rucksack ein paar Zentimeter nach vorne und hoffte, dass das Mikrophon so gut war, wie Schmidt-Schmitt behauptet hat.

Der Kellner brachte zwei Cocktails an den Tisch, ohne vorher eine Bestellung aufgenommen zu haben. Chavez zahlte mit einem Zwanziger und bedeutete gönnerhaft mit der Hand, ohne den Mund aufzutun, der Rest sei Trinkgeld. Mit einer leichten Verbeugung drehte sich der Kellner, übrigens ein anderer als gestern, um und schlurfte über den Kies davon.

„Der hat's druff", spottete Herr Schweitzer leise.

Maria: „Warum Weiber bloß immer auf solch ein Gehabe reinfallen, war mir schon als Teenie ein Rätsel." Fassungslos schüttelte sie den Kopf.

„Die Dora ist doch eh schizophren, wenn du mich fragst. Voll neben der Spur, die Frau. Auf Ecstasy die Nächte durchtanzen, aber beim Studium allererste Sahne. Ich frag mich, wie das geht."

„Ist doch praktisch, so eine Schizophrenie. Da kriegst du vom Arzt gleich zwei Krankenscheine", bemerkte Maria mit einem Grinsen.

Herr Schweitzer lachte. „Vielleicht leide ich ja auch darunter. Ich hätte Lust auf einen zweiten Nachtisch. Mein anderes Ich hat nämlich noch keinen bekommen."

„Mach doch. Wir müssen sowieso noch bleiben. Übrigens, morgen musst du ohne mich auskommen. Ich hab doch die Einladung vom Kulturdezernenten für das Klavierkonzert an der Musikhochschule. Du weißt, dass ich zwei Karten habe?!"

„Morgen ist das schon. Ach, wie blöd. Da wäre ich gerne mitgekommen. Ich war noch nie an der Musikhochschule."

„Na, dann gehen wir halt ein andermal hin. Ist fast nie ausverkauft. Und das Niveau ist beträchtlich."

„Ja, aber erinnere mich bitte daran."

Maria legte ihre Hand auf seinen Unterarm. „Dafür ist eine Sekretärin schließlich da, Simon. Bei dem, was du alles vergisst ..."

„Tu ich gar nicht. Kellner!" Er hatte ihn nämlich nicht vergessen, seinen zweiten Nachtisch.

Dora Rutke und Mike Chavez blieben nur so lange, bis ihre Getränke leer waren. Die Sonne hatte sich gerade hinterm Taunus verabschiedet. Herr Schweitzer musste aufstehen, um zu sehen, ob sie ins selbe Auto stiegen. So geschah es auch. Ein protziger Mercedes. Wie der Herr, so's Gescherr. Er war auf die Auswertung der Aufnahme gespannt. Aber da würde er bis morgen warten müssen.

Nächster Tag, derselbe Eissalon, unverändertes Wetter, kein Krokant-Becher.

Netterweise hatte sein Kumpel Schmidt-Schmitt die relevanten Passagen mit einem rosa Marker gekennzeichnet. „Lies", sagte er zu Herrn Schweitzer. „Ich finde das höchst interessant."

Er las die handschriftliche Widergabe des gestrigen Gesprächs zwischen Dora Rutke und Mike Chavez. Spannend wurde es erst am Ende, davor kam nur handelsübliches Liebesgeflüster. Worte, die auf diesem Erdenrund schon milliardenfach in verliebte Ohren gesprochen worden waren.

Dann aber kam es faustdick:

DR (Dora Rutke): Und bist du glücklich, dass du jetzt für Sebastian im Boot sitzen kannst?

MC (Mike Chavez): Klar. Du weißt so gut wie ich, dass Sebastian der schlechtere Ruderer war. Der durfte doch nur ran, weil sein Onkel jedes Jahr zehn Mille für den Club springen lässt. Und der Trainer spielt da auch noch mit. Dieser feige Hund!

DR: Jetzt ist ja alles okay, Mickie. Sebastian ist tot. Das Leben ist manchmal doch gerecht.

MC: Ja, aber manchmal muss man ... Sebastian war sowieso nur so ein blöder Aufschneider. Ich frage mich, was du an dem gefunden hast. Und Jean auch – wie der immer mit seiner Kohle angegeben hat.

DR: Ach, Mickie. Du immer mit deiner Eifersucht. Jetzt sind wir schon fast drei Jahre zusammen. So langsam müsstest du mich doch in- und auswendig kennen. Ich bin halt, wie ich bin.

MC: Tu ich doch auch. Du kommst doch mit am Wochenende?! Vergiss nicht, du hast es versprochen.

DR: Ich weiß. Und ich freu mich genauso wie du. Diesmal werdet ihr bestimmt als Erste durchs Ziel schippern.

MC: Das ist doch nicht so wichtig. Hauptsache, zwischen uns stimmt's wieder, nicht?!

DR: Ja, Mickie. Komm, lass uns gehen. Zu mir, wenn du magst.

Herr Schweitzer runzelte die Stirn und seine Augen wanderten ein paar Zeilen höher. Er las die Stelle ein zweites Mal. Laut: „Ja, aber manchmal muss man …"

„… nachhelfen", ergänzte der Oberkommissar.

„Sehe ich genauso, … dem Glück auf die Sprünge helfen, wäre auch denkbar. Aber das ist in unserem Fall ja wohl gleichbedeutend." Herr Schweitzer schüttelte gedankenverloren den Kopf. „Aber selbst wenn dieser Mitschnitt vor Gericht zugelassen wäre – bewiesen ist damit rein gar nichts."

„Ja. Und was mich besonders stutzig macht: Dora müsste es doch auch aufgefallen sein. Die ist doch nicht blöd. Ich meine, dass ihr Macker mitten im Satz abbricht."

„Es sei denn …"

Schmidt-Schmitt: „… die steckt selbst mit drin. Oder noch besser: Die waren's zusammen. Zumindest, was den Mord an Sebastian betrifft. deWitte selbst könnte Clareux auf dem Gewissen haben, die Beweise sprechen gegen ihn. Und vergessen wir bitte Doras Giftbuch nicht. Das mit dem Blauen Eisenhut."

„Und ihre Beziehung geht schon fast drei Jahre. Wer hätte das gedacht. Und zwischendurch hatte sie Affären, oder wie immer man das nennen will, mit Sebastian deWitte und Jean Clareux. Sagenhaft, diese Frau." Herr Schweitzer kam aus dem Kopfschütteln gar nicht mehr raus, so sehr hatten ihn diese neuen Erkenntnisse verwirrt. „Langsam, Mischa, langsam." Er musste sich erst einmal neu sortieren.

„Ich weiß: Eile mit Weile."

„Quatsch. Für Eile hab ich gerade keine Zeit. Aber, dieser Chavez, ihr habt ihm doch sicher auf den Zahn gefühlt?"

„Rundumbewachung. Seit heute früh."

„Kein Verhör?"

„Geht nicht. Keine Beweise. Eine einvernehmliche Befragung hat er eiskalt abgelehnt." Der Oberkommissar drehte die Hände und spreizte die Handflächen zum Was-will-man-machen-Zeichen.

„Was ist das eigentlich für ein Typ, dieser Mike Chavez? Reiches Elternhaus, wie gehabt?"

„Ausnahmsweise nicht. Chavez ist fast dreißig, der Älteste aus der Clique. Der Einzige, der nie zur Uni gegangen ist. Hat aber anscheinend schon ein kleines Vermögen gemacht im IT-Bereich. War früher ein bekannter Hacker und stellt nun sein Wissen einer deutschen Rüstungsfirma in Rechnung."

Oh, dachte Herr Schweitzer, so sah mir der aber nicht aus. Er pfiff anerkennend. „Oh-la-la, schau einer an. Deswegen hat er eine Vernehmung wohl auch abgelehnt. Als Hacker dürfte er seine Rechte bestens kennen."

Der Oberkommissar nickte. „Leider. Zumal er für einen Rüstungsbetrieb arbeitet. Die haben eine Mannschaft von Anwälten, die finden jede Gesetzeslücke und sei sie noch so winzig."

„Tja, aber keiner der beiden Morde setzt IT-Kenntnisse voraus, deWitte wurde vergiftet und Clareux erstochen."

„So sieht's aus, mein Lieber. Die Tatwaffe haben wir auch noch nicht. Kein Messer, weder in Sebastians Zimmern im Solitär noch in seiner Geheim-Wohnung."

„Wie kommt er … wie kam er eigentlich an die ran? Habt ihr das schon rausgekriegt? Dürfte ja wohl kaum über eine Zeitungsannonce gelaufen sein."

Schmidt-Schmitt lachte. „Nein, nein. Ein anderer Onkel, diesmal mütterlicherseits, hat bei der Henninger-Brauerei als Lagerverwalter gearbeitet. Von dem hat er den Schlüssel bekommen. Hat der Onkel auch bereitwillig zugegeben. ‚Steht ja eh leer und wird abgerissen', hat er uns gesagt, ‚soll sich die Jugend doch ein bisschen austoben.' "

„Tobe bis zum Tode, dann ruhe in der Truhe", dichtete Herr Schweitzer etwas pietätlos.

„Bitte? Von wem hast du den denn?"

„Och, ist mir gerade so eingefallen."

„Na denn. Sag mal, hast du Lust mitzukommen?", fragte der Oberkommissar, „Hajo und ich schauen uns nachher noch mal die Wohnung von Jean Clareux an. Du weißt, manchmal bringt's was, wenn man die Besitztümer eines Mordopfers auf sich wirken lässt. Vielleicht haben wir auch was übersehen, soll ja vorkommen."

„Klar", meinte Herr Schweitzer spitzfindig, „vielleicht hat das Opfer ja noch irgendwo einen Drohbrief rumliegen, unter den der Täter feinsäuberlich seinen Otto gesetzt hat."

„Das wäre ja glatt ein Sechser mit Zusatzzahl. Aber soweit ich zurückdenken kann, ist das unserer Abteilung leider noch nie passiert."

„Wann?", fragte Herr Schweitzer. Er war froh, endlich mal aktiv am Geschehen beteiligt zu sein. So richtig war er ja nicht involviert. Immer nur Informationen aus zweiter Hand zu verarbeiten, war auf Dauer doch recht mühselig und unerquicklich. Zumal sein Kumpel ihm auch nicht alles erzählte. Wie auch? Mischa konnte bei ihren Treffen ja schlecht den kompletten Tagesablauf wiedergeben. Das Eine oder Andere rutschte da schon mal unter den Tisch. Wie zum Beispiel das noch nicht gefundene Messer, mit dem Clareux dahingemeuchelt wurde. Gut, sagte er sich, er hätte ja auch mal nachfragen können. Natürlich bevorzugte Herr Schweitzer knifflige Fälle, bei denen er selbst das Zepter schwang. Dann konnte er nämlich auch die unscheinbarsten Details in seinen Überlegungen berücksichtigen. Und schon mehr als einmal waren es exakt diese Marginalien, die zum Erfolg geführt hatten. In seiner jetzigen Rolle fühlte er sich wie Westerwelle in der Frauensauna.

Schmidt-Schmitt: „Ich treffe Hajo in", er blickte auf seine Armbanduhr, „einer knappen Stunde am Schweizer Platz. Hajo hat gerade einen Termin beim Zahnarzt."

„Au Backe", entfuhr es dem Sachsenhäuser Detektiv. Sein alljährlicher Check beim Dentisten war schon seit drei Monaten überfällig. Er mochte keine Zahnärzte. Die waren immer so brutal zu ihm. Ganz im Gegenteil zu Gastwirten. „Wo wohnt … hat dieser Jean Clareux eigentlich gewohnt?"

„Westhafen. Ganz exklusiv. Hat sogar ein Motorboot mit eigenem Steg."

„Hübsche Gegend."

Spiel mir das Lied vom Tod

Anderthalb Stunden später waren sie in der hübschen Gegend. Hajos Lippe hing ein wenig schräg nach unten und ein Wattebausch klemmte zwischen seinen Zähnen. Er vermied es zu sprechen. Wortlos zog er einen Schlüssel aus der Jeanstasche und schloss auf. Schon im Eingangsbereich signalisierten Briefkästen aus poliertem Messing, dass hier nicht Hinz und Kunz wohnten, sondern Leute, die es zu was gebracht hatten. Herr Schweitzer warf einen Blick auf die Namen aus aller Herren Länder – Singh, McAllister, Clareux, Rothschild, Khan, Kunz. Kunz? Okay, Kunz wohnte doch hier, aber ohne Hinz.

Mit einem vollverspiegelten Aufzug fuhren sie in den vierten Stock. Schwarzer Marmor, wohin das Auge blickte. Üppige Topfpflanzen in einem satten Grün zeugten von regelmäßiger Wasserzufuhr und den entsprechenden Dienstleistungsfirmen. Vom Boden hätte man essen können, so porentief rein war er. Auf jeder Etage wohnten nur zwei Partien auf jeweils knapp über hundert Quadratmetern. Selbst im Hausflur war von der tropischen Hitze draußen kaum etwas zu spüren. Und nur wer genau hinhörte, konnte eine leise surrende Klimaanlage ausmachen. Falls es hier irgendwo Kinder gab, so waren sie zum Stillhalten erzogen. Der Verkehrslärm der nahen Friedensbrücke war allenfalls zu erahnen.

Es ist schon seltsam, wie eine gediegene Atmosphäre die Gangart von Menschen beeinflusst. Oberkommissar Schmidt-Schmidt, sein Assistent Hajo und Herr Schweitzer jedenfalls setzten derart vorsichtig einen Fuß vor den anderen, als könne ein etwas lauteres, von ihnen verursachtes Geräusch eine sich versteckt haltende Armee von schwerbewaffneten Wächtern erzürnen, die dann einem ehernen Gesetz folgend ihnen ohne viel Federlesens die Lichter ausblies, auf dass sie sich fürderhin die Radieschen von unten betrachten konnten. Nur Einbrecher und Angehörige ähnlich gelagerter Berufe bewegten sich ebenso geräuschlos fort.

Schmidt-Schmitt entfernte das staatliche Siegel und Hajo schloss auf.

Dann standen sie in Jean Clareux' Zimmer. Man hätte bei dieser Größenordnung an Quadratmetern natürlich auch von Wohnung sprechen können, aber hier war alles eins. Küche, Wohn-, Arbeits- und Schlafzimmer bildeten eine architektonisch anspruchsvoll gestaltete Einheit, in der die Farben Indigoblau, Silber und Dunkelgrau dominierten. Geld hatte offensichtlich keine Rolle gespielt. Lediglich das Bad war durch eine Tür mit Milchglas separiert. Die Panoramafenster gingen nach Süden auf den Main und nach Westen und waren von einer schier unendlichen Größe, dass man sich unwillkürlich fragte, wie um alles in der Welt die beiden winzigen Eckpfeilerchen dazwischen die Last der Dachkonstruktion trugen.

„Wow", traute sich Herr Schweitzer als Erster einen Ton in die fast schon erdrückende Stille zu sprechen.

„Nicht schlecht", pflichtete ihm der Oberkommissar bei. „In der Rüstungsindustrie müsste man arbeiten."

Hajo grummelte etwas, was so ähnlich klang wie: „Scheischschmerschen."

(Scheichs Märchen? Scheiß Schmerzen?)

Herr Schweitzer sah sich um. Ein fast dreieinhalb Meter langer Designer-Schreibtisch erstreckte sich vor dem flussseitigen Panoramafenster. Drei Flachbildschirme standen auf der schweren gläsernen Tischplatte. Außer einem Bastkörbchen mit Schreibutensilien und einem gerahmten Foto, das Jean Clareux zwischen einem älteren Paar zeigte und auf dem im Hintergrund ein schlossähnliches Gebäude zu sehen war, befanden sich keinerlei Gegenstände auf dem Tisch. Er nahm das Foto in die Hand.

„Seine Eltern“, erklärte Schmidt-Schmitt. „Und falls dir schon die losen Kabel aufgefallen sind, die Computer mit den Festplatten sind im Präsidium und werden durchgecheckt.“

Herr Schweitzer, als bekennender Techniktrottel, fragte sich natürlich, warum man die Flachbildschirme nicht auch mitgenommen hatte, da hätte man sich die Dateien doch gleich angucken können – so war es jedenfalls bei seinem PC. „Klar, die Flachbildschirme könnt ihr ja später immer noch holen.“

Hajo: „Hä? Wieschondasch?“

„Wieso denn das?“, übersetzte der Oberkommissar.

Herr Schweitzer: „Wieso denn was?“

„Wieschodieschirme?“

Schmidt-Schmitt: „Wieso die Schirme?“

„Zum Angucken der Dateien. Ist doch wie beim Fernseher. Nur die Antenne bringt nix. Erst mit einem Bildschirm kann man auch Bilder sehen. Oder?“

Schmidt-Schmitt hatte den Braten bereits gerochen, Hajo noch nicht. Schmidt-Schmitt grinste, Hajo verstand nur Bahnhof.

Hajo: „Versch…“ Dann hatte er die Schnauze voll vom Wattebausch. Er nahm das blutdurchtränkte Teil aus seinem Mund. „Versteh ich nicht. Wir haben wahrscheinlich Tausende von Bildschirmen im Präsidium. Wozu sollten wir die hier denn auch noch mitnehmen?“

Nun bemerkte auch Herr Schweitzer seinen groben Schnitzer. Logisch, dachte er, so ein Computer kann ja auch andere Bildschirme benutzen. Der Antenne ist es ja schließlich auch egal, ob der Fernseher von Sony oder Grundig ist. „Äh, natürlich, ist ja voll logo. Hatte nur gerade vergessen, dass ihr ja bestens ausgerüstet seid … sein müsst. Bei all den Verbrechern heutzutage“, lautete sein nicht ganz geglückter Versuch des Herausredens.

Hajo schüttelte den Kopf und zog eine Nachttischschublade heraus. Man musste ja nicht alles verstehen.

Sein Kumpel Mischa im Flüsterton: „Sag mal, Simon. Du weißt schon, dass wenn dein Bildschirm mal kaputtgeht, du den PC nicht gleich auch auf den Müll schmeißen musst?"

„Wofür hältst du mich eigentlich?"

„Für einen, der erst mal die Erfindung des Rads verdauen muss. Und ohne Feuerzeug wüsstest du wahrscheinlich heute noch nicht, wie man ein Feuer macht."

„Völliger Quatsch. Dann nehme ich halt Streichhölzer", erwiderte Herr Schweitzer listig.

Als auch der Oberkommissar sich anschickte, weiter nach vielleicht übersehenen Anhaltspunkten durch die Wohnung zu streifen, drehte sich Herr Schweitzer zur Wand und betrachtete die verschiedenen Filmplakate, die allesamt in unterschiedlich gestylten silbrigen Rahmen steckten.

Es waren acht an der Zahl. Von links nach rechts:

Apokalypse Now – Regisseur: Francis Ford Coppola
Der Schatz der Sierra Madre – mit Humphrey Bogart
Der Mann mit dem goldenen Colt – mit Roger Moore
Spiel mir das Lied vom Tod – von Sergio Leone
James Bond, 007 jagt Dr. No – mit Sean Connery
Für eine Handvoll Dollar – ebenfalls Sergio Leone
The Killing Fields – ausgezeichnet mit drei Oscars
Stirb an einem anderen Tag – mit Pierce Brosnan

Schau an, schau an, sinnierte er, das steht aber einer ganz schön auf Gewalt. Okay, *Spiel mir das Lied vom Tod* hatte er sich auch bestimmt schon sieben Mal angesehen. Und, ehrlich gesagt, würde ihn sich Herr Schweitzer auch ein achtes und neuntes Mal reinziehen, bevor er sich mit dem Musikantenstadl oder Sissi, die Kaiserin, folterte.

Dann drehte auch er noch ein paar Kreise durch den Luxus.

Was ihn stutzig machte, war, bis auf das Foto mit den Eltern, die völlige Abwesenheit von Gegenständen, die man eindeutig als persönlich einstufen konnte. Keine Souvenirs, die einer Reise zuzuordnen gewesen wären. Keine Fotos von Freunden oder Bekannten – nicht mal von Dora Rutke.

„Sag mal, Mischa, ist Jean, die Leiche, eigentlich schon wieder in Frankreich?"

„Jean die Leiche. Klingt wie Karl der Große", flachste Schmidt-Schmitt. „Aber ja, morgen ist Beerdigung, soviel ich weiß."

„Und Sebastian?"

Der Oberkommissar zuckte mit der Schulter. „Keine Ahnung. Sein Onkel macht jedenfalls keinen Druck. Kann sein, dass er noch im Kühlschrank schmort."

Hajo: „Im Kühlschrank schmoren. Das musst du mir mal vormachen. Im Brennofen, okay. Aber das war ja unser Franzose mit dem exquisiten Geschmack. Nicht dass wir die noch durcheinander bringen."

„Ach, geh fort", erwiderte Herr Schweitzer, „zwei Tote sind doch noch überschaubar. Wenn's dabei bleibt, natürlich."

„Erwartest du noch mehr?", wollte Mischa Schmidt-Schmitt wissen und runzelte die Stirn. „Falls du eine These hast, nur raus damit, Simon."

„Vielleicht ja dieser Mike Chavez, wer weiß. Immerhin haben schon zwei von Doras Liebhabern das Zeitliche gesegnet und das Ganze hat System."

„Du meinst, jemand hat es auf Doras Lover abgesehen und Chavez ist der nächste auf der Liste?"

„Warum nicht? Vorausgesetzt, er ist nicht unser Mörder."

Hajo: „Für mich ist die Rutke auch noch im Spiel. Vielleicht ist sie ja eine notorische Männerhasserin, die nacheinander all ihre sexuellen Spielgefährten massakriert."

„Und eine glänzende Schauspielerin", ergänzte der Oberkommissar, während er im Kleiderschrank die Innentaschen der Anzüge durchsuchte. „Aber wir sollten dabei nicht vergessen, am Tatort haben wir Sebastians Spuren sichergestellt. Der war also auf jeden Fall im Bembelparadies und an Clareux' Tod beteiligt."

Dann läutete sein Handy. Der Oberkommissar ging dran und lauschte eine halbe Minute mit großen Augen und gespitzten Lippen. „Soso, schau an, ist ja interessant", murmelte er und verlangte von Hajo per Zeichensprache Zettel und Stift.

Hajo reichte ihm beides und Schmidt-Schmitt machte sich Notizen. „Na klar, wir fahren sofort hin", sagte er abschließend.

„War unser Chef", erklärte er kurz darauf. „Sebastian und Clareux hätten sich vor ein paar Monaten wie die Kesselflicker vor der Druckkammer gekloppt. Vielleicht ging es um Dora."

„Hä, und wieso wissen wir nix davon?", fragte Hajo.

„Isabell Sand hat es angeblich gestern erst von einem Kollegen erfahren. Das sei an einem ihrer freien Abende passiert."

Hajo: „Und zu diesem Kollegen fahren wir jetzt?!"

„So ist es. Simon, da kannst du leider nicht mitkommen."

„Schon okay", wiegelte er ab. Aber enttäuscht war Herr Schweitzer schon. Wie sollte er denn den Fall lösen, wenn er immerfort draußen vor der Tür warten musste, fragte er sich. „Wo wohnt denn der Zeuge?"

„Ostend", erklärte der Oberkommissar. „Wir können dich ja an der Alten Brücke rauslassen, dann brauchst du nur noch rüberlaufen."

Während Herr Schweitzer über die Brücke schlenderte, versuchte er sich vorzustellen, wie sich erstens die beiden Kontrahenten wie die Kesselflicker gekloppt haben und zweitens, woher dieser Ausdruck überhaupt stammte. Gab es zu Zeiten der Kesselflicker nicht genügend Kessel zu flicken, so dass alle Kesselflicker von ihrer Arbeit satt wurden? Und waren die Zeiten so hart, dass sie sich um die paar zu flickenden Kessel wie die Kesselflicker prügeln mussten? Möglich. Dann mussten sich die Kesselflicker aber mit derart harten Bandagen gekloppt haben, dass es ihre Kloppereien in den Sprachgebrauch geschafft haben. Zumal damals ja auch deftige Wirtshausschlägereien als lustige Freizeitvergnügungen angesehen wurden und Kloppereien ganz allgemein noch nicht den miesen Ruf hatten wie heute, wo man schon strafrechtlich belangt werden kann, weil man seinem eigenen Kind eine Ohrfeige verpasst hat, nur weil es spaßeshalber – „wir wollten doch bloß mal gucken, wie hoch das Feuer brennt" – das Nachbarhaus samt Bewohner abgefackelt hat.

Und dann fragte er sich natürlich auch, ob Dora Rutke bei der Klopperei anwesend war und wie sie sich gegebenenfalls verhalten hat. Aber nein, er durfte ja nicht mitkommen zur Befragung dieses Zeugen, haderte Herr Schweitzer abermals mit seinem Schicksal.

Guinness-Buch der Rekorde

Unwillkürlich hatten ihn seine Schritte zum Bembelparadies gelenkt. Vor dem Friseursalon in der Wallstraße, gerade als er zwischen zwei parkenden Autos die Straße überqueren wollte, wäre er um Haaresbreite einem Herzstillstand zum Opfer gefallen. Ohne ersichtlichen Grund hupte direkt neben ihm ein grauer Opel Corsa. Kiloweise peitschte das Adrenalin durch seinen Körper. Ein unmittelbar vor seinen Füßen einschlagender Komet hätte eine ähnlich elektrisierende Wirkung erzielt. Als die gefühlten 10.000 Volt nach einigen Sekunden abebbten, drehte er sich um und sah einen älteren Herrn – natürlich mit Hut – hinter der Windschutzscheibe, der enthusiastisch winkte und dabei freudig lächelte. Diese Geste galt aber nicht Herrn Schweitzer, sondern einer ältlichen Frau auf der anderen Straßenseite, die sich gerade anschickte, mit zwei vollen Plastiktüten die Bordsteinkante herunterzuklettern. Klettern – anders lässt es sich nicht beschreiben, denn mit ihren Krautstampferbeinen mühte sie sich mit dem kleinen Höhenunterschied ab wie ein neugeborenes Kalb beim ersten

Stehversuch. Als Herr Schweitzer den Grund des Hupens erkannte, schoss er gedanklich eine Maschinengewehrsalve durch die Windschutzscheibe. Nicht dass er grundsätzlich zum gewaltbereiten Teil der Menschheit gehörte, aber wenn ihm einer ans Leder wollte, kannte selbst er keinen Spaß. Wenn auch fahrlässig, so war das eben eindeutig ein nur knapp missglückter Totschlag. Nicht umsonst war Hupen innerstädtisch per Gesetz verboten, Gefahrensituationen ausgenommen.

Erneut durchflutete Adrenalin seinen Körper. Diesmal jedoch kam es von der Wut, nicht vom Schrecken. Mit einem Gesichtsausdruck, der selbst Bruce Willis eingeschüchtert hätte, drehte sich Herr Schweitzer um und ging die paar Meter zurück.

Da die Seitenscheibe trotz der Hitze geschlossen war, riss er die Fahrertür auf, beugte sich ins Wageninnere, krallte sich den Hemdkragen des verblüfften Rentners, zerrte dessen Kopf so nah an seinen eigenen, dass die Hutkrempe seine Stirn berührte, und hielt dem Übeltäter einen wissenschaftlich fundierten Vortrag über überflüssiges Hupen und seine möglichen Auswirkungen auf Menschen in unmittelbarer Nähe: „Hör zu, du kleines Arschloch“, nicht gerade höflich, aber Arschlöcher zu siezen war ihm nicht gegeben, „wenn du das nächste Mal wie ein Idiot hupst, wenn ich in der Nähe bin, breche ich dir so schnell das Genick, dass dir nicht mal Zeit für ein letztes Ave Maria bleibt. Kapiert?“

Zwar wusste der Atheist Herr Schweitzer nichts, aber auch rein gar nichts über Ave Marias – nicht eine einzige Zeile hätte er rezitieren können –, aber er fand, es klang angemessen.

Der ältere Herr wiederum machte den Eindruck, als sei er durchaus bibelfest: „Mein Gott!“

„Heinrich!“, schallte es quer über die Straße aus dem Mund der Krautstampfer-Frau. Immerhin hatte sie stampfend schon zwei Meter zurückgelegt. „Was ist los? Kennst du den Herrn?“

Noch immer diskutierten sie Nasenspitze an Nasenspitze. Herr Schweitzer: „Ich fragte, ob du das kapiert hast?“

„Mein Gott!“ Inzwischen hatten die Augen des Todesängste

ausstehenden Rentners fast die Größe alter Fünf-Mark-Münzen erreicht.

„Mehr fällt dir nicht ein?", erkundigte sich Herr Schweitzer höflich.

Heinrich: „Jesus!"

Ob dieser Aussage musste der Sachsenhäuser Detektiv lachen, was aber seiner einschüchternden Autorität immens abträglich war. *Jesus* hatte ihn in die Wirklichkeit zurückgeholt. Plötzlich sah er sich selbst. Er ließ den Hemdkragen los. Jesus, der erste namentlich erwähnte Hippie der Geschichte – lange Haare, machte mit Huren rum (Maria Magdalena) und nahm Drogen, die ihn glauben ließen, auf Wasser wandeln zu können –, wäre stolz auf ihn gewesen.

„Nichts für ungut", verabschiedete sich Herr Schweitzer und klopfte dem Rentner auf den Oberarm.

Wäre Herr Schweitzer in Lateinamerika aufgewachsen, hätte es diesen Zwischenfall nie gegeben. Dort nämlich gehört Hupen zum guten Ton, ist quasi aus dem Straßenverkehr nicht wegzudenken. Im Gegensatz zu defekten oder gänzlich abgefallenen Auspuffen ist dort eine defekte Hupe der Hauptgrund für einen Werkstattbesuch, noch weit vor zersplitterten Frontscheiben, kaputten Scheinwerfern oder unzureichend funktionierenden Bremsen. Denn ohne Hupe ist der Lateinamerikaner sprachlos. Gilt es doch, mit diesem Instrument Nachbarn, Verwandte und Freunde zu grüßen, Frauen auf sich aufmerksam zu machen, mit weit überhöhter Geschwindigkeit durch Ortschaften zu brettern oder einen weit entfernten Verkehrsteilnehmer vor einer wenn auch noch so unwahrscheinlichen Gefahrensituation zu warnen. Da in diesen Gefilden nur wenige Häuser oder Wohnungen mit Klingeln ausgestattet sind, übernimmt die Hupe auch diesen Zweck. Mit anderen Worten: Bewohner von Ortschaften mit mehr als zwanzig Gebäuden und den obligatorischen Kirchen sind bis auf die paar Stunden nach Mitternacht stets von einem Hupkonzert umgeben, so dass sich der Lateinamerikaner automatisch umguckt und nach einem Grund für den Weltuntergang sucht, sollte tatsächlich mal für dreißig Sekunden Ruhe herrschen.

Herr Schweitzer jedoch war nicht in Lateinamerika aufgewachsen und mit sinnloser Huperei vertraut. Und als er einen hellblauen Übertragungswagen des Hessischen Rundfunks ein paar Meter weiter rechts erblickte, glaubte er zuerst, das Fernsehen sei wegen ihm und seines gerade noch rechtzeitig unter Kontrolle gehaltenen Wutausbruchs hier. Doch bis auf einen kreidebleichen Rentner und einen kurzzeitigen Herzstillstand seinerseits war ja nichts passiert. Kein Grund zur Panik also, dachte er noch, ehe er den Auflauf vorm Bembelparadies registrierte.

Sein erster Gedanke war, in Monis Brennofen habe man eine weitere Schrumpelleiche gefunden. Mit sich überschlagenden Gedanken näherte sich Herr Schweitzer dem Laden. Dem Gesetz der Serie folgend dachte er an Mike Chavez als aktuelles Opfer. In diesem Fall wohl eher *brandaktuell.*

Beim Näherkommen jedoch bemerkte er eine ausgelassene, ja fast schon übermütig heitere Stimmung, die doch arg im Widerspruch zu Leichen jedweder Art stand, so dass er diesen Gedanken schnell wieder zu den Akten legte.

Kurz darauf entdeckte Herr Schweitzer Moni, Adam und einen weiteren Herrn, wie sie sich vor einem Pritschenwagen, auf dem ein überdimensionierter Bembel thronte, einem guten Dutzend Fotografen stellten und ein Lächeln auf ihr Gesicht zauberten, als habe die Eintracht gerade die Meisterschaft errungen. (Okay, das war jetzt sehr weit hergeholt. Nur die wenigsten wissen noch, wie man sich als Deutscher Meister freut. Neugeborene haben vielleicht noch eine Chance, sollten sie die neunzig erreichen.)

Eine Blaskapelle packte gerade ihre Sachen zusammen. Komisch, dachte Herr Schweitzer, ich hab doch gestern die Rundschau gelesen; wieso also ist mir diese Veranstaltung durch die Lappen gegangen? Als Sachsenhäuser durch und durch wäre er gerne dabei gewesen.

Als Adam ihn sah, nickte er kurz mit dem Kopf zum Zeichen, dass man gleich babbeln könne. Denn erst war das Kamerateam an der Reihe.

„Ei Gude wie“, begrüßte ihn Adam fünf Minuten später. Und fügte nach Rodgau Monotones-Art hinzu: „Wo machst'en hie?“

„Bin auf dem Rückweg. Da dachte ich, guck doch mal im Bembelparadies vorbei. Vielleicht gibt's was Neues im Fall der halbverbrannten Leiche.“

„Nö, nicht dass ich wüsste. Aber guck dir mal unseren Bembel an. Ist der nicht geil? Wiegt 270 Kilo und fasst 690 Liter.“

„690 Liter?“ Herr Schweitzer war mächtig beeindruckt: „Wow.“ Sein innerer Taschenrechner signalisierte ihm, aufs Jahr hochgerechnet könne man sich da täglich aber ganz schön einen hinter die Binde gießen. „Und wer ist der Mann neben der Moni?“

„Das ist der Andy. Der ist auch Töpfer und hat unser Schmuckstück zusammen mit der Moni geplant und fertiggestellt. Du glaubst gar nicht, was für eine Logistik dahintersteckt. Einen Brennofen für einen eins siebzig hohen Bembel gibt's nämlich gar nicht. Das Bemalen war noch das Einfachste. Andy macht seine Bembel in Höhr-Grenzhausen und exportiert sie dann nach Hessen.“

Herr Schweitzer: „Höhr-Grenzhausen. Nie gehört.“

„Kannenbäckerland, Westerwald, Rheinland-Pfalz“, schloss Adam die Bildungslücke.

„Rheinland-Pfalz? Hab ich da richtig gehört? Heißt das, die Bembel für die hessischen Ebbelwoi-Kneipen kommen gar nicht aus Hessen?“

„Nicht alle. Höhr-Grenzhausen jedenfalls ist ein Zentrum der keramischen Industrie. Die habbe sogar 'ne Fachhochschule.“

Herr Schweitzer nickte mit dem Kopf. „Was es nicht alles gibt. Da hab ich immer geglaubt, nur Hessen können Bembel machen, und dann so was. Aber heutzutage wird ja alles outgesourct. Demnächst kommt unser Handkäs womöglich aus Madagaskar. Wo kommt der Riesen-Bembel eigentlich hin?“

„Ins Ebbelwoi-Museum."

„Hä?"

„Schon gut, Simon. Und nein, du hast nix verpasst. Das Ebbelwoi-Museum gibt's noch nicht. Ist aber in Planung. Wenn's nach uns geht, hätten wir gerne eine Location in der Frankfurter Altstadt. Die Gespräche mit dem Magistrat dauern an. Bisher ist aber noch nix spruchreif. Zwischen Dom und Römer wäre optimal. Und was machen die Recherchen? Habt ihr schon was rausgefunden? Du kennst das ja, in Sachsenhausen wird dermaßen viel gebabbelt, dass man gar nicht mehr weiß, was man glauben soll und was nicht."

Und ob Herr Schweitzer das kannte. Er selbst hatte es sich angewöhnt, Gerüchten erst einmal so lange zu misstrauen, bis sie sich als wahr herausstellten, was aber höchst selten der Fall war. Meist babbelten die Einheimischen aus purer Langeweile und erfanden dabei allerlei Unsinn. Aus einem platten Autoreifen konnte ganz fix eine Horde Messer schwingender Vandalen – „Fahr dein Auto lieber in die Garage, bis man die Bande dingfest gemacht hat" – und aus einer toten Ratte im Rinnstein frisch ausgebrochene Tollwut werden – „Besser, wenn du deinen Goldhamster die nächsten Wochen nicht rauslässt, ein tollwütiges Krokodil ist gerade auf der Pirsch". Herr Schweitzer horchte meist nur zu und beteiligte sich nur selten am Volkssport Dummgebabbel. Erst wenn man zwei und zwei zusammenzählen konnte und sich tatsächlich vier ergab, spitzte er die Ohren. Eine Ausnahme bildeten hier die Ebbelwoi-Wirte und -Kellner, bei denen so viele Informationsstränge zusammenliefen, dass sie von sich aus schon in der Lage waren, alle Informationen zu sondieren und zu bündeln, so dass wenigstens ab und an ein Treffer in puncto Wahrheit heraussprang. Was aber mitnichten bedeutet, dass sie auch so exakt weitergetragen wurde. Denn mit jedem Glas Ebbelwoi stieg die Bereitschaft des Ausschmückens im Groben und en détail.

Herr Schweitzer mit resignierender Handbewegung: „Ja, das

kenne ich. Aber so langsam glaube ich, der Fall bleibt auf ewig ungelöst. Viele Ansätze, viele Spuren, aber nichts führt konkret irgendwohin."

„Das hört sich aber gar nicht gut an. Die Leute hören doch erst auf zu quatschen, wenn die Wahrheit amtlich ist", erwiderte Adam.

Dann kam Moni hinzu und fragte sofort, was denn dran sei an diesem und jenem Gerücht. Herr Schweitzer stempelte daraufhin sowohl dieses als auch jenes Gerücht als baren Unfug ab.

Das dauerte natürlich seine Zeit, denn es handelte sich nicht nur um dieses oder jenes Gerücht, sondern um eine ganze Menge davon, die mittlerweile durchs Örtchen kursierten.

Wenig später wurde Herr Schweitzer von Adam mit den Worten „Besser zu viel trinken als zu wenig essen" zu einem Schobbe Ebbelwoi aufgefordert, was er aber dankend ablehnte, denn am Abend musste er ja wieder observieren. Da war es schon besser, nicht gleich alles doppelt zu sehen.

Obwohl er alles versuchte, wurde es nichts mit seinem fest eingeplanten Mittagsschlaf. Das war eben der Preis seines Bekanntheitsgrads. Selbstverständlich waren auf Anlässen wie diesem hier alle Sachsenhäuser Honoratioren, die es irgendwie einrichten konnten, anwesend. So hatte Herr Schweitzer die nächsten zwei Stunden noch so viele Schwätzchen zu halten, dass am Ende Gaumen samt Zunge doch sehr ausgetrocknet waren und er es bereute, Adams Einladung zu einem Ebbelwoi abgelehnt zu haben. Immerhin erfuhr er noch, dass der Riesen-Bembel bis zu seinem endgültigen Standort im Ebbelwoi-Museum nacheinander bei den diversen Sponsoren fürs interessierte Publikum ausgestellt wurde. Noch heute Abend sollte er ins Foyer der Comedy-Bank gebracht werden.

Comedy-Bank? Das war der interne Sprachgebrauch derjenigen Mitarbeiter, die nicht der Führungsspitze angehören, für eine deutsche Großbank mit Sitz in Frankfurt. Möglicherweise ergibt sich der wahre Name aus den ersten drei Buchstaben von Comedy und beruht auf sich oft widersprechenden Anweisungen zur Umstrukturierung, ausgegeben von den ins Gerede gekommenen Topmanagern.

Da Herr Schweitzer vorhatte, morgen oder übermorgen mal wieder selbst zubereitete Grüne Soße zu essen, ging er noch in den nächsten Supermarkt. Normalerweise lagen die dafür benötigten Kräuter mit weißem Papier umwickelt in oder zumindest in der Nähe der Obst- und Gemüseabteilung. Obwohl er das Areal drei Mal durchstreifte, wurde er nicht fündig. Ergo sprach er einen Mitarbeiter an: „Entschuldigung, ich suche die Grie Soß. Können Sie mir da behilflich sein?"

Der Mitarbeiter entschwand wortlos im Wirrwarr der Gänge. Zwar wunderte sich Herr Schweitzer, sagte sich aber, der Angestellte werde schon wissen, wo er zu suchen habe.

Keine dreißig Sekunden später kehrte der weißbekittelte Mitarbeiter zurück und reichte ihm einen 3er-Pack Croissants. „Bitte schön."

Nun war die Verwirrung komplett. Herr Schweitzer kratzte sich am Kopf, schüttelte selbigen und sagte, diesmal in astreinem Hochdeutsch: „Äh. Ja. Nun."

„Ja?"

„Grüne Soße – das hier sind Croissants." Er gab die Packung zurück.

„Oh, schulldchnsä! Isch bin in Sòchsen daheeme. De Mänschn hier sprechen onders. Da brauchmer uns jetzt aber ni zu krutschen, ne. Also, die Grüne Soße ist leider ausverkauft."

Herr Schweitzer musste lachen. So etwas hatte er noch nie erlebt. Bislang war er in Frankfurter Läden stets von Angestellten bedient worden, die, wenn sie schon nicht direkt aus Frankfurt stammten, so doch zumindest Hessisch sprachen oder verstanden. Aber in diesen Gefilden einen Sòchsen-Sachsen einzustellen, fand er ein wenig zu viel der Integration. Zumal das Sòchsen-Sächsisch in sämtlichen Landstrichen außerhalb Sòchsens bei den Zuhörern fast immer eine Gänsehaut verursacht. Herrn Schweitzer war durchaus bewusst, unser Hessisch klang auch nicht gerade hochintellektuell, aber Sòchsen-Sächsisch – das ging gar nicht. Man hatte immer das Gefühl, mit jemandem zu sprechen, der seine Höhle nur zum Jagen, Pilze sammeln und zur Weibchensuche verließ.

Herr Schweitzer verschob seine Grie Soß auf unbestimmte Zeit. Nicht dass er grundsätzlich was gegen Croissants hatte, aber alles zu seiner Zeit.

Als sich die Schiebetür hinter ihm schloss und er sich nach links wandte, wäre er fast mit Schmidt-Schmitt kollidiert.

Herr Schweitzer und der Oberkommissar zeitgleich: „Was machst du denn hier?"

Schmidt-Schmitt: „Einkaufen. Das da ist nämlich ein Supermarkt. Zum Haare schneiden gehe ich aber zum Friseur."

„Ich nicht. Die wollten mir Croissants für Grie Soß aufschwätzen."

„Hä? Dein Friseur wollte dir Croissants aufschwätzen?"

„Vergiss es. Ist jetzt zu kompliziert. Wolltet ihr nicht zu diesem Zeugen, der die Klopperei zwischen Sebastian und Jean Clareux beobachtet hat?"

„Da komme ich gerade her."

„Und?", wollte Herr Schweitzer wissen.

„Den Rest des Tages habe ich mir freigenommen. Da dachte ich mir, hol ich ein Kistchen Bier, geh in meinen Garten und lass mir den Fall noch mal fern des Stresses durch den Kopf gehen."

„Das ist sehr löblich, finde ich", fand Herr Schweitzer. „Aber was ich eigentlich wissen wollte, war, was hat der Zeuge denn gesagt? Hat er den Anlass der Klopperei mitbekommen? Ging's um Dora?"

„Nix da. Er war viel zu weit weg. Hat aber gesagt, beide hätten nachher ganz schön am Kopf geblutet. Aber als er einen Krankenwagen holen wollte, haben es sowohl Sebastian als auch Jean vehement abgelehnt."

„Hm, ging bestimmt um Dora. Was mich interessieren würde,

wäre, ab wann, wenn überhaupt, haben die beiden von Mike Chavez als Doras Lover gewusst."

„Tja. Gute Frage, nächste Frage. Aber Mike Chavez lebt ja. Vielleicht sollten wir den mal fragen, aber der redet ja nicht mit uns."

„Noch", sagte Herr Schweitzer gedankenverloren.

„Wie?"

„Noch. Noch lebt Mike Chavez. Ich werde das Gefühl nicht los, dem könnte es auch noch an den Kragen gehen."

„Siehst du. Genau das alles lasse ich mir gleich durch den Kopf gehen. Du glaubst gar nicht, welch Wunder so eine Sinnierstunde manchmal bewirkt."

Und ob Herr Schweitzer das wusste. Schließlich hatte er mit dieser Taktik schon so manchen Fall gelöst. Nicht selten hatte ihm THC dabei hilfreich zur Seite gestanden. Unvermittelt schlug er sich an die Stirn, denn ihm war etwas eingefallen, was ihm entfallen war. Und wie bei den Pawlowschen Hunden gierten seine Sinne plötzlich danach. Es war ähnlich wie der Gedanke an Frankfurter Kranz, wenn man schon geraume Zeit auf Abstinenz war. Auch Frankfurter Kranz konnte eine Droge sein. Bei Herrn Schweitzer allemal. „Du, Mischa, ich muss los."

„Mittagsschläfchen?"

„So ähnlich."

Der Oberkommissar: „Ich werde das saublöde Gefühl nicht los, wir ermitteln in die falsche Richtung."

Zwar teilte Herr Schweitzer dieses Gefühl nicht, aber mit fundierteren Ideen konnte auch er nicht aufwarten. „Vielleicht ist alles viel einfacher, als wir denken."

Noch wusste Herr Schweitzer nicht, wie recht er damit haben sollte. Aber so ist es im Leben. Der Mensch neigt oft dazu, einfache Sachverhalte unnötig zu verkomplizieren.

Die Sucherei begann, kurz nachdem er seine eigene Wohnung im Mittleren Hasenpfad betreten und den Stapel Briefe auf der Kommode im Flur abgelegt hatte.

Nach fünf Minuten wurde Herr Schweitzer langsam unruhig. Weitere zehn Minuten zogen ins Land, dann beschloss er, sich in Simon Demenz umzutaufen. Nicht zum ersten Mal hatte er vergessen, wo er was abgelegt hatte. Und mit zunehmendem Alter passierte es ihm immer öfter, dass er mit einem bestimmten Vorsatz ein Zimmer betrat, aber mit dem Betreten auch gleichzeitig sein Vorhaben verloren gegangen war. Nur wenn er plötzlich im Badezimmer stand, erinnerte er sich beim Anblick der Toilettenschüssel an das, weswegen er hergekommen war. Immerhin, manche kriegen nicht mal das hin.

Gerade war er dabei, mit einer Taschenlampe das Dunkel unter der Kommode auszuleuchten – vielleicht war er ihm ja runtergefallen –, als seine Mitbewohnerin Laura Roth von der Arbeit nach Hause kam.

„Hallo, Simon. Schon lange nicht mehr gesehen. Was machst du denn da?"

„Ich suche was."

„Ach nee. Und ich dachte schon, du nimmst Bodenproben."

Ächzend erhob er sich und klopfte sich den Staub von den Knien. „Hast du zufällig meinen Joint gesehen? Der sieht aus wie eine kleine Schultüte für Teddybären."

Laura grinste. „Hab ich. Der lag hier auf der Kommode. Nach ein paar Tagen habe ich ihn dann in den Kühlschrank gelegt. Nicht dass er dir noch verdirbt. Oder verfault oder was immer damit passieren kann."

„Oh, da hätte ich lange suchen können." Herr Schweitzer wusste aber selbst nicht, ob Marihuana eine verderbliche Ware war oder nicht – die Lebensdauer in seinem Besitz befindlicher Zauber-Zigarettchen war seit jeher eher überschaubar. „Hübsche Frisur hast du."

„Findest du?"

Das tat Herr Schweitzer in der Tat. Ihr neuer Pagenschnitt mit der keck in die Stirn fallenden Locke stand ihr ausgezeichnet. „Ein neuer Lover?"

„Hör mir bloß auf mit Männern. Ich bleib jetzt erst mal solo." Eine abfällige Handbewegung begleitete ihre Aussage.

Na, na, na, dachte Herr Schweitzer, da muss ja was Einschneidendes geschehen sein. Seit den nunmehr über zehn Jahren ihres Zusammenlebens war seine Mitbewohnerin stets auf der Suche nach dem perfekten Mann gewesen. Da es ihn nicht gab, hatten sich Probepackung auf Probepackung die Klinke in die Hand gegeben, ohne dass beim Öffnen plötzlich ein Adonis mit dem Gehirn eines Einsteins zum Vorschein gekommen wäre. Herr Schweitzer hatte sich bereits damit abgefunden, nie als Trauzeuge in Erscheinung zu treten. Aber so ganz ohne Männer und den damit einhergehenden Dramen konnte er sich Laura nun auch wieder nicht vorstellen. Laura und Drama, das gehörte einfach zusammen und obendrein hatte er sich daran gewöhnt. Aber vielleicht ist das jetzt auch nur eine Momentaufnahme, dachte Herr Schweitzer und lenkte seine Schritte zum Kühlschrank.

Wie das so ist, wenn man längere Zeit ohne Zauber-Zigarettchen ausgekommen war, die Erinnerung an die Wirkung konnte gar arg verblasst sein. Und auch der Umstand, dass Giorgio-Abdul niemals an Zutaten sparte, schien irgendwie in Vergessenheit geraten zu sein. So kam es, dass Herr Schweitzer es komplett aufrauchte.

Und umgehend einschlief.

Es war schon halb sieben durch, als er wieder zu sich kam. Behände wie ein Nilpferd kurz nach einer Rückenmarktransplantation schwang Herr Schweitzer sich in die Senkrechte. Zwei Minuten brauchte er allein dafür, sich aufzurichten und die Beine auf den Fußboden zu hieven. Ein Riesenseufzer begleitete seine Anstrengungen. Noch immer zirkulierte allzu viel des beruhigenden Tetrahydrocannabinols durch seine Adern. Da hat es Giorgio-Abdul aber besonders gut mit ihm gemeint, konstatierte er und stand auf.

Die Zeit lief ihm davon, schließlich musste er zu Anglo-Sports und der Rucksack mit den Observationsgerätschaften befand sich noch oben bei Maria im Lerchesbergring. Doch Herr Schweitzer hatte noch nie zu denen gehört, die mit einem Tempo durchs Leben rasen, als gelte es als bewiesen, dass nur ein schneller Herzinfarkttod den direkten Zugang ins Paradies sicherstellt. Kam er mal, was selten genug der Fall war, in die Verlegenheit, im Frankfurter Berufsverkehr die Fußgängerströme beobachten zu können, fragte er sich stets, was all die armen Menschen denn so antreibt. Eine S-Bahn später – so what?

Laura saß in der Küche und blätterte in einem Kochbuch. Auf dem Herd dampfte ein Wasserkessel. „Hallo, Simon, ich mach Spaghetti. Lust mitzuessen?"

Das Bild war ungewohnt. Wenn mal einer kochte, dann war meist er es. Laura war selten zu Hause und wenn, dann nur kurz. Arbeit, Männer, Arbeit, Männer etc. und jahrelang. Noch immer traute Herr Schweitzer dem Braten nicht. Doch immerhin schienen Männer an diesem Abend keine Rolle in Lauras Leben zu spielen. Er fragte sich, wie lange das wohl anhalten würde. „Nett von dir, Laura. Aber ich muss gleich los, ich habe einen Auftrag und esse unterwegs. Dir trotzdem einen guten Appetit."

„Danke. Kannst ja den Rest morgen essen, wenn du magst."

„Ja, mal gucken."

Noch ahnte Herr Schweitzer nicht, dass er am folgenden Tag Krankenhausfraß vorgesetzt bekommen sollte.

Er war spät dran. Zu spät. Sein angestammter Tisch war besetzt und der nächste freie maß stramme zwölf Meter bis zu jenem, den er zu observieren hatte. Mit anderen Worten, das Mikrophon konnte Herr Schweitzer vorerst vergessen. Und auch die Kamera würde nicht viel bringen, zu überfüllt war der Garten von Anglo-Sports. Außerdem, so hatte er bei seinem Eintreffen sofort registriert, tummelten sich am Stammtisch des Ruderclubs unzählige ihm unbekannte Gestalten. Zur Erweiterung hatten sie drei Tische zusammengeschoben.

Nicht immer lief alles nach Plan, auch für einen Herrn Schweitzer nicht. Ihm blieben zwei Möglichkeiten. Entweder sich an den freien Tisch setzen, was aber den großen Nachteil hatte, zu weit weg vom Schuss zu sein. Klar, er könnte dann später, wenn die Tische sich leerten, näher heranrücken, aber das wäre viel zu auffällig gewesen. Da war die andere Alternative schon weitaus cleverer.

Herr Schweitzer schlenderte zum Tor und warf einen Blick auf die Teller derjenigen Gäste, die an den drei Tischen in unmittelbarer Nähe saßen. Das Ergebnis viel unterschiedlich aus. Die Gäste am ersten warteten offensichtlich noch auf ihr Essen und auf dem zweiten war überhaupt kein Besteck, dafür viele randvolle Weizengläser zu sehen. Am dritten wurde bereits Nachtisch serviert.

Kaum etwas beherrschte er besser als unauffälliges Verhalten. Das hatte Herr Schweitzer schon in der Schule gelernt, als der Lehrer wissen wollte, wer ihm den nassen Schwamm auf den Stuhl gelegt hatte. Als hätte er nie etwas anderes im Sinn gehabt, wandte er sich mit geschultertem Rucksack nach dem Verlassen des Gartens umgehend nach rechts, Richtung Gerbermühle. Das ist jene traditionsreiche Gaststätte, in der der alte Schlawiner Goethe seinen 66. Geburtstag feierte und Frau Willemer kennenlernte.

Dass er zu spät gewesen war, juckte Herrn Schweitzer wenig. Was ihm aber immens zu schaffen machte, war sein knurrender Magen. Eine weitere Stunde ohne feste Nahrung und er würde Hungers sterben. Mit einem schweren Seufzer gedachte er Lauras Spaghetti. Eine halbe Stunde, mehr nicht, dann würde er zu Anglo-Sports zurückkehren.

Er hatte Glück. Die Gäste der Weizenbier-Kultur waren gerade unter lautstarkem Gegröle am Zahlen. Der Kellner aber schien nicht im Mindesten genervt. Herr Schweitzer musste sich geschlagene fünf Minuten gedulden, bis er sich setzen konnte. Flugs bestellte er das Züricher Geschnetzelte und einen Ebbelwoi, bevor sich der Kellner mit dem Tablett leerer Gläser entfernen konnte und er selbst an Auszehrung zusammenbrach. Er drückte den Knopf für Mikro und Kamera.

Dann ließ er seinen Blick über die Clique schweifen. Alle, die er bereits kannte, waren anwesend, und noch etliche mehr. Schnell erkannte Herr Schweitzer, dass es sich um die vorbereitende Sitzung zur anstehenden Rudermeisterschaft handeln musste. Ein älterer Herr im graumelierten Anzug las Namen von einer Liste. Achter mit Steuermann, Einer, Zweier, männlich sowie weiblich, und zum Schluss den Vierer, der ja bekanntlich um die Goldmedaille kämpfen sollte. Als der Name Mike Chavez fiel, versuchte Herr Schweitzer in dessen Gesicht zu lesen. Doch Chavez' Grinsen konnte alles bedeuten. Oder nichts.

Dann wünschte der Herr allen Sportlern erfolgreiche Wettkämpfe und setzte sich wieder.

Als er das Züricher Geschnetzelte serviert bekam, leerte sich auch der Tisch schräg vor ihm. Nur ein einzelner Herr blieb sitzen, der anscheinend mit den Anderen nichts zu tun hatte. Seine schwarze Lederjacke ließ Herrn Schweitzer sofort an einen Bullen denken. Doch schnell verwarf er diesen Gedanken wieder. Warum zum Teufel sollten sie hier zu zweit observieren? Auch wenn jeder Zivilbulle eine Lederjacke trägt, so heißt das im Umkehrschluss ja noch lange nicht, dass jeder, der eine Lederjacke anhat, auch ein Bulle sein muss. Obwohl, auch die Turnschuhe des etwa Dreißigjährigen passten prima ins Schema.

Herr Schweitzer widmete sich seinem Essen. Und dachte, dass die Clique um Dora heute bestimmt nichts von Interesse bereden würde, was irgendwie weiterhelfen könnte. Zu viele fremde Ohren waren um die Tische versammelt.

Allerdings schien Dora mal wieder, im Gegensatz zu den letzten Abenden im Anglo-Sports, verdammt gut druff zu sein. Sie babbelte wie ein Wasserfall nach der Regenzeit und wechselte die Gesprächspartner alle paar Minuten.

Ohne es zu merken, schüttelte Herr Schweitzer den Kopf. Egal, was auch immer Dora für Drogen eingeworfen hatte, für ihn waren sie nichts. Drogen, die einen hyperaktiv werden ließen, widersprachen vehement seinem Naturell. Natürlich wusste er, dass zum Beispiel Koks einen enormen Schub bei der Arbeit bewirken konnte. Aber Herr Schweitzer arbeitete ja nur selten, und wenn, dann würde er sich doch vom Koks nicht auch noch hetzen lassen. Was sollte der Quatsch also? Marihuana war das einzig Richtige für ihn – wer trotz Joints noch arbeiten wollte, sollte umgehend die Dosis erhöhen. Aber vielleicht war die heutige Jugend ja anders gepolt.

Dem Hauptgang folgte die Nachspeise. Drei Kugeln Eis mit Vanillesoße. Auch sehr lecker.

Als sich die Abenddämmerung ankündigte, passierte etwas, mit dem Herr Schweitzer nun gar nicht gerechnet hatte, und dem Abend noch eine besondere Note verleihen sollte. Ein junger Kerl Typ Sportstudio-Jünger kreuzte auf, ging sofort zu Dora und knutschte sie dergestalt innig, dass es einerseits keine andere Meinung geben konnte und andererseits Mike Chavez' gute Laune auf der Stelle zu einem Eisblock gefror. Zwar versuchte er es noch mit der guten Miene zum bösen Spiel, der Versuch fiel jedoch mickrig und verzweifelt aus. So nach dem Motto: *Macht überhaupt nix, dass der Vulkan ausgerechnet jetzt ausbricht und die Lava nur noch einen halben Meter von meinen Füßen entfernt ist.*

Mit gesteigertem Interesse verfolgte Herr Schweitzer nun das Geschehen. Wer war dieser Typ im weißen Muscle-Shirt? Würde dieser nun Mike Chavez die Lichter ausblasen, wie er es bereits bei deWitte und Clareux getan hatte? Oder doch eher umgekehrt? Oder noch ganz anders? Egal, sagte er sich, nun galt es, die Sinne zu sensibilisieren. Oder immer horche, immer gucke – wie man in Sachsenhausen zu sagen pflegt.

Leider war der Geräuschpegel bei den Sportlern ziemlich hoch, so dass nur einzelne Worte und sporadisch mal ein Satzfetzen zu Herrn Schweitzer drang. Er hoffte innig, das in seinem Rucksack befindliche Mikrophon sei so gut, wie vom Oberkommissar Schmidt-Schmitt gepriesen.

Die nächste Stunde ging nur zäh vorüber, alles war wie gehabt. Dora flirtete mit dem Muskelprotz, Getränke wurden im Minutentakt serviert und am Mainufer flanierten die Menschen. Herrn Schweitzer wurde es langweilig. Was erwarte ich denn, fragte er sich. Und dann stellte er sich die Frage, die sich die meisten Leute an ihrem Arbeitsplatz mindestens einmal pro Woche auch stellen: Was mache ich hier überhaupt? Von einer Sekunde auf die andere kam ihm sein Tun so nutzlos vor wie ein Kruzifix in der Moschee. (Kruzifix gleich Schnellkreuzigung – schon damals war Zeit Geld; außer Jesus mussten ja auch noch zwei andere Störenfriede auf Holz gespannt werden.)

Dem Lederjacken-Herrn am Nebentisch schien es ebenso zu ergehen. Er hatte mittlerweile sein viertes Glas Wasser vor sich stehen und guckte betont unauffällig in der Gegend herum. Was wiederum Herrn Schweitzers Verdacht nährte, der Typ könne eventuell doch von der Bullerei sein.

Es war kurz nach elf, als sich der Vereinsvorsitzende plötzlich erhob und in die Hände klatschte. Umgehend verstummten die Gespräche. Mit übertriebenem Pathos verwies er auf das bevorstehende Wettkampfwochenende und bat darum, bis dahin alles zu unterlassen, was der Kampfeskraft hinderlich sein könnte. Die letzte Runde für heute gehe aber trotzdem noch auf ihn. Ab morgen herrsche Alkoholverbot.

Herr Schweitzer atmete auf. Er dachte schon, der Tag würde überhaupt kein Ende mehr finden.

Eine Viertelstunde später herrschte allgemeine Aufbruchsstimmung. Die Sportler zahlten ihre Rechnungen und verließen das Lokal einzeln oder in kleinen Grüppchen.

Mike Chavez blickte noch mehrmals auf Dora und seinen aktuellen Nebenbuhler zurück, denn diese machten keinerlei Anstalten, den Abend ebenfalls zu beenden. Sie hatten zwar bezahlt, aber ihre Gläser waren noch halbvoll.

Insgeheim erwartete Herr Schweitzer einen wie auch immer gearteten Gefühlsausbruch seitens Mike Chavez, so aggressiv, wie dieser die Frischverliebten den ganzen Abend über gemustert hatte. Aber nichts geschah. Chavez wirkte eher so, als brüte er bereits über seinen nächsten Mord. So kam es Herrn Schweitzer zumindest vor. Vielleicht war es aber auch nur Wunschdenken, denn ein Mike Chavez als momentanen Doppel- und baldigen Dreifach-Mörder passte wunderbar in die einzige These, die halbwegs plausibel klang.

Nicht alles ist Friede, Freude, Eierkuchen, auch wenn es auf den ersten Blick so scheint. Denn als die Rutke und ihr neuer Lover sich endlich anschickten, das Anglo-Sports zu verlassen – in sicherem Abstand gefolgt von Herrn Schweitzer –, stand auch der komische Typ vom Nebentisch auf.

Und dann ging alles ganz schnell. Just in dem Moment, als Doras neuer Lover seinen protzigen, schwarzen und tiefergelegten 6er-BMW – ein Wagen, mit dem gewöhnlich Jungmänner südosteuropäischer Provenienz ihre nicht vorhandene Männlichkeit zu kompensieren versuchen – aufschloss, zückte der Kerl mit der Lederjacke ein Sprechfunkgerät und gab die Anweisung „Zugriff".

Herr Schweitzer hatte es gehört und zuckte zusammen wie ein Fallschirmspringer in dem Augenblick, als ihm bewusst wird, dass der Mechanismus zum Öffnen gerade seine Macken hat. Macken, die der Fallschirm noch nie gehabt hatte und die wohl auch einmalig bleiben würden.

Die vier schwarzgekleideten Männer, die daraufhin aus einem nicht weit vom BMW geparkten Kleinbus strömten, veranstalteten einen derartigen Zirkus, dass man als neutraler Beobachter – wie Herr Schweitzer einer war – meinen konnte, hier werde gerade ein international gesuchter Topterrorist hopsgenommen. „Hände hoch", „Keine Bewegung", „Auf den Boden legen, aber dalli" – man kennt das ja, das Übliche halt.

Wie stets in solchen Situationen fiel keinem der Protagonisten die Ungereimtheiten im Befehlsstakkato auf. Denn wie zum Teufel soll man die Hände hochnehmen und sich auf den Boden legen, wenn man „Keine Bewegung" verordnet bekommen hatte?

Doch lassen wir diese Kleinlichkeiten. Herr Schweitzer jedenfalls stand da wie vom Donner gerührt.

Handschellen klickten. Dora Rutke und ihr Muskelmann fluchten wie die Rohrspatzen. Was die Scheiße soll, ob sie noch alle Tassen im Schrank hätten, was der Schweinestaat sich hier erlaube, usw.

Ähnliche Fragen stellte sich auch Herr Schweitzer, wenn auch mit nicht ganz so deftigen Worten.

„Bingo", rief einer der schwarzen Gestalten für alle hörbar, nachdem er den Kofferraum geöffnet hatte.

Nun interessierte sich natürlich auch der Sachsenhäuser Privatdetektiv, was es mit dem *Bingo* so auf sich hatte. Seine Erstarrung löste sich und er schlenderte nonchalant in Richtung des Geschehens.

Doch weit kam er nicht. Nach nur vier Schritten wurde er vom Lederjacken-Bullen – denn dass es ein Bulle war, war kaum noch zu leugnen – an der Schulter gepackt. „Hey, was machen Sie hier? Verschwinden Sie! Oder gehören Sie auch dazu?"

Wer Herrn Schweitzer kennt, der weiß, dass er es mit der Sprache meist sehr genau nimmt. Ob das „Verschwinden Sie!" wohl immer noch gilt, wenn er das „Oder gehören Sie auch dazu?" mit einem kernigen „Ja" beantworten würde?

Da es hier offensichtlich an Klarheit mangelte, fragte Herr Schweitzer erst einmal: „Wozu?"

„Wozu was?"

„Na ja, Sie haben mich doch gerade eben gefragt, ob ich auch dazu gehöre. Also muss ich doch wissen, wozu ich gehören soll. Es ist nämlich so, dass ich durchaus zu irgendwas oder irgendwem dazugehöre. Das tut doch jeder Mensch – irgendwo dazuzugehören. Oder? Nehmen wir zum Beispiel Sie. Sie gehören bestimmt zu den Staatsdienern, wenn ich das hier richtig interpretiere. Also: Wozu soll ich Ihrer Meinung nach gehören?"

Der Bulle wirkte wie paralysiert. Mit weit aufgerissenen Augen starrte er den komischen Menschen an, der ihn mit seinen vermeintlich unorthodoxen Äußerungen aus der Fassung gebracht hatte. Offensichtlich hatte der Hüter der Ordnung so seine Probleme mit der Logik.

Doch Herr Schweitzer hatte ein Herz für Menschen mit eingeschränktem Denkvermögen. „Also, wenn ich mich Ihnen vorstellen darf: Simon Schweitzer, Privatdetektiv. Momentan arbeite ich im Auftrag der Frankfurter Kripo an der Aufklärung der hiesigen zwei Morde. Davon haben Sie bestimmt schon gehört. Die Schrumpelleiche und der Verweste."

„Schrumpelleiche?"

„Na ja, der Tote aus dem Bembel-Brennofen."

„Ach, Sie sind das?"

„Wer? Ich? Eine Schrumpelleiche?" Herr Schweitzer war ziemlich empört. Okay, die kleinen Fältchen mögen im Laufe der Jahre zugenommen haben. Aber ihn deswegen mit einer Schrumpelleiche zu vergleichen, ging entschieden zu weit.

„Äh, nein, natürlich nicht", stotterte sich der Staatsdiener einen ab, „ich meine, Sie sind der Kerl, der die Kripo unterstützt. Davon hab ich schon gehört."

Na also, geht doch, dachte Herr Schweitzer. Ist der Typ wohl doch nicht so doof, wie es seine Lederjacke vermuten ließ. „Fein, dann wäre das also geklärt. Können Sie mir bitte sagen, um was es hier geht? Die Frau dort am Boden gehört nämlich zu unserem Kreis der Verdächtigen."

„Ach, die Dora Rutke. Schau an. Komisch. Die observieren wir seit geraumer Zeit. Die sollte uns nämlich zu den Drogenhändlern führen. Und wie Sie sehen ...", er deutete zu den Festgenommenen, „... hat es ja wunderbar geklappt. Der Kofferraum ist bis obenhin voll mit den unterschiedlichsten synthetischen Drogen. Eine komplette Apotheke, wenn man so will."

„Aha, Ihr seid also die Drogenfahndung", stellte Herr Schweitzer mehr so für sich fest. Und da er wusste, dass die verschiedenen Abteilungen der Verbrechensbekämpfung untereinander nur sehr eingeschränkt kommunizierten, wunderte er sich auch nicht, dass Schmidt-Schmitt ihn nicht unterrichtet hatte.

„Ja, Drogenfahndung, Abteilung D-3, um genau zu sein. Aber wenn Ihr die Frau Rutke als Mörderin überführt, können wir vielleicht einen Deal machen. Frau Rutke bekäme Strafnachlass, wenn sie sich in der Drogensache kooperativ zeigt."

Herr Schweitzer wusste, hier würde er seine Kompetenzen bei weitem überschreiten, nichtsdestotrotz erwiderte er, auch deswegen, weil er endlich ins Bett wollte: „Gute Idee. Ich schlag das gleich morgen früh meinem Vorgesetzten vor. Er wird sich dann mit Ihrer Abteilung in Verbindung setzen. Ich geh dann mal. Ihr seid ja hier fertig und braucht mich wohl nicht mehr."

„Nö, ist klar. Schönen Abend noch."

„Danke. Ihnen auch."

Mit tausendundeinem Gedanken im Kopf schulterte Herr Schweitzer den Rucksack und begab sich westwärts Richtung Sachsenhausen. Konnte es sein, dass Eifersucht gar nicht die Mordmotive waren? Im internationalen Drogenhandel soll es ja auch recht hoch hergehen, was die Eliminierung unliebsamer Konkurrenz betrifft. Dem Muskelprotz jedenfalls traute er so ziemlich alles zu. Oder dachte er mal wieder in Klischees, nur weil ein tiefergelegter schwarzer BMW das nachgerade klassische Gefährt ambitionierter Verbrecher ist?

Herr Schweitzer außer Gefecht

Der 23-jährige Australier Ben Lovren, Sohn kroatischer Einwanderer, war gerade mit seinem Fahrrad auf dem Weg zum Campingplatz in Bürgel, wo sein Zelt stand. Sein Reiseführer hatte ihm einen Besuch in Sachsenhausen nahegelegt, was er auch beherzigt hatte. In seinem Magen grummelte es beängstigend. Kein Wunder, hatte er doch auf die sechs Ebbelwoi, im Führer als *Hessian* Nationalgetränk aufgeführt, noch vier Guinness gesetzt. Den Irish Pub hatte er entdeckt, als er eigentlich schon auf dem Heimweg war. Ben war nun schon seit zwei Monaten mit dem

Rad in Europa unterwegs und hatte die Erfahrung gemacht, dass man in von Iren geführten Kneipen stets gute Tipps bekam, was Reiseroute, Sehenswürdigkeiten und Übernachtungsmöglichkeiten angingen. Und Irish Pubs hatte es bislang auch zahlreich in Frankreich, Belgien, Holland und Luxemburg gegeben. In einer Postkarte an seine Eltern nach Perth hatte Ben seine bisherigen Stationen augenzwinkernd als *Tour de Irish Pubs* geschildert. Sein nächstes Ziel war Österreich. Er wollte über die Alpen nach Italien. Wenn Hannibal Barkas das konnte, würde er, Ben Lovren, das wohl auch meistern, zumal er keine Kriegselefanten als unnötigen Ballast mit sich führte.

Prinzipiell hatte Ben keine Schwierigkeiten mit dem in Europa – kleinere unbedeutende Inseln wie Hiddensee (autofrei) und Großbritannien (Linksverkehr) mal ausgenommen – herrschenden Rechtsverkehr. Doch sechs Ebbelwoi und vier Guinness hatten zur Folge, dass erstens Rechts und Links zwei frei interpretierbare Variablen waren. Und zweitens er dringend pissen musste. Ben verlangsamte seine Geschwindigkeit. Mit einem Blick nach hinten und vorne vergewisserte er sich, dass die Personen weit genug entfernt waren, um ungestört seinem Geschäft nachzugehen. Er lehnte sein Fahrrad an einen Baum direkt am Ufer und stellte sich ans Gebüsch.

Allerdings sind sechs Ebbelwoi und vier Guinness eine ganze Menge an Flüssigkeit, was die Dauer der Pinkelei ziemlich in die Länge zog. Er wollte fertig sein, bevor der Dicke auf seiner Höhe war. Ben wusste nämlich nicht, ob das Urinieren in der Öffentlichkeit in Deutschland unter Strafe stand wie in Singapur. Dort hatte er deswegen nämlich mal eine Nacht in einer Zelle verbringen und obendrein 1.000 Dollar Strafe zahlen müssen. Das wollte sich Ben ersparen, weswegen er gelegentlich nach rechts spähte, von wo der Dicke immer näher kam.

Ben spähte auch dann nach rechts, als eine männliche Gestalt hinter einem Baum hervorschnellte, dem Dicken mit einem länglichen Gegenstand eins über die Birne zog, sich dessen Rucksack schnappte und die Böschung hinauf zur befestigten Uferstraße floh. Der Dicke indes sackte geräuschlos in sich zusammen. Trotz des alkoholbedingten Nebels ordnete er die Situation sofort richtig ein. Ben beendete das Wasserlassen und schwang sich auf seinen Drahtesel. Wer Europa per Rad erkundet, muss zwangsläufig sehr sportlich sein.

Beim Dicken angekommen, erkannte er, dass dieser mächtig stöhnte, also noch lebte. Ein anderer Radler aus der entgegengesetzten Richtung blieb kurz darauf ebenfalls stehen. Schnell stand fest, dass hier Rettungswagen und Polizei angefordert werden mussten. Ben schulterte sein Rad und erklomm die Böschung. Mit etwas Glück konnte er die Verfolgung noch aufnehmen.

Von alledem hatte Herr Schweitzer nichts mitbekommen. Der Schlag auf den Hinterkopf hatte ihn sofort ohnmächtig werden lassen. Zwar sagt eine alte Schulweisheit, leichte Schläge auf den Hinterkopf erhöhen das Denkvermögen – eine Weisheit, mit der Lehrer heutzutage alsbald arbeitslos wären –, allerdings war der Schlag alles andere als leicht gewesen.

So kam es, dass Herrn Schweitzers momentaner Aufenthaltsort das Krankenhaus des Heiligen Geistes war, jenes Spital hinter der alten Stadtbibliothek in Hibbdebach. Er war mit starken Medikamenten ruhiggestellt und sein Kopf zierte eine Beule so groß wie ein Tennisball, der zu einem Drittel aus dem Wasser ragte. Die Wunde war mit achtzehn Stichen genäht worden und seine Hirnströme wurden mit einem wunderlichen Apparat gemessen, dessen Drähte an kahlrasierten Stellen klebten. Herr Schweitzer stand unter ständiger ärztlicher Kontrolle.

Oberkommissar Schmidt-Schmitt hatte umgehend Maria von der Heide angerufen, nachdem er gleich zu Dienstbeginn von seinem Vorgesetzten die Nachricht erhalten hatte.

Sie erreichten das Krankenhaus, just als Herr Schweitzer auf einem Wägelchen in ein Einzelzimmer gerollt wurde.

Der behandelnde Doc erlaubte ihnen zwar, sich ans Bett zu setzen, machte ihnen aber auch unmissverständlich klar, dass es dauern könne, bis der Patient wieder ansprechbar war. „Der Patient steht unter Medikamenteneinfluss. Frühestens am Nachmittag kommt er wieder zu sich und dann können wir weitersehen." Der Doc verließ das Zimmer.

Maria flüsterte, derweil ihre Hände auf dem Unterarm ihres Liebsten ruhten: „Was ist passiert?"

Oberkommissar Schmidt-Schmitt: „Simon ist offensichtlich überfallen worden. Ganz profan. Der Täter ist geschnappt, ein Junkie. Beschaffungskriminalität. Hat nichts mit seinen Observationen zu tun. Saudoofer Zufall. Passiert in Frankfurt täglich und dutzendfach."

„Und wer hat ihn gefunden? Oder ist Simon von sich aus ins Krankenhaus?" Letzteres konnte sich Maria nur sehr schwer vorstellen. Ihr Freund würde zwar von sich aus in Ebbelwoi-Kneipen, aber niemals in Krankenhäuser oder auch nur zu Ärzten gehen. Quacksalber, Knochenbrecher und ähnliche Schimpfworte hatte er im Repertoire, wenn das Thema angeschnitten wurde. Nur zum Zahnarzt ging er jährlich.

„Passanten. Die Tat wurde beobachtet. Zwei junge Kerle haben sofort Erste Hilfe geleistet und den Notruf gewählt. Einer von denen hat sogar noch den Täter gestellt."

„Dass es so was heute noch gibt", wunderte sich Maria. „Die meisten sehen doch zu, dass sie so schnell wie möglich verschwinden. Nur keine Scherereien und so."

„Ausländer. Es waren Ausländer. Ein Australier und ein Türke", erklärte Schmidt-Schmitt.

Maria nickte stumm mit dem Kopf und schaute auf die Tanne vor dem Fenster.

Das menschliche Hirn – lateinisch *cerebrum* – ist ein sonderbares Organ und die Forschung steht noch immer vor vielen Rätseln. So spuken einem manchmal Dinge im Kopf herum, an die man eigentlich gar nicht erinnert werden will. Ein Uli Hoeneß mag zum Beispiel vielleicht gar nicht an all die nur unzureichend versteuerten Gelder in der Schweiz denken wollen – vergebens. Ein Herr Schweitzer hingegen würde, wie bereits geschildert, sich manchmal sehr gerne daran erinnern, wo *Beim Teutates!* er diesen verdammten Joint bloß hingelegt hat – ebenso vergebens. Kurzum, das Hirn macht, was es will.

Herr Schweitzer hatte von dem Überfall auf ihn so gut wie nichts mitbekommen. Ein kurzer heftiger Schmerz und das war's. Danach kam nur noch dunkelste Nacht.

Doch das Hirn arbeitet im Unterbewusstsein unentwegt weiter, steuern können wir es nicht. So erinnert man sich nur selten an seine Träume. Dass sie aber dennoch gespeichert werden, erkennt man daran, dass einem, wenn auch nur sporadisch, Träume manchmal Stunden nach dem Aufwachen doch wieder einfallen. Meist jedoch bleiben sie verschollen. Und dann vermischen sich noch real Erlebtes und Fantasie. Das führt stets zu den kuriosesten Geschichten und nicht selten fragt man sich hernach, wie man bloß auf so einen Schwachsinn gekommen ist.

Bei Herrn Schweitzer waren obendrein noch opioide Schmerzmittel im Spiel. Das heißt, seine Gedanken schlugen die wildesten Kapriolen, während Maria und Mischa Schmidt-Schmitt sehnsüchtig darauf warteten, er möge das Bewusstsein wiedererlangen. Der heftige Schlag auf seinen Hinterkopf hatte zu zusätzlichen Irritationen im logischen Denkvermögen geführt.

Momentan duellierte sich Herr Schweitzer. Nicht mit irgendwem, sondern mit Charles Bronson. Es ging auf Leben und Tod. Schweißgebadet konzentrierte er sich auf seinen Widersacher, dessen rechte Hand gefährlich nahe am Holster baumelte. Er oder ich. Das ganze Universum war darauf reduziert. Er oder ich. Nur einer konnte überleben. Für Herrn Schweitzer war es das erste Duell überhaupt und von Bronson wusste er, dass dieser schon reichlich Erfahrung mit blauen Bohnen gesammelt hatte. Das ließ ihn umso nervöser werden, bedeutete es doch, Bronson war der geborene Gewinner. Andernfalls hätte Charly ja jetzt nicht schussbereit vor ihm stehen können. Herrn Schweitzers rechte Hand war wie gelähmt. Hatte er die Pistole entsichert? War eine Entsicherung bei diesen alten Dingern überhaupt notwendig? Warum ließ sich Bronson so viel Zeit? Spielte er mit ihm, seinem x-ten Opfer?

Und dann, Herr Schweitzer hatte auf all die Fragen noch keine Antworten gefunden, hielt Bronson plötzlich seine Pistole auf ihn gerichtet. Und grinste. Grinste ihm maliziös lächelnd ins Gesicht und Herr Schweitzer sagte: „Mist!"

Nicht nur im Traum.

Auch Maria und Schmidt-Schmitt hatten das *Mist!* vernommen.

Maria: „Simon kommt zu sich." Sie rückte näher ans Bett, um besser seine Hände tätscheln zu können.

Schmidt-Schmitt: „Was ist Mist?"

Herr Schweitzer jedoch lag mit einer astrein im Bauchnabel platzierten Schusswunde am staubtrockenen Boden des kleinen Wildwest-Städtchens, versuchte mit den Händen das sprudelnde Blut zurückzuhalten und röchelte: „Das war's dann wohl."

Maria: „Simon! Was redest du da? Komm zu dir. Wir sind bei dir. Mischa und ich, deine Freundin. Das war's noch lange nicht, Simon. Das Leben geht doch weiter." Ihre Stimme wurde immer flehentlicher.

Mischa: „Ich glaube, Simon halluziniert. Das sind bestimmt die Schmerzmittel."

„Meinst du?"

Herr Schweitzer indes hatte sich mit seinem Tod bereits abgefunden. Es war aber nicht Charles Bronson, der sich über ihn, den elendig Krepierenden, beugte. Mit seinen letzten Atemzügen blickte er nämlich in das Gesicht von Henry Fonda. Dann war er verdammt tot und fiel in eine Schwärze, die dunkler kaum hätte sein können.

Auch Maria und Mischa registrierten, wie die Anspannung aus

dem Gesicht des Patienten wich. Seine Liebste begann umgehend, nach dem Puls zu tasten. Als sie ihn spürte, entfuhr ihr ein Seufzer der Erleichterung.

Zehn Minuten später betrat eine Krankenschwester das Zimmer, um den blutgetränkten Verband an Herrn Schweitzers Hinterkopf zu wechseln. In ihrem Fahrwasser befand sich der Oberarzt, der sich aufmerksam das hellgrün fluoreszierende Flimmern auf dem Monitor besah. „Sieht gut aus“, murmelte er.

„Wirklich?“, wollte Maria wissen.

„Ja, keine Unregelmäßigkeiten. Auch die Röntgenbilder geben Anlass zur Hoffnung. Wir mussten ein wenig Blut absaugen, aber Genaueres lässt sich erst sagen, wenn die Schwellung zurückgegangen ist. Ohne Schmerzmittel würde es Ihr Mann …“

„Freund.“

„Freund … kaum aushalten.“

„Wird Simon, wird er … werden bleibende Schäden zurückbleiben?“, fragte Maria mit brüchiger Stimme.

„Schwer zu sagen zu diesem Zeitpunkt. Aber meine Prognose geht eher zu einem Nein.“

Maria lächelte verzagt. Sie war sich über das Restrisiko im Klaren.

Mit seinem neuen weißen Verband ähnelte Herr Schweitzer einem Sikh. Er schlief traumlos. Und lächelte leicht verzückt. So, als hätte der Tod durchaus seine guten Seiten.

Anderthalb Stunden darauf, die Wirkung der Schmerzmittel hatte ein wenig nachgelassen, sprach Herr Schweitzer plötzlich die Worte: „Warum bringen wir uns hier eigentlich gegenseitig um?“ Und ganz, ganz leise fügte er hinzu: „Kommt, Jungs, gehen wir einen Ebbelwoi trinken.“

Maria und Schmidt-Schmitt sahen sich verwundert an.

Der Oberkommissar: „Meint Simon uns?“

„Weiß nicht. Vielleicht fantasiert er nur.“

Mehr kam Herrn Schweitzer nicht über die Lippen.

Da man in seinen Träumen meist das verarbeitet, was einen zuvor beschäftigte, war es nicht sonderlich verwunderlich, dass ihn die Geschehnisse rund um die beiden Morde beeinflussten. Das Duell mit Charles Bronson war also der Tatsache geschuldet, dass Herr Schweitzer das Filmplakat von *Spiel mir das Lied vom Tod* in Jean Clareux' Wohnung gesehen hatte. Und auch die anderen Plakate. Sein morphindurchtränktes Hirn signalisierte ihm eine gewisse James Bond-Affinität des dahingemeuchelten Franzosen. Und auch Skyfall fiel ihm wieder ein. Bedauerlicherweise brachte er Skyfall mit etwas ganz anderem in Zusammenhang, sonst wäre er möglicherweise schon jetzt auf einen Lösungsansatz gestoßen. Skyfall gleich Fall des Himmels oder Himmelsfall. Waren es nicht die Gallier, die fürchterliche Angst davor hatten, der Himmel könne ihnen auf den Kopf fallen? Und schwuppdiwupp war er bei Obelix angelangt, der sich nun an seiner statt mit Charles Bronson maß. Allerdings nicht mit Pistolen. Obelix warf einen Hinkelstein nach dem anderen auf Charly, der alle Mühe hatte, den Geschossen auszuweichen. Dabei bewegte Herr Schweitzer seinen Kopf hin und her.

„Was hat er denn?", fragte der Oberkommissar.

„Wenn ich das nur wüsste. Vielleicht denkt Simon, ich hätte ihn gefragt, ob wir uns die nächsten Wochen mal vegetarisch ernähren wollen."

Dann herrschte wieder Ruhe. Herr Schweitzer sackte erneut weg.

Es war schon elf, als dem Oberkommissar einfiel, noch nichts gefrühstückt zu haben. „Du, Maria, ich geh mal runter in die Kantine. Soll ich dir was mitbringen?"

„Nein danke, hab gerade keinen Hunger."

Herrn Schweitzers wenige Worte gingen ihm durch den Kopf, als er auf den Aufzug wartete. Michael Schmidt-Schmitt kannte seinen Kumpel nun lange genug, um sich zu fragen, ob sich mit dessen kryptischen Bemerkungen wohl irgendwas anfangen ließ. Schließlich war Herr Schweitzer berühmt für seine unkonventionellen Gedankengänge. Er selbst hatte sich gestern in seiner Gartenlaube am Mühlberg vergebens abgemüht, die Puzzleteile zusammenzubringen. Schade, dass sein Kumpel nicht ansprechbar war. Ein gemeinsames Brainstorming – neudeutsch für: beim Babbeln auch mal denken – hätte sie vielleicht vorangebracht.

Unten angekommen bestellte er sich eine Puddingbrezel und Kaffee. Und dachte an Herrn Schweitzers Frage.

Wieder im Aufzug, glaubte Schmidt-Schmitt plötzlich, die Lösung auf dem Silbertablett serviert zu bekommen. Doch als er sie ausformulieren wollte, war sie so schnell wieder weg, wie sie gekommen war. Ehrlich gesagt war es nur ein zarter Lufthauch gewesen, der seine Gesichtszüge für den Bruchteil einer Sekunde aufgehellt hatte. Man kennt das vom Kreuzworträtsellösen. Das Wort liegt einem auf der Zunge, ist schemenhaft in der Gicht der Brandung zu erahnen, bleibt aber, so sehr man seine grauen Zellen auch anstrengt, standhaft im Verborgenen.

Als Schmidt-Schmitt wieder den Flur in der dritten Etage betrat, schien selbst dieser zarte Lufthauch auf ewig verschwunden zu sein. Vor der Tür zum Patientenzimmer mit der Nummer 337 erblickte er Bertha, die Wirtin vom Weinfaß, und Moni und Adam von der Bembelmanufaktur Maurer. Moni hielt einen Blumenstrauß in der Hand, umwickelt mit farbenfrohem Geschenkpapier.

„Was macht ihr denn hier?“, fragte er verdutzt, denn damit hatte der Oberkommissar nun wirklich nicht gerechnet.

Moni: „Simon besuchen.“

Adam: „Wir haben gehört, er sei von einer Rotte Hooligans überfallen worden.“

Bertha: „Genau. Die Welt wird immer schlimmer. Bei mir hamse letztens en Gartezwersch geklaut. Den mit’em Stinkefinger.“

Obschon er es eigentlich hätte besser wissen müssen, war Schmidt-Schmitt zum wiederholten Mal darüber erstaunt, wie schnell Neuigkeiten in Sachsenhausen die Runde machten. Weltrekorde im 100-Meter-Sprint waren ein Dreck dagegen.

„Dann kommt mit rein. Aber ich sag's euch gleich: Simon ist nicht ansprechbar."

Bertha: „Koma?"

„Nee. Betäubungsmittel."

Moni: „Betäubungsmittel? Das ist aber nicht gut. Simon wird gar nicht mehr rauswollen, wenn er die hier für umme kriegt."

Fasziniert beobachtete der Oberkommissar, wie Moni die Blumen vom Papier befreite. Warum, hätte er nicht erklären können. Doch da war was.

Eine halbe Stunde blieben sie an Herrn Schweitzers Bett und sahen ihm beim Atmen zu, dann verabschiedeten sie sich wieder und versprachen, morgen wiederzukommen.

Wie in Trance betrachtete Schmidt-Schmitt das zurückgelassene Geschenkpapier.

13 Uhr 32. Die Sonne warf ihre Strahlen auf das Fußende des Bettes.

Maria war eingenickt, als der Oberkommissar einen Zettel hervorkramte, eine Botschaft für Maria niederschrieb und auf leisen Sohlen das Zimmer verließ.

Kaum war er draußen, sprach Herr Schweitzer erneut. Doch keiner hörte ihm zu. „Zwei Morde, zwei Täter. Und …"

Das war's. Nicht mehr, nicht weniger. Danach drängte sich eine üppige Wurst- und Schinkenplatte ins Unterbewusstsein. Sein Magen knurrte nämlich. Für Herrn Schweitzer gab es nichts Schlimmeres, als Hunger zu leiden. Als sich auch noch ein deftiger Schweinebraten aufdrängte, tauchte er wieder an die Oberfläche. Kurz öffnete er die Augen, erblickte Maria, ein seltsames weißes Zimmer, einen Blumenstrauß, aber nichts Essbares.

Herr Schweitzer schlief wieder ein.

Vor dem Portal rief Schmidt-Schmitt seinen Kollegen Hajo an: „Du, kannst du mich abholen? Wir müssen noch mal in die Wohnungen von deWitte und Clareux. Bring bitte die Schlüssel mit."

Nachmittag, Viertel vor vier. Maria hatte Mischas Nachricht, er müsse arbeiten, komme aber später wieder, gelesen und Herr Schweitzer wurde immer unruhiger. Die Medikamente verloren langsam an Wirkung, obendrein verlangte sein Körper ein wenig Bewegung. Seine Beine hatten die Bettdecke bereits weggestrampelt.

Und dann war er wach. Von jetzt auf gleich. Er sah an die Decke, vermisste aber den Kronleuchter von Marias Schlafzimmer.

Maria: „Simon!“

Herr Schweitzer: „Maria?“

Maria, die schlimmsten Gedanken hatten schon mit den Hufen gescharrt: „Gott sei Dank, du bist aufgewacht.“

Herr Schweitzer sah sich im Zimmer um. „Krankenhaus?“

„Ja.“

„Warum?“

„Damit du wieder gesund wirst.“

Herr Schweitzer verspürte ein leichtes Kribbeln auf der Kopfhaut und tastete danach. „Was ist das? Ein Verband?“

„Ja, du bist überfallen worden. Erinnerst du dich nicht?“ Maria gab ihm vorsichtig einen dicken Kuss auf die Wange.

„Nein. Überfallen? Ich? Wo und wann?“

„Am Mainufer. Nicht weit von der Gerbermühle. Jemand hatte es auf den Rucksack abgesehen. Aber es ist alles gut. Man hat den Täter geschnappt. Ich bin ja so froh, dass es dir wieder besser geht.“

„Wie viele Tage ist das her?“, fragte Herr Schweitzer, der anhand des großen Lochs in seinem Bauch zurückzurechnen versuchte, wann er die letzte Mahlzeit zu sich genommen hatte.

„Gestern Nacht, Schatz. Was denkst du denn?“

„Hm. Hab Hunger. In welchem Krankenhaus bin ich?“

„Heilig Geist.“

Die Frage hatte nur einen Zweck gehabt: zu eruieren, welche Restaurants sich in der Nähe befanden. „Heilig Geist – das ist gut.“ Gut insofern, als dass es bis Sachsenhausen nur eine Straßenbahnhaltestelle war. Quasi ein Katzensprung über den Main.

Als hätte es der Oberarzt geahnt, betrat dieser nun Zimmer 337. „Oh, Sie sind ja schon wach. Fein. Wie fühlen Sie sich?"

Ohne die Antwort abzuwarten, entnahm er seiner Kitteltasche eine kleine Stabtaschenlampe, setzte sich auf den Bettrand und untersuchte Herrn Schweitzers Augen. „Gut. Sehr, sehr gut. Sieht aus, als hätten Sie alles prima überstanden."

Dann entfernte der Arzt die Klebestreifen und damit die Drähte von seinem Kopf.

Herr Schweitzer: „Autsch."

Onkel Doktor: „So, das EEG brauchen wir jetzt nicht mehr. Ich lasse es gleich abholen."

Herr Schweitzer wusste zwar nicht, was EEG bedeutete, da er aber in seinem bisherigen Leben recht gut ohne EEG zurechtgekommen war, widersprach er auch nicht. „Wann kann ich hier raus?"

Der Arzt lachte. „So, wie die Verletzung an Ihrem Kopf aussieht, geht man normalerweise von mindestens einer Woche aus. Aber Sie scheinen mir ja ein sehr robuster Mensch zu sein …"

Hierbei lächelte Herr Schweitzer seine Liebste an. „Siehst du", flüsterte er.

„Vielleicht noch zwei Tage zur Beobachtung", schloss der Oberarzt seine Ausführungen.

Mitnichten wollte sich Herr Schweitzer an diese Vorgabe halten. Spätestens morgen würde er sich entlassen.

„Sie haben bestimmt Hunger", diagnostizierte der Arzt überaus treffend.

„Hab ich. Das Rumpsteak bitte mit reichlich Zwiebeln und bei den Bratkartoffeln aufpassen, dass sie nicht anbrennen."

Maria lächelte. Ihr Simon würde vollends genesen.

Arzt: „Mal gucken, was unsere Kantine dazu meint." Er verließ den Raum.

Die Kantine mochte vielleicht ihr Bestes gegeben haben, doch Herr Schweitzer war schon immer sehr eigen, was seine Ernährung betraf. Der Leberkäse sah aus wie vom Discounter – labberig und schlammfarben – und wies keinerlei Ähnlichkeiten mit einem Rumpsteak auf. Und statt Bratkartoffeln gab's Kartoffelbrei. Nicht gerade sein Ding.

Zu Maria: „Ich würde vorschlagen, wir gehen nachher zu dem Italiener an der Alten Brücke. Ich war zwar noch nicht dort, aber es hocken immer viele Leute davor. So schlecht kann er also gar nicht sein."

„Aber der Arzt ..."

„... kommt nur seiner Sorgfaltspflicht nach." Herr Schweitzer winkte ab. „Das müssen die tun. Außerdem wollen die nur die Kohle von der Krankenkasse. Ich hingegen werde krank, wenn ich hierbleibe. Ist doch wie im Knast, fehlen nur noch die Gitter vor den Fenstern. Außerdem dürfen die keinen gegen seinen Willen hierbehalten. Das ist Gesetz!"

Zum Zeichen, dass er auf dem Weg der Besserung war, wuchtete Herr Schweitzer seinen Körper in die Senkrechte. „Guckst du, bin agil wie eh und je." Das leichte Flimmern vor seinen Augen verschwieg er.

Etwa zur gleichen Zeit verglich der Oberkommissar schelmisch grinsend Geschenkpapiere miteinander. Die Rolle hatten sie aus Clareux' Wohnung am Westhafen. Das dazu passende Gegenstück lag fein säuberlich gefaltet und zur Wiederverwendung bereit in deWittes möblierter Lagerhalle am Henninger-Turm.

„Mit etwas Glück finden wir darauf Fingerabdrücke. Schau dir an, wie das gefaltet ist. Hajo, ich wette mit dir um was du willst – damit war die Cointreau-Flasche, in die das Gift gemischt war, eingewickelt. Und außerdem brauchen wir noch die Fingerabdrücke von der Eintrittskarte."

Doch Hajo kam nicht ganz mit: „Eintrittskarte? Welche Eintrittskarte?"

„Skyfall. Die steckte als Lesezeichen in Doras Handbuch für Gifte."

Wie bei einem Kleinkind, welches zur Belohnung eine Tafel

Schokolade versprochen bekommen hatte, formten sich Hajos Gesichtszüge zu einem Grinsen. Nicht sofort, aber sukzessive. Und dann: „Du meinst also … Genial! Dass wir darauf nicht früher gekommen sind. Das hätte uns einen Haufen Arbeit erspart."

„Das haben wir Simon zu verdanken."

Hajo: „Der liegt doch im Krankenhaus."

Der Oberkommissar: „… und fantasiert fantastisch vor sich hin. Wenn ich das nächste Mal nicht weiter weiß, lass ich mir Morphin spritzen."

Hajos Stirn kräuselte sich. Das mit dem Morphin gab ihm Rätsel auf.

Maria war auf den Balkon hinausgetreten und telefonierte respektive gab Entwarnung. Zu Bertha meinte sie, man könne die Beerdigungszeremonie streichen. Da Bertha vom Weinfaß die wohl rustikalste Wirtin Frankfurts war und ein dementsprechend schwarzer Humor zu ihren Eigenschaften zählte, lachte sie so schallend, dass Maria gezwungen war, ihr Handy ein paar Zentimeter vom Ohr zu entfernen. Den Oberkommissar Schmidt-Schmitt informierte sie darüber, dass sie für die nächsten Stunden mit Simon beim Italiener an der Alten Brücke zu speisen gedachte und er, Mischa, ja dort mal vorbeikommen könne; Simon sei übrigens wohlauf.

Just als Herr Schweitzer das Panna cotta mit Blutorangen kredenzt bekam und am Nachbartisch ein Bierglas unter lautem Getöse zu Bruch ging, erschien ein gutgelaunter Oberkommissar mit seinem Assistenten und fragte, beim wievielten Nachtisch Simon gerade sei.

„Mein erster. Warum?"

„Och. Nur so." Zeremoniell legte Schmidt-Schmitt sein Handy auf den Tisch, setzte sich und fügte hinzu: „Ich erwarte jeden Moment einen Anruf. Kann sein, dass es gleich was zu feiern gibt."

„Dein Geburtstag war doch erst", erwiderte Herr Schweitzer laut, galt es doch, gegen den Verkehrslärm anzukämpfen.

Hajo: „Wahrscheinlich, äh, vielleicht ist der Fall gelöst."

Der Oberkommissar: „Die Technik wollte gerade Feierabend machen. Aber ich habe denen einen Kasten Bier versprochen, wenn sie uns das Ergebnis noch heute liefern." Er deutete auf sein Handy.

Herr Schweitzer war mehr als erstaunt. So erstaunt, dass er sogar das Panna cotta für einen Augenblick vergaß. „Hab ich was verpasst? Hat einer die Taten gestanden? Dora? Mike Chavez?"

Hajo: „Nichts von alledem."

Schmidt-Schmitt: „Tja, Simon. Sieht aus, als hättest du uns den entscheidenden Tipp gegeben."

„Ich?" Nun legte er sogar noch den Löffel beiseite. Und guckte, als klemmte eine Politesse gerade einen Strafzettel an ein UFO.

Schmidt-Schmitt: „Ich sag jetzt gar nichts mehr. Warten wir, bis das Handy klingelt."

Herr Schweitzer verstand die Welt nicht mehr. Normalerweise wusste er, wann und wie er einen Fall zum Abschluss gebracht oder wenigstens einen entscheidenden Tipp abgegeben hatte. Er versuchte, sich an die Szenen vor seinem Knockout zu erinnern. War Doras verhafteter Dealer involviert? Der Junkie, der ihm so übel mitgespielt – Quatsch! Hä? Das sagte er auch: „Hä?"

Maria: „Deine Panna cotta."

Herr Schweitzer sah auf den Teller, als wüsste er nicht, wo der plötzlich hergekommen war. Dann wanderte sein Blick aufs Handy. „Die Technik, sagst du?"

„Yeap. Abgleich von Fingerabdrücken."

„Fingerabdrücke von wem?", bohrte Herr Schweitzer.

Das verrate er nicht, teilte ihm Schmidt-Schmitt mit und zeigte aufs Handy. „Wir wollen doch nicht vorgreifen. Vielleicht ist ja alles nur ein Schuss in'en Ofen. Aber ... ich könnt fast wetten."

Nun versuchte es der Sachsenhäuser Detektiv mit einer List: „Ich wette dagegen. Auf was muss ich setzen?"

„Schlauberger! Seh ich aus, als würde ich darauf reinfallen?"

„Nicht mehr. Seitdem ihr eure Lederjacken an den Nagel gehängt habt, seht ihr irgendwie cleverer aus."

„Ja. Außerdem schwitzen wir nicht mehr so“, ergänzte der glänzend gelaunte Assistent Hajo. Seine cremefarbene leichte Leinenjacke hing über der Lehne.

Besagtes Handy klingelte.

Stumm lauschte Schmidt-Schmitt. Und sagte kein einziges Wort. Nur ab und zu nickte er fast unmerklich.

Zäh zogen die Sekunden ins Land. Um sie herum tobte das übliche Großstadtleben. Herr Schweitzer saß da wie auf brennenden Kohlen. Auch Maria konnte ihre Erregung kaum verbergen, indes Hajo Däumchen drehte, als wäre er sich hundert Pro sicher.

Dann endlich, nach einer gefühlten Eiszeit, war das Gespräch beendet.

Hätte Schmidt-Schmitt nicht die Bullen-Laufbahn eingeschlagen, wäre er wohl beim Theater gelandet. Filmreif warf er das Handy mit der rechten Hand in die Höhe, fing es ohne Hinzusehen mit der Linken auf und ließ es in der Brusttasche seines weißen kurzärmeligen Hemdes verschwinden.

Herr Schweitzer: „Und?“

Maria: „Sag schon!“

Der Oberkommissar: „Bingo. Und das Beste: nochmals Bingo.“

Herr Schweitzer: „Super! Dann ist ja alles klar.“ Böse funkelten seine Augen.

Schmidt-Schmitt: „Sehe ich genauso.“

Nichts weiter.

Nach zehn Sekunden legte Herr Schweitzer die Hand auf den Tisch und begann mittels Zeige- und Mittelfinger einen Takt zu schlagen. Bamm-bamm, bamm-bamm-bamm. Bamm-bamm, bamm-bamm-bamm.

Nach einer halben Minute formte Herr Schweitzer seine rechte Hand zu einer Faust. Die Faust streichelte er mit der anderen.

Mit dieser Geste wollte er unmissverständlich ausdrücken, dass wenn er, sein Kumpel Mischa, nicht binnen einer sehr, sehr kurzen Zeitspanne zu reden anfing, er von ihm, Herrn Schweitzer, ein dermaßen gewaltiges Brett fangen würde, dass er, Mischa, die nächsten Nächte dort zu verbringen nicht umhinkam, wo er, Herr Schweitzer, gerade herkam: das Krankenhaus Zum Heiligen Geist. Und falls er, Mischa, noch länger auf Zeit spielte, er den Heiligen Geist gleich persönlich kennenlernen werde.

Doch Mischa war nicht blöd. „Also, pass uff: Auf der Skyfall-Eintrittskarte haben wir die Fingerabdrücke von Jean Clareux festgestellt. Und das, obwohl sie inzwischen unzählige Menschen in den Händen hatten. Ich finde, da sollte man unserer Technik mal ein dickes Lob aussprechen."

Herr Schweitzer: „Okay. Dickes Lob! Weiter!" Gerne hätte er gefragt, was das denn beweise, doch er sah seinem Kumpel an, dass dieser noch etliche andere Informationen zurückhielt.

So war es auch.

Der Oberkommissar fuhr fort: „Und dann haben wir noch Geschenkpapier gefunden. Darauf kam ich, als Bertha einen Blumenstrauß für dich mitbrachte. Gut, gelle?!"

Herr Schweitzer, ungehalten: „Ganz vorzüglich."

Hajo: „Jetzt mach's doch nicht so spannend. Du siehst doch, wie Simon leidet."

„Ich und leiden? Unfug!"

„Okay, okay, jetzt mal im Zusammenhang. Die Skyfall-Eintrittskarte lag in Doras Giftbuch. Darauf, dass sie Jean Clareux gehört, hätten wir eigentlich bei unserem Besuch in dessen Wohnung am Westhafen kommen müssen. Ihr erinnert euch, einige James Bond-Plakate hingen an der Wand."

Herr Schweitzer nickte. Seine Ohren hätten gerade auch ein Signal anderer Lebewesen aus dem All empfangen können, so gespitzt waren sie.

„Clareux ist in diesem Buch wohl über den Blauen Eisenhut gestolpert. Zwar haben wir auf der Cointreau-Flasche, die Sebastian deWitte zum Geburtstag bekam, keine Fingerabdrücke festgestellt. Doch niemand kam auf die Idee, nach Geschenkpapier zu suchen. Allerdings sind auf dem Papier ebenfalls keine Abdrücke, darauf hat er wohl geachtet. Aber die Rolle, die wir in

Clareux' Wohnung fanden, passt exakt zum Papier, das noch in Sebastian deWittes heimlicher Behausung am Henninger-Turm herumlag. Und dort, also auf Clareux' Geschenkpapierrolle – dort haben wir Fingerabdrücke gefunden."

Herr Schweitzer: „Lass mich raten: von Jean Clareux."

„Richtig, war jetzt aber auch nicht sonderlich schwer. Clareux wollte also seinen Nebenbuhler vergiften. Blöd nur, dass deWitte noch mehr Flachen Cointreau geschenkt bekam. Es war also unklar, wann er die mit dem Blauen Eisenhut trinken würde. Ich kann mir vorstellen, wie Jean Clareux auf heißen Kohlen saß und quasi Tag für Tag auf die erlösende Nachricht wartete, Sebastian deWitte sei tot."

„Kapiere", sagte Herr Schweitzer. „Und während all der Warterei wurde er selbst ermordet. Von Sebastian deWitte. Da war dann aber sehr viel Pech dabei. Und Sebastian ist dann wohl nach der Beseitigung der Leiche im Brennofen vom Bembelparadies schnurstracks in seine Räuberhöhle am Henninger-Turm und hat leider die falsche Flasche zum Feiern geöffnet. Du sagtest ja, die Todeszeitpunkte seien nahezu identisch."

Schmidt-Schmitt: „Yeap. Aber einen Wermutstropfen gibt's noch."

„Welchen?"

„Das sind alles nur Indizien. Die sind aber so stichhaltig, dass ein Richter Jean Clareux wegen heimtückischen Mordes lebenslang hinter Gitter geschickt hätte. Wir wissen aber nicht, wer von den beiden eventuell bei seiner Tat von wem auch immer unterstützt wurde."

Herr Schweitzer dachte zuerst an Dora Rutke, dann an Mike Chavez, dann an den Muskelprotz. „Rutke, Chavez, der Dealer?"

„Genau. Doch solange die dichthalten, sind sie in Sicherheit. Falls einer von denen überhaupt dabei war."

Herr Schweitzer verzog die Lippen und dachte an die Möglichkeiten einer weiteren Beteiligung an den Verbrechen. Er wusste es nicht. Kann sein. Kann aber auch nicht sein.

Der Oberkommissar: „Tja, damit müssen wir halt leben. Aber, lieber Simon, ich kann dir versichern, so sieht die Wirklichkeit aus. Nicht wie im Kino. Nicht wie in Büchern. So, wie wir sie gerade erleben. Wenn eines der Opfer noch am Leben wäre, würden wir ihn schon weichkochen, darauf kannst du Gift nehmen."

„Blauen Eisenhut?", flachste Herr Schweitzer.

„Von mir aus. Doch leider sind alle tot. Zwei Opfer, zwei Täter. Und keiner wird verurteilt. Manchmal hat das Schicksal seine ganz eigene Weltanschauung und uns bleibt nur die Rolle des Zuschauers."

Herr Schweitzer hatte es schon vergessen.

Maria nicht: „Und was war das für ein Tipp, mit dem Simon euch geholfen haben soll?"

Schmidt-Schmitt lachte. „Warum bringen wir uns hier eigentlich gegenseitig um? – erinnerst du dich? Das hast du gesagt, als du unter Medikamenteneinfluss herumfantasiertest. Das hat mich erst auf die Idee gebracht. Und natürlich Bertha mit dem mit Geschenkpapier umwickelten Blumenstrauß für dich."

„Das soll ich gesagt haben?"

Maria: „Kann ich bestätigen. Außerdem hast du irgendwelche Jungs noch zum Ebbelwoi-Trinken aufgefordert."

„Hab ich das?" Herr Schweitzer wunderte sich gar arg. „Tz, tz, tz, das kann ich mir mal so überhaupt nicht vorstellen. Jungs, wie sieht's aus? Gehen wir noch rüber ins Dörfchen zum Feiern? Der Ebbelwoi geht auf mich."

Maria gehörte nicht zu der Sorte Frau, die in ständiger Sorge um ihren Liebsten lebte. Die Frage war daher mehr rhetorischer Natur: „Und das Krankenhaus?"

„Schenk ich dem Heiligen Geist."

– Ende der zehnten Sachsenhäuser Kriminalepisode –

Simon Schweitzer – immer horche, immer gugge

Eines Tages wird Simon Schweitzer, ohne dass er es merkt, mit einer Leiche konfrontiert. Und außerdem sind da noch die zwei bis dato ungeklärten Polizistenmorde an der Startbahn West und Maria von der Heide. Die mit der atemberaubenden Figur.

Autor: Frank Demant · Preis: 9,60 Euro

Geiseldrama in Dribbdebach

Eines tristen Tages betritt Simon Schweitzer die Filiale der Teutonischen Staatsbank, um sich über deren widerliche Gebührenpolitik zu beschweren. Doch dann gerät er unversehens in einen Überfall, der von Anfang an etwas seltsam anmutet und sich gar arg in die Länge zieht.

Autor: Frank Demant · Preis: 9,60 Euro

Tod im Ebbelwei-Express

Schurkische Kräfte aus Russland und Italien versuchen, im Apfelweinland Sachsenhausen Fuß zu fassen. Doch haben sie nicht mit dem Widerstand der einheimischen Bevölkerung und dem Ebbelwei-Express gerechnet.

Autor: Frank Demant · Preis: 9,60 Euro

Die Leiche am Eisernen Steg

Alles fängt ganz harmlos mit einer Leiche am Eisernen Steg an. Dann bekommt Laura Roth, Simon Schweitzers Untermieterin, Besuch aus Berlin, und Herr Schweitzer wird in einen Fall verwickelt, dessen Wurzeln im Dritten Reich liegen.

Autor: Frank Demant · Preis: 9,45 Euro

Opium bei Frau Rauscher

Von einer Urlaubsbekanntschaft aus Laos erhält Herr Schweitzer seinen ersten Auftrag und wird versehentlich Zeuge eines Mordes aus Eifersucht. Doch je mehr Details die Frankfurter Kripo ans Tageslicht zerrt, desto weniger glaubt er an das, was er mit eigenen Augen gesehen hat.

Autor: Frank Demant · Preis: 9,45 Euro

Verschollen im Taunus

In Unterwäsche erwacht Herr Schweitzer leicht verletzt in Nachbarschaft zu einem enthaupteten Bösewicht fern jedweder Zivilisation im Taunus. Ein kleiner temporärer Gedächtnisschwund erschwert die Ursachenforschung.

Autor: Frank Demant · Preis: 9,45 Euro

Das Geheimnis vom Kuhhirtenturm

Drei Morde binnen weniger Tage an vermeintlich unbescholtenen Bürgern reißen Frankfurts Kripo aus dem Sommerschlaf. Die Tatortspuren lassen auf unterschiedliche Täter schließen, was die Sache nicht unbedingt erleichtert.

Herr Schweitzer, seines Zeichens Privatier, sagt notgedrungen seiner geliebten Hängematte Adieu und begibt sich auf Spurensuche und damit in Teufels Küche.

Autor: Frank Demant · Preis: 9,45 Euro

Kunstraub im Städel

Während eines trägen und heißen Sommers detoniert am Museumsufer eine Bombe aus dem Zweiten Weltkrieg. Ursache hierfür sind zwei dreiste Gauner, welche sich per Tunnelbau Zugang zum Städel verschafften, um sich völlig unrechtmäßig drei wertvolle Gemälde anzueignen.

Und ebenso überraschend wird Simon Schweitzer vom allseits bekannten Marlon Smid aus seiner Hängematte gescheucht, auf dass er ihm bei der Wiederbeschaffung der für die Frankfurter Kulturszene so eminent wichtigen Exponate behilflich sein möge.

Autor: Frank Demant · Preis: 9,60 Euro

Goethe wars nicht

Nichts hasste Herr Schweitzer mehr als Geschäftsessen. Trotzdem wird er von seiner Freundin Maria dazu genötigt. Kaum ist diese Tortur überstanden, meldet sich der Gastgeber erneut – sein Sohn sei entführt worden. Es folgen ein paar stressige Tage, die dank eines hellblauen Toilettenhäuschens eine ungewöhnliche Wendung nehmen.

Autor: Frank Demant · Preis: 9,60 Euro

Röschen-Verlag

Alle Bände auch als eBook erhältlich!

Macht, Gier und Mobbing ...

Die Anwältin Miriam Faust will ganz nach oben und spielt dabei ein übles Spiel, in dem Moral keine Rolle zu spielen scheint. Zunächst scheint alles nach Plan zu laufen, doch dann hängt ein Privatdetektiv halbnackt und tot an der Decke seines Schlafzimmers. Als Hauptkommissar Tom Bohlan und seine Kollegin Julia Will an den Tatort gerufen werden, ahnen sie noch nicht, in welche Verstrickungen sie dieses Verbrechen führen wird.
Macht, Gier, Mobbing und üble Machenschaften ziehen sich durch die Ermittlungen und rütteln an den Grundwerten der Kommissare.

Frankfurt Krimi · Taschenbuch · 182 Seiten · 9,80 Euro

Eitle Staatsanwälte, unfähige Richter und Kollegen, dazu die immer wiederkehrende Frage: **„Wie können Sie solch einen Verbrecher verteidigen?"**
Der Frankfurter Staranwalt Edgar Liebrucks beschreibt hier 20 seiner teils unglaublichen und spektakulären Fälle, bei denen er Mörder, Vergewaltiger und nicht zuletzt die „Jugo-Mafia" zu seinen Mandanten zählt.

„Ein Muss für alle Krimifreunde, die einen ungewöhnlichen und auch beängstigenden Blick hinter die Kulissen der Justiz wagen möchten".

ISBN: 978-3-940908-06-3
Kriminal-Sachbuch · Taschenbuch · 425 Seiten · 12,95 Euro

Röschen-Verlag

Alle Bände auch als eBook erhältlich!

Nordic Stalking

von Martin Beer

Schauplatz Frankfurt am Main. Der frischgebackene Privatdetektiv und von seiner Freundin – der Wirtin Sandy – zum Nichtrauchen verdammte Kneipenveteran Kurt Bratfisch wartet auf seinen ersten Auftrag. Ausgerechnet seine erste Klientin ist prominent. Klar, dass Bratfisch keine Ahnung hat, wer da vor ihm sitzt. Er soll dem aufstrebenden Topmodel Sarah Morgentau einen Stalker vom Hals schaffen. Bratfisch bezieht vor der Villa des Models Posten. Doch plötzlich fällt ein Schuss – und der harmlose Überwachungsauftrag läuft schwer aus dem Ruder.

ISBN: 978-3-940908-11-7 · 160 Seiten · 9,80 Euro

Der Hiob ist weg

von Martin Beer

Nicht zu glauben: Aus dem Frankfurter Dom wurde das avantgardistische Gemälde „Hiob“ gestohlen. Eine echte Hiobs-Botschaft steht am Beginn des neuen Falls, den der Ex-Aushilfsdetektiv Kurt Bratfisch lösen muss. Auf unorthodoxe Weise assistiert von seinem alten Kneipenkumpan und neuen Praktikanten Kanonen-Robert macht sich Bratfisch an die Arbeit. Weder dubiose Offenbacher „Handwerker“ noch russlandhessische Schutzgelderpresser oder bigotte Praunheimer Andrea Sawatzki-Doubles können verhindern, dass er auch diesen Fall erfolgreich abschließt.

ISBN: 978-3-940908-15-5 · 160 Seiten · 9,95 Euro

Diese Frankfurter Kult-Band hörte
Herr Schweitzer mit Begeisterung in seinen
sehr späten Jugendjahren …